누구도 토종을 지키라고
말하지는 않았다

누구도 토종을 지키라고
말하지는 않았다

초판 1쇄 발행 2023년 03월 03일

지은이 강희진
펴낸이 류태연

펴낸곳 렛츠북
주소 서울시 마포구 양화로11길 42, 3층(서교동)
등록 2015년 05월 15일 제2018-000065호
전화 070-4786-4823 | **팩스** 070-7610-2823
홈페이지 http://www.letsbook21.co.kr | **이메일** letsbook2@naver.com
블로그 https://blog.naver.com/letsbook2 | **인스타그램** @letsbook2

ISBN 979-11-6054-609-5 (03810)

사라져가는 토종씨앗과
이를 지키는 농부들 삶

강희진 지음

누구도 토종을 지키라고
말하지는 않았다

100세 어머니의 노아의 방주 속에서 찾아낸 참깨

많은 사람이 묻는다. 어떻게 씨앗을 가지고 박물관을 설립할 생각을 했느냐고. 나는 으레 이렇게 이야기한다. 농업이란 직업은 내게 징그럽다는 현실적 고충과 그나마 살게 해줬다는 고마움이라는 양면성을 가지고 있다. 농업은 한 번도 풍요롭게 살 수 있게 해주지 못했고, 심지어 때론 빚더미에 싸여 삶을 피폐하게 만들기도 했다. 그런데 한편으로는 평생 농사를 통해서 자식을 가르치고, 부모를 봉양하는 등 우리 식구가 먹고살 수 있게 해준 고마움이 동시에 존재했는데, 이런 고마움은 늘 부채감으로 남아있었다. 나는 기회만 생기면 농업을 은퇴하기로 결심했고, 비로소 그 기회가 바람처럼 찾아왔다. 그렇게 농사를 은퇴하고 남아있는 부채감을 조금이라도 갚을 수 있는 것이 무엇일까 생각하다 시작한 것이 바로 씨앗 박물관이다.

오늘은 그 이야기를 하면서 글을 시작하고자 한다. 그러니까 아주 오래된 이야기다. 내가 농사를 은퇴하기 훨씬 전 이야기다.

어느 날, 문득 엄니가 창문 앞에서 턱을 괴고 처연히 밖을 내다보고 있는 모습이 눈에 띄었다. 그것이 뭐 그리 특별한 일은 아니었지만. 웬일인지 그날은 틀니까지 빼놓고 있으니 모습이 더욱 근심스러워 보였다. 빠진 틀니 때문에 하관으로 흘러내린 주름이 더욱더 깊었다.

밖에는 긴 장마가 끝이 났는데도 이제 우리나라에도 우기가 생겼다고 떠들어댈 만큼 장대비가 쏟아지고 있었다. 벌써 사흘째다. 가끔 햇살이 비추긴 했지만 오랜 비에 햇빛마저 젖어있는 듯해 엄니의 걱정을 말리진 못했다. 읍내와 경계를 이루는 여우봉 계곡을 따라 흐름이 빠른 죽곡천 지류의 장맛물이 불어났다 빠졌다 하기를 반복하며 방천이 무너져 축사까지 밀고 들어오는 거센 기세도 엄니의 걱정을 덮지 못했다. 나는 그때 한우를 기르고 있었다.

엄니는 아내의 부탁으로 검정깨를 심어놓고 내내 걱정하는 것이었다. 깨를 털어야 하는데 틈을 주지 않고 내리는 비 때문에 그 기회를 잡지 못한 것이다. 밖에서는 논두렁이 터지고 축사로 물이 들이닥쳐 아침도 먹지 못하고 정신없이 일하다 들어왔는데도 한마디 걱정도 없었다. 엄니의 관심사는 오직 검정깨 걱정뿐이었다. 우리와는 그 종요로움과 집착이 서로 달랐다.

엄니가 미수를 넘겼어도 건강하신 것은 우리 부부에겐 행운이었다. 너무 총기 있게 늙으신 것도 행운이었다. 그러나 모든 부모가 그렇다지만, 집안일에 대한 엄니의 자만심은 도를 넘었다. 씨 뿌리고 거두는 일, 논갈이, 농작물에 대한 절기 관리, 병충해 관리, 심지어 손주 교육부터 축사 관리하는 것까지 엄니의 모든 경험이 우리 부부를 지배하곤 했다.

　그런 엄니의 손발을 묶은 것은 바로 아내였다. 본래는 작년부터 엄니에게 아무 일도 못 하게 하자는 계획이었다. 이대로 가다가는 우리의 계획이 다 어긋난다는 것이었다. 사실 그때 우리는 생계를 위한 직업으로서의 농업을 은퇴하고, 식구들 먹거리 생산이 주를 이루는 자급 농사를 짓기로 마음먹고 있었다. 농업을 은퇴한다는 것이 우습게 들릴지 모르겠지만, 따지고 보면 농사꾼도 그동안 누구보다 열심히 살아온 것이 사실 아닌가. 가족을 위해 헌신했고, 그 어떤 직종보다도 치열하게 살았으면 적당한 나이에 은퇴하는 것이 옳다고 생각해오던 차에 서서히 은퇴를 준비하던 중이었다.

　그동안 농업이 생계를 위한 수단이었다면 이제는 생계보다는 농사라는 본연과 근본에 치중하며 살자는 계획이었다. 슬로푸드 운동하는 아내에게는 늘 제초제 치고 농약 치는 관행 농업을 하던 나와 엄니가 걸렸다. 나야 이제 농업을 은퇴하기로 했으니 걱정하지 않아도 됐지만, 그런 계획을 실행하려면 엄니의 도움이 절실했다. 그러나 그것은 어려운 일이었다.

　엄니에게 제초제는 신이 내린 약이었다. 매일 밭두렁을 타다 보면 무릎과 허리가 성할 날이 없었고, 밭의 풀을 잡을 만하면 사위질빵이 온 논을 뒤엎어버렸다. 논매는 기계가 나왔다지만, 아버지가 밀고 가는 기계는 첨벙대며 흙탕물만 일으켜 임시로 풀을 보이지 않게 만들었으니 그 뒷일은 모두 엄니가 감당해야 했다. 잡초라는 놈은 가물면 뿌리가 깊어 뽑기 어렵고, 장마에는 잎이 성해 하루에도 한 자 이상 뻗어 올라가니 모두 엄니 손끝의 호미나 낫이 감당해야 했는데, 어여차, 제초제가 나왔더라! 그때 느낀 흥분은 지금까지도 잊지 않고 계신다.

그런 엄니를 말린다는 것은 언감생심이었다. 평생 얽매여 살던 엄니를 단시간에 해방시킨 것은 제초제 말고는 유사 이래 단 한 번도 없었다. 하다못해 그렇게 지독하다던 왜놈 세상에서 해방이 됐어도 엄니가 가지고 있던 속박을 다 풀어내지는 못했었다.

급기야 아내는 엄니를 이해시키는 것보다 엄니의 농사일에 대한 관심을 끊어버리는 것으로 계획을 바꿨다. 엄니가 다가오는 시월이면 구순이 된다는 것은 단순한 핑계에 불과했다. 그것보다는 엄니가 젊은 우리와는 생각이 다르고, 걱정거리가 다르고, 깜냥이 다르고, 두량이 다르다 보니 늘 우리가 하는 일에는 걱정이 앞설 뿐 아니라 그 걱정을 득지기* 집 밖으로 가지고 나가시는데, 그게 싫었던 게 더 중요한 이유였다. 물론 엄니의 반발이 예상외로 심했지만, 이제는 며느리의 고집을 꺾을 나이는 지났다는 것을 잘 알고 계셨다. 바로 얼마 전까지 그랬다.

그러나 그렇게 간신히 놓게 한 엄니의 일손을 다시 불러들인 것도 바로 아내였다. 소문이 문제였다. 마을 어느 댁에서 대대로 심다 보니 좋은 토종 검정깨를 건졌다고 여기저기서 난리인데, 아내도 그것을 심어야겠다고 엄니를 끌어들였다. 일을 놓고는 살 수 없다는 엄니의 성격을 간과한 것이었다.

처음엔 나한테 부탁했지만 바쁘다는 핑계로 밭갈이 정도만 내가

_____

*   한국토종씨앗박물관이 있는 자연부락 이름

하기로 했다. 오랜 기간 농사를 지었지만, 잡곡에 대해서는 언제 어떻게 심고 가꾸어야 하는지는 솔직히 나도 잘 몰랐으니 엄니에 대한 배려라기보다는 자연스럽게 엄니에게 미루게 된 것이었다. 다시 엄니가 일을 잡게 하는 것이 께름칙하긴 했지만.

― 엄니, 이게 증말 마지막이여!

그러나 소가 풀 뜯지 않으마 하는 콧방귀같이 웃기지도 않는 마지막이라는 단서를 붙여 검정깨를 심어달라 한 거였다. 그렇게 모든 것을 엄니에게 일임해버렸다. 엄니는 일을 찾았고, 대신 아내는 검정깨를 얻을 수 있는 원―원 협상이 이뤄진 것이었다.

그렇게 해서 심은 검정깨는 너무 잘 자랐다. 엄니는 참깨 종자가 좋은 게 걸렸다고 무척 좋아하셨다. 씨가 키도 적당했고, 땅의 거름도 적당했다. 아내가 반대도 했지만 처음 심는 땅이니 굳이 몰래 농약도 칠 필요가 없었다. 아내가 엄니에게 양보한 최소한의 땅에 본보기라도 보이듯이 엄니의 정성은 최고로 다 했다.

― 일이란 말여, 산짐승이 손 노코 살 수 있남. 네발 달린 짐승은 인육 사 타구니를 디져서도 지 새끼 멕여 살리려고 쏘다녀야 허구, 두 발 달린 이년들은 손가락을 필 수 있으면 땅떼기를 파야 허는 겨. 땅떼기를 놀리믄 벌 받지. 땅이 우리 목심 줄이지, 목심 줄. 일 노면 죽어야지. 일 해야 산 목심이지, 그렇지 않으면 죽은 목심이나 매찬가지여.

사실은 그보다 아들한테 맡겨놓은 뒤로 풀만 무성하던 텃밭에 모처럼 작물이 자라니 그동안 에미의 일손을 묶어버린 너희의 생각이 얼마나 잘못됐는지 보라는 듯했다. 의기양양했다. 우리 부부는 가끔 엄니의 그 의기양양함이 두려웠던 것도 사실이었지만 설마 했다.

몇 대째 대대로 심어온 검정깨였다. 그런데 이번에 엄니는 그 씨 종자를 해도 좋을 만큼 실하고 모범적인 깨를 열리게 했다. 이미 그 것을 보기 위해 동네 할머니들이 몇 차례 다녀갔다. 엄니의 의기양양 으로 봐서는 족히 서너 말은 거둘 수가 있을 것으로 예상했다. 엄니의 일솜씨를 대내외적으로 알리고, 일을 끊은 아내의 결정이 잘못됐다 는 것을 알리는 일종의 시위였다. 물론 사람들이 감탄했다. 엄니의 목 적이 달성되는 순간이었다.

그런데 문제가 발생했다. 아뿔싸! 장마만 그대로 끝났으면 괜찮 았는데 엄니 말대로 '시어머니 죽자 시누이가 지랄'이라고 장마가 끝 나자 그동안 없었던 우기라는 놈이 온 것이다. 하필 그 우기 통에 검 정깨가 익어버려서 다 쏟아지고 말았다. 설령 남아있는 놈이 있더라 도 썩기 일보 직전이었다. 엄니는 터지는 속을 끌어안고 가끔 젖은 햇 빛이나마 비죽 내밀 때 깨를 털어놨는데, 우리가 보기에는 그마저 쓸 모 있는 게 별로 없어 보였다.

그날 아침, 엄니의 의기양양함이 틀니를 뺀 자리에 남아있는 함 몰된 하관으로 빠져버렸다. 근심이 눈까지도 처지게 한 것이었다. 아 내야 허탈하지만 그래도 초연했다. 안 먹으면 되지 뭐, 하는 태도였 다. 쓸데없는 근심 만들지 말라는 것이었다. 특히 아침 내내 하필 틀 니까지 빼놓고 창가에 쪼그리고 앉아있는 엄니에게 한마디 했다.

— 내가 어머니보고 심으라는 게 잘못이지. 괜히 생 근심 만들어버렸네.

아! 간신히 찾은 엄니의 일손이 날아가 버린 순간이었다. 그때, 엄 니는 아내의 뒤통수를 향해 주먹손을 털더니 그동안의 근심에서 벗 어나 틀니 빠진 입술을 다부지게 옭매고, 갑자기 분주해지기 시작했다. 그리고는 얼마 안 가서 우리를 깜짝 놀라게 하는 일이 벌어졌다.

거실에 헌 신문지를 갈고 소창을 피더니 썩어가는 깨를 쏟아부었다. 다 썩은 깨를 털고, 또 털고. 체로 가리고, 돋보기까지 동원하여 가리고 또 가리기를 두어 시간, 드디어 엄니가 만들어낸 것은 한 조막만큼의 검정깨였다. 한 되 남짓한 썩은 참깨에서 조막만큼의 알 속 깨를 가려내었다.

그걸 만드느라 두어 시간을 소비하고, 아내의 눈총을 받았던 것이었다. 아내에게 늘 엄니 편만 든다고 핀잔받던 나도 기막힐 일이었는데, 옆에서 지켜본 아내야 오죽했느냐만 그래도 참고 기다렸다. 그러나 이 깨는 아내 몫은 아니었다.

보기 좋게 한 방 맞은 건 아내였다. 그걸 아내한테 당연히 주려니 생각했다. 혹시 무슨 말을 들을까 봐 옆에서 지켜보던 나도 조마조마했는데 엄니는 그것을 가지고 당신 방으로 가는 거였다. 으아! 어이없을 수밖에.

우리는 궁금해서 엄니를 쫓아 방으로 갔다. 엄니는 오래된 서랍장을 열더니 아주 깊이 그리고 조심스럽게 놔두고는 그제야 흐뭇해하며 하관의 주름을 폈다.

그날에야 비로소 평소에 무심히 넘겼던 엄니의 낡은 서랍장의 맨 아래 서랍을 봤다. 이 서랍장은 아내가 시집올 때 혼수로 사 온 것이었는데 낡아서 버리자고 했을 때 아깝다며 엄니 방으로 옮겨 놓은 것이었다. 맨 위 서랍에는 엄니의 약들이 주로 있었다. 위장약, 신경통 약, 관절 약, 옥도정기 빨간 약, 호랑이 고약과 엄니가 좋다고 들여온 온갖 민간요법의 약들, 벌써 사 온 지가 1년이 지난 영양제도 있는데 그것은 손주가 사 온 것이라 아껴 먹는 중이었다. 그리고 나머지는 옷가지들이 있는 줄 알았는데 맨 아래 서랍을 열었을 때 비로소 난 엄니의 일과를 볼 수 있었다.

그곳에는 무엇인가 여러 뭉치가 쌓여있었다. 차곡차곡 빨간 양파 망사에 싸여있었다. 자세히 보니 온갖 씨앗들이었다. 호박씨, 단호박씨, 오이씨, 토마토씨, 상추씨, 수수씨, 옥수수씨, 배추씨 등등 봄에 받은 씨부터 가을에 심을 종자들이 가지런히 놓여있었다. 심지어 재래종 졸은 약봉지 접듯이 창호지에 접혀 쌓여있기도 했다. 엄니 나름대로 중요하단 표시를 해둔 것이었다.

앗, 노아의 방주다! 우리는 아연실색할 수밖에 없었다. 엄니의 서랍 속에는 빨간 망사로 된 작은 노아의 방주가 있었다. 밭은 뺏기고 손발은 묶였지만, 그곳에는 언제라도 바로 쪽밭을 내어 심을 씨앗이 들어있었던 것이었다. 엄니는 언제 심을지 모를 그 검정 참깨를 털어 한나절의 시간을 만져 이 노아의 방주에 넣는 것이었다.

— 씨 종자는 노치지 말어야지. 너두 이제 나 죽으면 이 하찮은 봉지만
　보면 생각날 거다. 뒀다 써먹어 잉.

엄니, 그제야 아내 앞에서 다시 의기양양함을 되찾았던 기억이 지금도 생생하다. 이것은 졸고 있던 내 어깻죽지를 내리치는 죽비소리였다. 이것이 2014년이었다. 그 뒤 2016년부터 3년간, 엄니의 낡은 서랍 속 노아의 방주에서 지혜를 얻이 토종을 찾아서 전국을 돌아다닌 후 세운 것이 지금의 한국토종씨앗박물관이다.

엄니는 2022년 향년 104세에 다다른 따뜻한 봄날, 소원대로 자식들 품에서 돌아가셨다. 지금도 박물관에 들어서면 늙은 자식의 때아

닌 그리움이 솟구쳐 울컥하지만, 이 책을 어머니의 영전에 바쳐 기쁘
게 해드리고 싶다.

2022년 겨울 몽소재에서

백제울 '씨토쟁이' 형님의 쥐눈이콩

나는 지금도 박물관 설립을 결정하고 첫 수집 활동을 나간 기억을 잊을 수가 없다. 박물관에서 가까운 관내 백제울에서 받은 첫 감동 때문이다. 그때 받은 감동은 수집하는 일에 수시로 발길을 돌리게 했고, 수집이 단순히 토종 종자를 찾는 것이 아니라 그것을 지켜온 사람들의 생활과 문화를 이해해야 한다는 것을 알게 되는 계기가 되었다.

토종을 찾는다는 소문을 내기 시작하자 가스를 판매하며 면내를 두루두루 돌아다니는 친구가 많은 정보를 주었다. 그 친구가 준 정보 중에 백제울에 '씨토쟁이' 괴짜가 있는데 토종을 어지간히 심는다는 거였다. 알짜배기 토종 전도사라는 것이다.

백제울은 천방산 아랫마을이다. 천방산은 예산과 아산을 아우르는 금북정맥의 주 분기점으로 그 아래 수십 개 마을이 있다. 그중 백제울은 천방산의 서쪽 마을로 오 형제 고개를 통해 아산으로 넘어가는 오래된 길 안쪽에 있다. 백제울은 예산에서는 오지 중의 오지였다.

아직은 냉랭한 설한이 몸을 움츠리게 하는 2월 하늘이었다. 우리가 도착해서 그를 찾아온 이유를 밝히자 그 또한 내가 토종이라고는 촌놈이라는 것 말고는 연관 지을 것이 없었던지 적이 놀라는 눈치였다. 그러나 내가 토종을 찾는다는 것에 반색하며 급격하게 동지 같은 이야기를 나눌 수가 있었다.

그는 해방 전에 할아버지가 허 씨네 집성촌인 백제울에 들어온 타성바지였다. 그곳에서 태어나 평생을 백제울에서 농사지었지만, 결혼도 못 하고 얼마 전까지 홀어머니를 모시고 살아온 효심이 두터운 촌 형이다. 그는 손이 투박하고, 허벅지가 굵어 웬만한 경운기쯤은 번쩍 들어 올린다. 그는 천상 비탈 밭농사를 짓게 태생한 소박한 농사꾼이다. 그의 순박함은 얼굴에서도 잘 드러난다. 지금은 농사만으로는 힘이 들어 이것저것 닥치는 대로 하고 있다. 그의 소박함은 참으로 희고 엷어 그 속으로 누굴 께벗길까? 내가 좋아하는 형이다.

─ 이거 암제나 끄내는 게 아닌디. 동상이나 하니께 한겨울에 여능 겨. 알지?

그가 광으로 들어가더니 살강에 올려있던 막단지를 내렸다.

─ 아니, 뭐여? 씨를 신줏단지 모시듯 혀?

드디어 막단지를 열자 그가 지켜온 토종 씨앗들의 보따리가 쏟아져 나왔다. 그의 씨앗들은 마치 계란 꾸러미처럼 짚으로 만든 망태기 속에서 그윽이 나를 바라보고 있었다. 그가 씩 웃으며 내 놀라움에 거만함을 슬쩍 얹었다. 뿌듯함이었다.

─ 아녀, 그게 다 그런 이유가 있능 겨.

그는 씨앗을 항상 충분히 남겨뒀다. 차 뒷좌석에는 항상 씨앗이 실려있었고, 아는 사람이 모종 한 포기 꽃을 밭만 있으면 씨를 나눠줬다. 지나다가 혹시라도 나눠준 종자가 교잡돼서 변했으면 다시 가져다주기도 했단다. 박물관에도 나눔 행사를 하지만, 씨만 달랑 나눠주는 우리와는 질적으로 달랐다. 그의 나눔은 A/S까지 해주었다. 이제껏 그가 씨를 나눠준 집들이 꽤 된다고 했다. 그래서 그에게 붙여진 별명이 '씨토쟁이'였다.

— 와!

말 그대로 막단지 속엔 뭉텅이로 토종 씨가 들어있었다. 콩의 종류는 서리태부터 쥐눈이콩까지. 그리고 오이, 호박 더불어 동부, 팥까지 밭에 심을 수 있는 씨들은 모두 있었다. 그중에 쥐눈이콩을 한 움큼 퍼내더니 손바닥을 폈다.

— 요건, 쥐눈이콩인디, 우리 집 보물이여. 약이여. 팔 때도 됫박을 팔지 않고 무게로 팔어.

그는 쥐눈이콩을 약이라 생각하고 심는다고 했다. 비상약이었다. 배 아프면 쥐눈이콩 간장 먹고, 열나고 머리 아프면 볶은 콩을 먹는다고 했다. 실제로 고서엔 쥐눈이콩을 약으로 쓰였다는 기록도 여럿 보인다. 《동의보감》, 《명의별록》에서는 해독제, 《본초강목》에선 어혈과 풍열을 다스리는 데 쓰인다 했으니 틀린 말도 아니다.

그렇게 씨앗을 어금니 아끼듯이 하던 그도 어느 해 다락에 두었던 씨앗을 서생들에게 모두 잃은 적이 있었다. 그해는 유난히 눈이 많이 와 들녘에 남은 곡식들이 없자 쥐들이 모두 인가로 들어와 곡식을 훔쳐 갔는데, 마침 믿거니 하고 한 번도 다락의 망태기를 열어보지 않았다가 봉변을 당한 것이다. 그나마 남은 것은 갈 장마가 길어 잘 마르지 않은 채 두어 벌레들이 모두 바숴놨으니 종자로 쓸 씨앗은 아예 없었다 한다. 물론 보물로 여기던 쥐눈이콩도 남아있는 게 한 조막도 안 되었다.

그의 모든 씨앗은 아버지한테서 왔다. 쥐눈이콩도 마찬가지였다. 고된 탄광 일을 하다 얻은 천식 때문에 기침이 심한 아버지는 쥐눈이콩 삶은 물을 늘 마셨다고 한다. 그동안 다른 씨앗들은 더러 종자가 바뀌었지만 쥐눈이콩은 한 번도 바뀌지 않았다고 한다. 그만큼 아버지에게는 각별했다고 한다.

그런 종자를 잃었으나 큰 걱정은 하지 않았다. 그동안 깔아놓은 판이 있기 때문이었다. 그는 회수 작전에 돌입했다. 그동안 그가 나눠준 집들을 찾아다니며 종자를 되돌려 받기 시작했다. 이웃들과 친구들은 물론 기억을 찾아 멀리는 온양까지 갔고, 시장에서 내다 팔았던 장사꾼까지 찾아 나섰다. 어떤 사람은 그가 준 토종 종자를 잘 간직하고 심어둔 사람이 있는 반면 씨를 잃어버렸다며 남은 게 있으면 다시 한번 달라는 사람들도 있었다고 한다.

그는 집념으로 코로나바이러스 감염을 말할 때 자주 쓰였던 'n차 감염'처럼, 때로는 n차 나눔을 한 사람까지 들쑤셔가며 씨를 찾곤 했다. 그때 그는 토종 씨 때문에 숭한 사람이 됐다고 한다. 그러다가 송악까지 가서 기어이 찾은 쥐눈이콩. 그는 자신이 나눠준 토종을 한눈에 알아볼 수 있었다고 했다.

　　― 오! 요건 맞어. 맞다. 요 빤들거리는 게 요 속에 아주 쬐그만 별이 있
　　　 응께. 요것이 내 쥐눈이콩이 맞어 잉. 자고로 약콩은 이래야 되는 벱
　　　 이여.

아니 이게 자기 콩이라는 것을 대체 어떻게 안담? 그는 나의 의문에는 개의치도 않았지만, 여하튼 그렇게 찾은 쥐눈이콩이었다. 그가 말한 쥐눈이콩들이 방바닥에 쏟아진 채 데굴데굴 굴러다니고 있었다. 그러나 내가 아는 쥐눈이콩이나 별다를 게 없었다. 그가 열심히 설명은 하지만 당시 나는 도통 알 수 없었다. 내가 추측할 수 있었던 것은 그에게 씨앗은 하나의 생활이요, 가족이었으니 자신의 것을 알

아본다는 것은 당연할지도 모른다는 정도였다.

그 일이 있었던 뒤로는 그만의 씨 종자 지키는 방법을 찾아냈다. 그는 어릴 때 아무도 손대지 못한 어머니의 성주단지를 생각해냈다. 성주단지는 오롯이 어머니의 영역이었다. 사나운 아버지도 그것만은 손대지 못했고, 어린 자식들은 그 가까이 갈 엄두조차 내지 못했다.

아마 어머니의 가족을 위한 기원을 빌린 것은 아닐까.

씨앗을 바싹 말린 후 제일 실한 것을 골라 보자기로 싸고 짚으로 볏짚 꾸러미에 계란 싸듯이 옹 맨 후 막단지에 넣어 광에 보관했다. 신성한 성주인 종자를 표시하기 위해 그 막단지 위에 또 이엉을 엮어 터줏가리를 덮어 보관했다 한다. 이것을 봄에 한 번 꺼내는데, 새 꾸러미를 넣어야 이듬해 꺼내 써 다시는 씨를 잃어버리지 않는다고 한다. 그가 막단지에 종자를 보관하게 된 연유였다.

— 뭐 그렇게 악착같이 혀? 편하게 종묘상 가서 사다 쓰면 되지?

— 옛날엔 말여. 백일 떡도 요놈으로 했고, 돌 팥단지, 갈떡, 장삿집 사자 밥도 요놈으로 했응께!

사람은 다 같은 사람이지만, 똑같은 사람이 없듯이 씨앗도 마찬가지라는 것이다. 다 같아 보이지만, 같이 살아온 사람마다 다르고 지켜온 집안마다 다르고 자라온 마을마다 다르다는 것이다. 그에게 토종 씨앗은 사람들의 관혼상제, 백제울의 관습이나 풍습 등 모든 곳에 함께 있어야 할 대체 못 할 문화의 일부였다.

— 아예 텃고사라도 지내지 그랬댜?

— 집구렁이라고 아는감? 이 집구렁이는 집주인이 이삿짐을 싸면 쌀독으로 들어가 있다가 이삿짐과 함께 이사를 가거든. 왜 쌀독으로 들어

가는지 아는감? 그곳에는 씨구신이 있거든. 사람들이 다 버려도 씨구신은 버리지 않거든. 집구렁이는 씨구신을 따라가려고 뒤주에 들어가는 겨. 그래야 주인을 잃지 않거든.

그때 나는 '토종'이란 이름이 같다고 같은 토종이 아니라는 것을 알게 되었다. 토종은 농사를 지은 사람의 삶과 시간이 어우러진 문화가 함께 의미동봉 해야 한다. 토종은 학명이 아니라 문화적 언어라는 것을 정근형이 가르쳐주었다.

이제는 쥐눈이콩 간장 담글 사람도 없고, 배가 아프면 읍내 가서 약을 사 먹는 정근이 형이지만, 그래도 한 가지 빼먹지 않는 것은 가을 날씨가 쌀쌀해지면 벌목 산일을 나가기 전에 아랫목에 앉아 똘똘하고 눈알이 빤질빤질한 그의 쥐눈이콩을 고르는 일이다.

자린고비 '장호생이 닮은 놈'이 지킨 오이

수집을 오래 하다 보면 수집에 대한 노하우가 쌓인다. 토종 씨앗을 찾겠다고 모든 농가를 찾아갈 수 없으니 감을 가지고 찾을 때가 많다. 그런데 이번 이야기는 그 선입견만 믿고 어처구니없이 지나칠 뻔한 일에 대한 보고다. 토종 수집에 대한 선 짐작이 가져온 결과를 뒤엎은 사건이었다.

토종 씨앗 수집을 시작하고 박물관을 설립한 이후에도 우리 마을의 토종 수집은 하지 않았다. 내가 60여 년을 살았으니 내 마을은 속속들이 잘 알고 있다고 자부했기 때문이다. 우리 마을은 토종이 없다! 이것이 내 단정이었다.

수집 중에 누군가를 만나면 '토종이 어디 있겠나, 토종이 지금까지 남아있겠나?'라고 자신 있게 말하는 경우를 종종 볼 수 있다. 특히 마을 유지들이라면 더욱 큰소리로 찾을 필요도 없다고 자신한다. 그렇다고 그냥 돌아서면 낭패를 본다. 왜냐면 그 사람은 옆집 숟가락 개수까지 알고 있다고 자신하지만, 기실 그 집안 종자에 대해서는 아는 것은 하나도 없기 때문이다. 그런 마을에 속속들이 토종이 남아있는 경우가 적지 않다.

내가 그랬다. 나도 우리 마을이니까 잘 알고 있다고 자신하고 있었다. 여전히 농사는 짓고 있었지만, 외지인들이 많이 들어와 살고 있고, 읍내와 가까워 농법도 선진 농법을 제일 먼저 들여와 옛것이 거의 남지 않아 당연히 토종 씨앗은 없으리라 짐작만 한 탓이다. 그런데 등잔 밑이 어둡다고, 뜻하지 않게 우리 마을에서 개파리 동부와 몇 가지 토종을 찾았다. 그중 오늘은 우리가 기억하는 아련한 오이 맛을 가진 재래 오이를 찾은 이야기를 하고자 한다.

이야기하기 전에 박물관이 속해있는 우리 마을부터 소개하고자 한다. 이 재래 오이 수집 이야기를 하려면 우선 마을에 사는 사람들을 소개해야 개연성이 있지 않을까 해서다.

우리 마을은 장 씨들과 강 씨들이 주로 사는 집성촌이다. 본래 장 씨들의 집성촌이었는데, 후에 강 씨들이 들어오고, 그 뒤 김 씨 등 타성이 들어와 자리 잡은 집성촌 마을이다. 본향이 인동인 장 씨들은 계유정난 때 수양대군이 정권을 잡자 불사이군 하기로 마음을 먹고 칡이 우거진 마을에서 은둔생활을 시작하는데, 사람들은 그 마을을 칡 그늘이 짙다고 하여 갈음동이라 불렀고, 나중에 갈음이 가란이로 발음이 변화되어 현재의 마을 이름으로 자리 잡게 되었다. 가란이는 우리 동네 자연부락 이름이기도 하지만, 지명으로는 처음으로 생긴 이름이었다. 그러니까 장 씨들의 낙향이 바로 마을의 시초가 된 것이다. 그 뒤 조선 후기에 아산지방의 강 씨들이 정치 일선에서 배제당하면서 흩어져 이 마을까지 오게 된 것이다.

그러한 역사적 배경이 있는 장 씨들은 누구에게 기대지도, 신세를 지지도 않는 가풍이 생기면서 대부분 지독한 보수주의자가 된다. 이들은 자기 것을 남 주기도 싫어하지만, 남의 것을 탐하지도 않고 가풍을 잘 지키며 사는 매우 보수적인 집안으로 유명하다.

그들은 남에게 피해를 주기도 싫지만, 남에게 피해를 당하기도 싫다는 매우 논리적이고 합리적인 사고를 하고 살기 때문에 아쉬운 소리 하기 싫어서라도 자기 것을 잘 간수할 수밖에 없었다. 종자 또한 마찬가지다. 이것을 맛의 보수성이라고는 표현하지만, 이들은 새로운 변화가 성공하든 실패하든 바뀐다는 자체가 싫은 것이다. 그렇게 자기 것 간수를 하려다 보니 근검하고 부지런한 사람들이 많다. 부자는 아니어도 부족함이 없고 아쉬움 없이 살아가는 집들이 많다.

우리 마을의 가장 욕된 관용구 중에 '꼭 장호생이 닮은 놈'이라는 말이 있는데, 이는 장호성*이라는 중국인이 자기 손에 들어오면 나갈 줄 모르는 구두쇠요, 절대 자기 것을 남에게 주는 법이 없는 화교였기 때문에 붙여진 지역 관용구다. 그런 관용구가 만들어질 정도로 근검을 몸에 달고 사는 장 씨 집안사람들에게 기가 막힌 오이 종자 하나가 들어왔다. 어땠을까?

그들은 굳이 소문내서 부산하게 할 것도 없이 안색 하나 바뀌지 않고 부엌 뒤뜰에 심었다. 당시에는 누구나 재래 오이를 심고 있었으니 그가 맛본 오이 맛의 특별함을 얘기하지 않는 한 이웃에게는 달리 특별한 것도 아니었다. 다만 소문이 하나 퍼져있었는데, 장 씨네 집에 맛있는 오이가 있는데, 아무도 본 적이 없고 누구도 맛본 적이 없다는 것이다. 그렇다 하더라도 오이 맛이 오이 맛이지 뭐, 라고 대수롭지 않게 넘어갔다.

마을에 은근히 소문만 돌 때, 당시로써는 종자를 사온다는 것이 미친 짓이었지만, 한 선진 농가에서 읍내의 씨앗 상회에서 사온 오이

---

*   장호성이란 분은 실제 예산 화교의 대부다. 근검절약을 통해 화교학교를 세우는 등 화교들이 예산에 정착하는 데 큰 공을 세운 분이다.

씨가 있었다. 그 오이가 생김새도 매끈하게 잘 빠진 데다가 꼭지까지 쓰지 않았다. 신품종이 들어왔다며 마을에 너 나 할 것 없이 또 미치도록 빨리 삽시간에 퍼져나갈 때도 그들은 묵묵히 자신들의 입맛을 믿었다. 신품종 덕분에 오래잖아 소문은 잦아들었지만, 가끔 누군가가 언뜻 그 오이 맛에 대해 소문을 기억하고 종자를 얻으러 가거나 신품종 오이 맛이 너무 싱거워서 얻으러 가도 씨앗 퍼트리는 것이 싫어 오이 한 개 뚝 따서 건네주면서도, 절대로 노각은 주지 않았다. 뿐만 아니라 혹여 노각이 넝쿨에 생길까 봐 종자용을 제외하곤 노각을 만들지도 않았다.

그렇게 오랜 세월이 흘렀다. 씨앗 박물관을 설립하고 1년쯤 지났을 때였다. 그 오이를 잃어버렸다는 소문은 난 적이 없었는데, 아이러니하게도 다시 찾았다는 소문이 돈 것이다. 그리고 뒤늦게 장 씨네에 맛있는 오이씨가 있었는데, 그 씨를 이사 통에 놓쳤다는 소문도 그때야 함께 퍼진 것이다. 늘 뒤꼍 울타리 안에 심었는데, 넓은 집으로 이사 오면서 놓친 거라 했다.

이 소문 속에는 쌤통이란 은어가 숨어있었다. 하지만 그 의중이 어찌 되었든 뒤늦게 이 소문을 들은 우리는 발 빠르게 움직이기 시작했다. 박물관에선 장 씨네 오이를 얻기 위해 백방으로 알아보았는데, 소문과는 달리 장 씨네는 잃어버린 오이씨를 찾지 못해 주고 싶어도 줄 수가 없었다. 소문이 잘못된 것이었다. 잃어버린 안타까움만 듣고 왔다. 그 과정에서 또 다른 소문이 돌았는데, 장 씨네 오이가 마을에 돌아다닌다는 것이었다.

그 소문을 따라 박물관도 찾아 나섰고, 장 씨네도 소문 없이 찾아 나선 모양이었다. 거의 동시에 이 오이씨를 찾았는데, 그들은 역추적해나갔고, 우리에게는 어느 날 이웃집에서 장 씨네 오이라며 은근히 한 포기 주고 갔다. 누군가 그 집 노각 오이를 하나 슬쩍해와 은밀히 두어 집이 나누어 먹었는데, 또 그것을 슬그머니 이웃에 가져다주며 마을에 퍼졌고 박물관에서 찾으니 가져왔다는 것이다. 그리고 그때 워낙 장 씨네에서 종자를 놓쳤다고 안타까워해서 무슨 오이인지 말은 하지 않고 그 집에도 한 포기 심어 먹어보라고 가져다주었다는 것이다.

문제는 거기서부터 시작됐다. 오이가 커가면서 점점 자기 오이를 닮아가더니 차츰 따 먹을 크기가 되어 먹어봤는데 맛 또한 기억하는 그대로 자기 오이와 똑같더라는 것이다. 진액의 농도며, 묵직하게 씹히는 식감이며 영락없이 자기 오이였다는 것이다. 알아챈 것이다. 잃어버린 자식은 아무리 시간이 지나도 단번에 알아볼 수 있듯이 그들도 단번에 자기의 오이를 알아본 것이다. 이해는 가지 않았지만, 들어보면 그것이 그렇게 어려운 일도 아니었다.

그것이 역추적의 단서가 되었다. 자기는 준 적이 없는데, 오이가 마을에 돌았고, 급기야는 자기에까지 돌아왔으니, 이는 분명히 그가 주지 않은 오이를 가져갔다는 것이다. 결국 훔쳐간 것이 아니냐며 애초에 퍼뜨린 집을 찾아내기 시작했다. 그러더니 어렵게 처음 퍼트린 사람을 찾아내는 데까지 성공했다. 그러면서 두 집안 간에 내놓고는 싸울 수 없었지만, 소리 없는 싸움이 벌어졌다.

박물관이야 소기의 목적을 달성했으니 구경만 하면 됐지만, 다행히 그 싸움은 오래가지 않았다. 그가 노각을 가져가지 않았으면 씨를 지키지도 못했고, 이미 오래전부터 이웃과 나눠줘 같이 먹었으면 잃어버리지도 않았을 거 아니냐는 말이 꽤 화해의 말로 설득력이 있었기 때문이다. 종자란 함께 심어야 오래갈 수 있다는 사실을 깨닫게 해준 수집이었다. 박물관도 모른 척하고 다시 원주인에게 한 포기 얻어 심었다.

수집을 나가보면 토종을 지키는 자들은 대부분 이렇게 고집불통 보수주의자다. 그것이 토종을 찾는 큰 노하우 중 하나다. 반면 토종의 가치를 보존하려는 자들은 대부분 진보적 성격을 가진 분들이 많다. 여성농민회가 대표적이다. 진보가 토종의 가치를 알아본 것이다. 이는 지독한 보수들의 문화와 생활을 인정한 것이라 본다. 진보와 보수가 한세상에서 어떻게 공존해야 하는지 보여주는 것은 토종만한 것도 없다. 요 몇 년 사이에서 보여준 한국 사회에 반면교사가 되지 않을까.

추사가 사랑했던 서산의 생강

　서산 부석면 강수리에 들어서면 생강의 원조 마을이란 커다란 돌 표지판이 있다. 마늘종 보존지인 태안 가의도에 가면 마늘 원산지라는 표지판이 있다. 원조와 원산지?

　하여간 생강의 원조가 어떤 곳인지 궁금해 마을로 들어섰다. 그러나 원조라는 돌 표지판이 무색하게 생각보다 마을에는 생강 심은 농가들은 적었고, 겨우 찾은 생강밭 임자를 붙잡고 물어봐도 대부분 박병철 씨를 찾아가 보라고 하고는 다시 소독하느라 바쁜지 밭고랑으로 되짚어 들어갔다.

　― 요게 스산 토종 생강이유?

　들어가는 농부들의 뒤꽁무니를 보고 물었지만, 대부분 모른 채 다시 소독하는 줄을 잡았고 가끔 뒤돌아 소리치는 분들은 말한다.

　― 워디유!

　아니라는 뜻이다. 모두가 똑같은 대답이었다. 이분들은 하나같이 생강을 묻는 말에 생뚱맞게 마을은 육 쪽이라며 강조해서 말했고― 그것은 가의도에서 계약재배해서 가지고 나온 마늘이어서인지 자신 있는 모양이었다―정작 생강에 대해서는 영 자신이 없어 보였다. 그러니까 서산 강수리 바닥에는 이미 토종 생강이 거의 없어진 형편이었다. 그래서 박병철 씨를 찾아 나섰다. 사전에 그분과 그분의 증조할 아버지 얘기는 어느 정도 알고 간 터라 가급적 다른 분들을 만나 이야기를 듣고 싶었는데 이는 틀린 듯싶었다.

　― 대체 길가에 서 있는 돌비석 말고는 이곳이 생강 원조라는 게 뭐로 증
　　명한대요?

어렵게 박병철 선생을 만나 첫 마디로 질문한 말이었다. 이곳저곳 마을을 돌아다니며 '대체 뭘 지켰다고 서산 생강 서산 생강하는 겨?', '인터넷에서 떠돌던 그 많은 토종 생강은 다 어디 간 겨?' 하며 사실 나도 부아가 좀 부어있었고, 그보다는 안타까움이 더 컸다. 최소한 토종 생강은 농가에서 근근이 지켜지는 게 아니라 단지로 지켜지길 바랐기 때문일 게다. 대꾸 없이 그분은 멋쩍게 웃기만 한다.

서산 생강의 역사를 잠시 살펴보면, 요즘 우리가 만나볼 수 있는 강수리 지역 토종 생강은 1931년부터 재배되었다. 서산시 부석면 강수리의 박영서옹이 전라북도 완주 봉동에서 종자용 생강을 가져와 서산시 부석면 강수리 342번지에 심은 것이 그 시초라 했다.

이때부터 서산의 생강 종자가 교체 시기에 접어든다. 그전의 생강은 확인할 길이 없다. 다만 1832년(순조 32) 7월 21일 영국의 로드 애머스트(Lord Amherst) 호가 '서산 간월도 앞바다로부터 창리 포구에 와서 소 2두, 돼지 4구(口), 닭 80척(隻), 절인 물고기 4담, 갖가지 채소 20근, 생강 20근, 파 뿌리 20근, 고추 10근과 함께 마늘 뿌리 20근을 받았다'는 《조선왕조실록》의 기록에서 알 수 있듯 이미 서산에는 생강이 꽤 활발하게 재배되고 있었다.

이때 준 생강이 어떤 생강인지는 확인할 수 없지만, 그 맛이 독특하여 한양 사람들 입맛에는 매우 선망의 대상이었던 게 분명하다. 그 소문이 퍼져 서예의 대가인 추사 김정희 선생에게까지 들어가니 그의

생강 사랑은 매우 유별났다. 아마 비린 생선과 고기를 좋아했던 추사로서는 생강이 최고의 조미료였을지 모른다. 다음의 일화를 보면 그에게 생강이 어떤 의미인지 알 수 있다.

추사가 옛 백제지역인 충청도 호서지방으로 좌천 비슷하게 떠나는 지인들에게 주는 전별시를 주는데, 서운하거나 위로하는 내용은 차치하고 '수많은 음식에 생강조림은 오후(五侯)에 비견되리니 식탐의 군침이 속절없이 식단에 흐르는구나'라며 호서지방에 나는 생강 조림을 먹을 수 있으니 얼마나 좋을까, 하고 부러워하는 자신의 마음만 내비치고 있을 정도였으니 좌천과 맛을 맞바꿀 정도로 호서지방의 생강은 한양까지 알려진 지역 특산물 중 특산물이었다.

추사의 생강 사랑은 거기에 그치지 않는다. 선생의 서산 생강 사랑은 말년 과천 시절, 어린 제자 행농과의 일화에서 꽃을 피운다. 우리가 잘 알고 있는 大烹豆腐瓜薑菜 高會夫妻兒女孫*이라는 대련이 본래 大烹豆腐瓜苟菜 高會荊妻兒女孫이었는데, 소박한 밥상에서 가지를 빼고 대신 생강을 넣어 최고의 서예 작품을 만들기도 했을 정도이니 그의 생강 사랑을 알 만하다.

그랬던 생강이, 그러니까 근근이 충청도 호서지방 농가를 중심으로 심어오던 생강은 아마 전라도 땅에서 자란 생강보다 작았을까? 아니면 일제 강점기를 거치면서 생강이 없어지기라도 했을까? 한 번의 종 교체 시기가 오게 된다.

박병철 씨 증조인 박영서 옹께서 1931년 이전 어느 때쯤에 전라

---

* '대팽두부과강채 고회부처아녀손'으로 세상에서 제일 맛있는 음식은 소박한 국과 두부, 오이, 생강, 채소이고 세상에서 고귀한 모임은 부부와 자식 손자들의 모임이라는 뜻이다.

도 땅을 밟다가 문득 훨씬 큰 생강을 발견하고는 생강을 가지고 와서 대대적으로 심기 시작했던 모양이다. 박영서 옹이 가져온 완주 봉동의 생강이 서산의 토질에 적응하면서 증조할아버지의 동생 박인화 옹은 온 마을 주민들과 생강 조합을 만들어 서산 생강을 다른 지역으로 판매하기 시작한 것이다. 물론 주변 농민들을 계도하여 수확하면 비싼 값에 팔 수 있다는 것으로 설득했으리라. 우리가 그의 집을 방문했을 때 남아있는 당시의 사진 한 장이 이를 증명이라도 하듯 대청마루에 걸려있었다. 박병철 씨 증조부나 아버지들은 서산 생강을 상품으로 만든 첫 시도자라는 게 더 정확할 것 같다.

그렇게 시작한 생강이 지금의 서산 토종 생강이다. 벌써 3대를 이어 생강을 심고 있다. 조금 있으면 아드님도 내려올지 모른다고 하니 4대를 이어갈 것이 분명하다.

— 어쩌다 중국산이 이렇게 판을 친대요?

— 토종 생강이 중국 종보다 우월한 것은 오직 향과 약성이거든. 근데 한과를 만들면 그 향이 날아가. 생강의 향은 휘발성이 강하거든. 그러니 소비자들이 없어진 향을 맡으면서 이것이 토종인지 알겠어? 그러니까 지금은 생산량이 우선이지. 중국산은 씨알이 굵거든. 뭇 당혀. 그게 다 내 잘못이지.

뜻하지 않게 그는 그것이 모두 자신의 탓인 양 자책을 하고 있었다. 조금 더 잘해보자고 생강 농가 클러스터도 하고, 서산 생강 알리려고 별짓을 다 했다고 했다. 할아버지의 유지를 받든다는 생각에서였다. 근데 그것이 화근이었다. 생강을 활용한 가공품이 늘면서 서산 생강이 유명해지고 판매량도 늘긴 했는데, 소비자의 요구를 따르자니 자연히 알이 굵고 생산량이 많은 중국 종을 선호하게 됐다는 것이다. 어차피 가공하면 향은 사라지는 데다가 누가 그걸 약으로 먹느냐는 것이다. 농부들의 입장에서 보면 이왕 소득을 늘릴 바엔 조금이라도 더 많은 돈을 버는 종을 심는 것은 당연했다. '토종이 밥을 멕여주나' 이렇게 나오면 답이 없었다. 지금은 모든 곳에서 손을 떼고 있지만, 결국 서산 생강 살리자고 하다 되레 토종 생강을 없앤 게 모두 자신이라고 탓하고 있었다.

— 그래서 선생님도 토종을 버리셨나요?

올라오면서 찾지 못한 토종 생강을 생각하면 짓궂게 물었다.

— 으하하. 요는 고것이구먼. 날 혼내자는 거지 지금?

한참을 웃던 그는 증조부가 생강 판매를 하던 사진을 보여주는 것으로 입막음했다. 사진에는 1931년이 확연하게 찍혀있었고 그 옆에는 생강 묶음이 많이 있었다. 그의 자부심이었다. 그리고 그분들이 지켜왔던 생강의 흔적을 하나하나 보여주었다. 3대에 걸쳐 한 번도 씨를 잃어버린 적 없었다. 다른 집으로 종자를 꾸러 간 적도 없었다.

— 온굴이라고 들어봤나?

— 예?

처음 듣는 말이었다. '온굴'이란 그의 증조부가 고안해낸 생강 저장법이었다. 생강은 높은 온도가 되면 싹이 나고 낮은 온도가 되면 썩는 고약한 성질을 가지고 있었다. 그래서 온도 유지가 중요한데, 그들은 그것을 위해 온돌방 부엌 아궁이 옆에 있는 마루 아래에다 굴을 파고 생강을 묻었다고 한다. 그것을 '온굴'이라 불렀다. 할아버지의 고민이 고스란히 드러나는 부분이었다.

그다음으로 나온 저장법이 수직굴, 생산량이 늘자 땅속의 적당한 온도를 찾아 내려간 것이 그것이었다. 그는 우리를 산꼭대기로 데리고 올라갔다. 산 정상쯤에 다다라 멍석으로 단단히 동여맨 함석 덮개를 걷어내자 지금까지 잘 보존된 오래된 수직굴이 나왔다. 생강 마을의 심장이 산속에 숨어있었다. 수직굴은 수직으로 5m 정도 파 내려가서 사방으로 굴을 내어 생강을 저장하는 방식이었다. 생강이 썩어 가스가 차면 사람이 죽을 정도로 강해, 이곳에서 여럿 죽었다고 한다. 그가 멍석을 열고 뚜껑을 열자 생강은 없었지만, 알라딘의 램프처럼 100년간의 숨어있던 근심의 냄새가 콧등을 쑤셨다.

나는 죽을지 모른다는 염려에서 뒤로 물러섰고, 박병철 씨는 발은 물러서지 않았지만, 몸은 이미 두어 발 뒤로 물러섰다.

— 난 이 냄새가 싫어. 할아버지가 막 혼내는 거 같거든.

그가 얼른 닫았다. 할아버지의 꾸중이 듣기 싫은 모양이었다. 수직굴의 이러한 단점을 고려해 이후 만든 것이 수평굴이었다. 수평굴은 박병철 씨가 직접 고안해낸 저장법이었다. 그는 생강 저장굴 만드는 법을 특허까지 냈다고 한다.

온굴에서 수직굴, 그리고 수평굴. 삼 대에 걸쳐 찾아내고 만들어낸 생강 저장법이었다. 이 마을에는 그들이 고생한 흔적이 굴의 형태에 따라 고스란히 남아있었다. 그제야 이 마을이 생강 마을이라는 것을 실감할 수 있었다. 다만 아쉬움이 있다면 이러한 자원과 흔적을 그냥 방치되고 있다는 것이었다.

— 가자구!

그는 더 이상 할아버지의 꾸중을 듣지 못하고 뜬금없이 우리를 끌고 산속으로 향했다. 우리를 데리고 간 곳은 바로 산 너머 생강밭이었다. 엄청 넓은 밭이었다. 산속에 이런 밭이 있었다니! 족히 천여 평은 더 되어 보였다.

그런데 그는 생강밭으로 우리를 데려다 놓더니 막상 아무 말도 하지 않고 애꿎은 억새만 뽑아 씹으며 우리의 시선을 피하고 있었다. 부끄러움이었다. 그가 보여준 것은 다름 아닌 중국산 생강이었다. 밭에서는 중국산 생강이 기세 좋게 자라고 있었다. 고작 이걸 보여주려고 이 산중으로 데리고 오지는 않았을 것인데, 라는 생각이 미치기 전에 알아봤다.

그는 그 넓은 밭 중 30m 정도의 한 고랑에 토종 생강을 심고 있었다. 우리가 봐도 그냥 한눈에 알아볼 수 있었다. 할아버지는 들여왔고, 아버지는 지켰지만, 자신은 지키지 못했다는 죄책감이 밭 한구석에 남아있었다. 토종 생강은 다른 것에 비해 키도 작고, 대공도 가늘고, 여러 갈래로 분화되어있었다. 더군다나 그가 실수로 토종과 중국종을 함께 심어놓은 곳이 있어, 우리로서는 비교해서 보기 좋을 정도였다.

— 저게 토종이군요.

— 그려. 조만큼이 내 깜량이여. 욕하지 말어. 저거라도 지키고 있어야지. 내가 읍쌔면 증조부 사진도 떼 내야지. 저건 약초여. 그래야 토종을 지킬 수 있어.

그의 말투에는 힘이 없었지만, 왠지 무슨 다짐같이 들렸다. 지금은 할아버지가 그랬듯이 다시 약초로 쓰기 위해 생강을 심고 있다고 했다. 약으로는 토종을 따라갈 수 없다고 한다. 그가 토종 생강을 지키는 법이었다. 과거 서민들의 소박한 밥상의 대표적인 토종 작물이었던 생강이 지금 서산에서는 약으로만 쓰일 만큼 귀한(?) 작물이 되어있었다.

홍수 속에서 건져낸 울릉도 황금옥수수

울릉도 홍감자가 박물관 관리자의 실수로 종자가 끊겼다. 그해 여름 우리는 3박 4일을 잡고 울릉도 토종 수집을 나갔다.

이 울릉도 수집에는 몇 가지에 집중해서 초점을 맞췄다. 우선 무엇을 수집할 것인가에 발맞추어 홍감자 수확 시기에 잡았다. 그리고 어디를 갈 것인가는 다음 두 가지를 참고했다. 하나, 첫 울릉도 개척단이 처음 정착한 곳을 중심으로 찾기로 했다. 1883년 울릉도 개척단이 들어갔을 때 사람이 살던 곳을 우선 찾아보기로 한 것은 그곳이 척박한 울릉도에서 그나마 사람이 농사짓고 살 만한 곳이었기 때문이었다.

1883년 4월, 고종은 큰 결단을 한다. 개척단을 보내 울릉도를 개척한 것이다. 혹자는 고종의 업적 중에 울릉도 개척이 제일 잘한 것이라고 얘기하기도 한다. 그전까지 울릉도는 조선의 땅이긴 했어도 봉금의 땅이었다. 불법으로 입도하여 배를 만드는 나무를 베어 가는 버려진 땅이었다. 한편으론 왜인들과 충돌하여 인명사고가 끊이지 않는 곳이 울릉도였다. 이에 고종이 나서 개척단을 보냈다. 인용하자면 1차 30명, 뒤이어 24명, 합계 54명의 육지 주민들이 강원도 관찰사가 제공하는 식량 60석, 벼, 콩, 조, 팥 들의 씨 종자—감자와 옥수수가 없다는 것이 특이하다—소 두 마리를 포함한 농사 도구와 무쇠, 솥 등의 생활 도구는 물론, 안전을 위한 화승총 두 정까지 지원받아 바다를 건너 울릉도에 입주했다. 이들은 나리분지를 비롯한 다섯 곳으로 흩어져서 정착했다. 개간을 시작 3개월이 지난 후 약 310마지기의 땅이 개척되었다.

그 개척단의 길은 바로 울릉도 농업의 길이었다. 당시 개척단은 어업은 생각조차 하지 않고 보낸 사람들이었다. 그래서 우리는 이들의 길을 따라 울릉도 토종 수집을 하고자 한 것이다.

그렇게 울릉도 개척단의 행로가 첫 번째 답사길이었고, 또 하나 참고한 것이 2008년 토종 수집단을 이끈 안완식 박사가 수집한 농가였다. 짧은 답사 기간을 감안하여 울릉도의 서쪽 사면인 학포, 태하리, 현포, 서래마을을 중심으로 돌아보기로 했다. 물론 당시 토종을 지키고 있는 분을 한 분도 만나지 못했다. 혹은 돌아가셨고, 혹은 농사를 포기하고 읍내로 내려가셨다. 시간도 흘렀지만, 그만큼 울릉도의 농업 환경이 빨리 변하고 있다는 증거였다.

결론적으로 말하면 울릉도 토종 수집은 여러모로 어려운 점이 많았다. 울릉도 특유의 농지 구성과 농가 주택 분포가 그랬고, 막연함이 또한 그랬다. 울릉도의 농가 분포가 변하기 시작한 시기를 정확하게 특정할 수 없겠지만, 관광을 앞세운 소득 정책이 일조한 것은 분명한 듯하다. 관광에 맞춘 농가 소득은 생산력의 증대 요구와 자급에 초점을 맞췄던 울릉도 농업의 다양한 품종의 실종은 어쩌면 당연한 결과라고 생각한다. 이 결과 애초 울릉도 농가 분포는 토지에 맞춰있었다면, 지금은 주거지와 농지가 분리되어 농가에 수집을 나갔을 때 일종의 '농사지으러 나갔다'라는 말을 흔히 들을 수 있게 만들었다. 이러한 막연함은 가끔 발걸음을 머쓱하게 만들기도 했다.

어쨌든 계획대로 우리는 울릉도에 도착하여 나리분지에 짐을 풀었다. 특별히 나리분지에 짐을 푼 이유는 한귀숙 선생이 운영하는 민박집이 있기도 했지만, 그분이 울릉도 토종인 홍감자를 맛의 방주에 등재한 분이기 때문이었다. 그분이 홍감자를 지켜오고 슬로푸드 음식 운동을 해온 이야기야 워낙 잘 알려져 나까지 보태서 다룰 필요는 없을 듯하다. 그분에게서 울릉도 토종에 관한 이야기는 많이 들었으나 생략하기로 한다. 그래서 한 선생님 댁에서 수집한 토종 이야기도 생략하기로 한다. 사실 울릉도의 토종은 나리분지로부터 시작되고, 나리분지를 통해야 한다는 것도 알고 있었지만, 우리는 호기롭게 나리분지를 떠나 홍감자를 찾기 전에 황금옥수수를 찾기 위해 학포로 향했다.

수집하러 다니는 중에서 토종을 가지고 있는 집을 찾아다닐 때가 제일 난감하다. 심지어는 막막하기까지 하다. 집은 있되 사람은 없고, 사람은 있되 토종이 있을지 아무도 모르니, 무작정 돌진이 그 무안함을 감출 뿐이었다. 그런데 울릉도는 더했다. 아예 길만 보이고 농가가 보이지 않기 때문이다. 이 길로 가면 농사짓는 집이 나올까? 그러다가 에라 모르겠다 하며 올라가 간신히 집을 찾으면 마찬가지로 사람이 없고…. 간혹 농가를 만나 들에 나갔다고 하면 그 들이라는 것이 또 얼마나 올라가야 할지 몰라 까마득할 때가 많았다. 여기가 하늘과 땅의 중간쯤이라고 생각하고 그곳에서 아래를 내려다보고 좌우를 살펴봐도 농가는 보이지 않는다. 다시 하늘을 올려다보면서 저만치 내려다보이는 만큼만 올라가면 하늘이 있지 않을까 하는 높이에 올라가면 겨우 작지만 평평한 땅이 나온다. 외지인이 바라보기엔 좁은 이

곳이 울릉도에서 1, 2년 정도 살아본 사람들은 넓게 보일 땅에 서너 가구가 젖을 주는 곰처럼 바짝 웅크린 채 자리를 잡고 있다.

막막하다. 그러다가 우리가 찾아간 학포 통구미는 그나마 농사지을 만한 땅이 있는 곳이었다. 하지만 사정은 이곳도 마찬가지였다. 산은 있었으나 사람이 없었다. 저 산 능선 어디엔가 농사짓는 분들이 있을 거라는 생각으로 통구미 귀바위를 바라보며 무조건 올라갔다. 더이상 올라갈 수 없는 막다른 길에 도달하여 차를 돌릴 자리도 없는 곳까지 올라갔다. 몇 번이고 자동차를 앞뒤로 굴리는 바퀴 톱질을 하며 후진과 전진을 되풀이하며 간신히 차를 돌리려고 좌우를 살피는데, 어허! 헛간 옆쪽으로 한구석에 개간한 텃밭에 온갖 토종이 자라고 있는 것이 아닌가. 그곳에서의 우연한 발견은 우리를 매우 놀라게 했다.

담배 이파리를 닮았다는 청상추와 아주 오래됐다는 열두 줄 박이 찰강냉이. 그리고 익으면 겉이 노랗게 되고 퍼뜩 크는 청오이 등이 있었다. 아내가 반갑다며 사진을 찍고 이름을 부르며 흥겨워하는데, 기억이 겹치면서 어디선가 들어본 듯한 이름의 작물이었다.

울릉도 수집 자료를 꺼냈다. 예상이 맞았다. 이 종자들은 안완식 박사께서 2008년 울릉도 수집하러 와서 박연조 할머니(당시 77세)를 만나 여러 가지 씨앗을 얻었다는 기록과 일치한다는 것을 알았다. 너무 신기하여 허락도 없이 상춧잎도 뜯어 먹어보고, 사진을 찍고 호들갑을 떨고 있는데 주인이 나왔다. 아무리 불러도 인기척이 없더니 우리의 두런거리는 소리를 듣고 밖으로 나온 것이다. 나중에 안 일이지만, 뭍에 나갔다 막 들어와서 홍감자를 캐러 가려고 헛간에서 준비하는데 인기척이 들려 나와봤다고 했다.

우리가 바쁘다는 사람을 붙들고 토종에 관해 질문을 쏟아내자 마지못해 집에서 보관하는 많은 토종을 보여줬다. 헛간은 그의 토종 보물 창고였다. 올해 심지 못한 것은 내년에라도 심기 위해 창고 안에 남아있는 귀틀집에 따로 보관하고 있었고, 내년 종자는 창고 양지쪽에서 건조하고 있었다. 우리는 부인이 비가 올 것이라고 투덜대면서 감자 캐기를 재촉했지만, 귀 닫고 뭉개면서 찾지 못한 토종을 내놓을 때까지 속속들이 토종을 구경했다. 그리고는 참아왔던 궁금증을 물었다.

— 혹시 어머니가 박연조 어르신 아니신가요?

— 아니, 그걸 어떻게 알아요?

그래서 자초지종을 얘기했다. 다만 듣기로는 당시 집 위치와 약간 달라서 주저했다 하니 어머니가 돌아가시고 조금이라도 편해지려고 이곳으로 새집을 짓고 내려왔다 했다. 옛집은 농사를 지으러 올라갈 때 쉬는 농막으로 쓴다 했다. 당시 주변에 집 몇 채가 있었는데, 지금은 다 내려왔다고 했다.

이런 신기한 일도 있었다. 그가 들려주기를 열두 줄 박이 강냉이는 어머니가 서래마을에서 가져다 심었다 했다. 지금 그의 창고에는 안 박사님이 당시에 수집한 것 말고도 쪽파와 감자, 그리고 다른 토종 종자들을 많이 가지고 있었다. 우리는 바쁘다는 그를 잡고 한참이나 광을 뒤지며 토종을 구경했다.

우리는 몇 가지 토종을 수집하고는 그의 말을 따라 서래마을로 향했다. 열두 줄 박이 강냉이를 수집하기 위해서였다. 그러나 서래마을은 쉽게 그 모습을 보여주지 않았다. 하늘 아래 첫 마을이라는데,

그 입구조차 종잡을 수가 없었다. 첫날은 실패했다. 다시 이튿날 다시 찾았다. 울릉도에 대한 선입견으로 첫날은 그 끝에는 밭이나 있겠지, 마을이 있을 곳이 아니라는 판단으로 내려왔었다. 이튿날은 그 선입견에 속아보자는 심사로 가파른 언덕길을 올랐다. 그 꼭대기에 교회가 있는 마을이 나올 줄이야….

작은 분지 서래마을이었다. 그곳 사람들은 매우 여유롭고 한가했다. 낯선 사람들이 마을로 들어섰으나, 매우 친절했다. 외진 마을 특유의 경계심이라고는 보이지 않았다. 쉴 자리를 내주고 이야기 자리도 흔쾌히 곁을 내주었다. 그러나 아쉽게도 서래마을은 황금옥수수뿐 아니라 어떤 토종도 남아있지 않았다. 후일담이지만, 오히려 울릉도 수집을 마치고 돌아와 박물관의 토종을 보내줄 정도였다. 씨앗은 수집 못 하고 이야기만 수집한 경우였다. 이야기 수집도 박물관으로서는 아주 중요한 수집 중 하나이긴 했다. 그 이야기 때문에 오랜 시간 서래마을에 머물렀다.

— 에이, 그걸 왜 없애셨어요?

우리가 애교스러운 앙탈로 아쉬움을 털어내자 그들도 함께 아쉬워했다.

— 그게 모르것네요. 우리도 왜 그 어렵게 지킨 토종을 버렸는지….

— 그게, 옥수수는 우리들에게는 생명줄이었지. 개척단이 처음 들어와서 종자를 생명줄이라 붙들고 있었다지….

— 언제든 아래 상회만 내려가도 종자를 살 수 있으니까 그들이 끝까지 지켜줄 줄 알았지, 뭐!

— 그건 그래요….

힘이 없었다. 그리고는 한참 동안 말이 끊겼다. 그 시간이 마치 반성의 시간인 듯 그들은 고사리 말린 것만 만지작거렸다.

— 개척단요?

얘기는 다시 자연스럽게 개척단으로 흘러갔다.

— 그런 우리 윗대 할아버지가 개척단으로 들어온 분이라요.

생각지 않은 울릉도 개척단 후예를 만났다. 처음에는 모두 나리분지에 짐을 풀었지만, 새로운 농토를 찾아 서래마을로 들어온 경우였다. 이곳은 작지만 나리처럼 분지였다. 그들은 아버지한테 들은 개척 이야기를 생생하게 들려주었다. 그것은 행운이었다. 울릉도에서 울릉도 개척단 후예들을 만나기란 쉽지 않았다.

개척단이 처음 울릉도에 들어올 때 가지고 온 식량은 씨 종자를 제외하면 턱없이 부족했다. 도착하자마자 그들은 굶주림에 시달려야 했다. 이곳으로 이주할 때야 배고픔 정도는 해결될 줄 알았을 것이다. 그러나 이곳도 그들의 배고픔을 해결해줄 수 없었다. 이러한 배고픔은 50년이 흐른 1934년까지도 변하지 않았다. 1934년 12월 12일 자 <동아일보> 기사를 보자.

이 시기 주민들의 주식은 옥수수와 감자였다. 옥수수를 맷돌에 쌀 알 절반 크기로 갈아 감자와 함께 밥을 짓듯이 물을 부어 익혀 먹었다. 흉년이 들면 산에서 캔 나물로 끼니를 이었다. 당시 먹었던 산마늘이 울릉도에선 '명을 이었다'고 해서 '명이'로 불리는 것만 보더라도 당시 식생활이 얼마나 열악했었는지를 짐작케 한다….

당시에 울릉도를 찾은 기자는 이들의 열악한 상황을 이렇게 전했다.

문턱에 다다르니 주렁주렁 엮어서 달아놓은 미역취가 눈에 띈다. 부지깽이나 물을 말려 항아리에 담아놓은 것도 여기저기 있다. 부잣집에서 볏섬을 쌓아놓듯 어느 집이나 두 가지 나물이 준비돼있다. 장 씨가 점심으로 죽 그릇을 가지고 나와 기자의 눈앞에 내민다. 나물 건더기만 빽빽한 푸른 죽이다. 이 죽을 숟가락으로 뜨면 한 술에 곡식 알맹이라곤 강냉이 두세 조각이 얹어진다. 감자 조각 삐져 넣은 것은 세 술 만에 한 조각 담길까 말까….

그 후 30년이 지나도 생활은 변하지 않았다. 마찬가지였다. 그들에게 옥수수와 감자는 곧 생명줄이요, 목숨이었다. 어느 정도인지는 그들의 이야기를 들어보면 조금은 짐작할 수 있다. 종자를 지키는 것이 이렇게 처절할까?

나리분지에 눈이 많이 온다는 것은 모두가 아는 사실이다. 그러나 비가 많이 온다는 이야기는 매우 생소하게 들렸다.

— 눈 속에서 씨앗을 지키기란 사람을 지키는 것보다 쉬워. 그러나 물속에서 지킨다는 것을 상상이나 했을까.

어느 해인가, 나리분지에 비가 내리기 시작하더니 열흘 밤낮을 가리지 않고 장맛비가 내렸다. 그러더니 점점 물이 불어 밭으로 넘치기 시작했다. 눈이 오길 밤새우면 창문을 덮고, 한낮에는 지붕을 덮는다는 이야기는 들었어도 비 이야기는 전래 이후 들어보지 못했다. 사람들은 설마설마했다. 더구나 빠지기 쉬운 수구가 한쪽에 있었으니 어느 정도 안심하고 밤을 새웠다. 그러나 밤이 새기도 전에 집에 들이 닥친 빗물에 사람들이 피신하기 시작하고 높은 곳에서 밤을 보내야 했다.

숲속에서 날을 밝고 나서야 그들이 깨달은 것은 나리분지 전체가 물에 잠겼다는 사실이었다. 그 물속에는 그들이 1년을 버틸 식량인 옥수수가 고스란히 잠겨있었다. 옥수수 머리끝이 잠겼다 나왔다 하며 바닷물처럼 일렁였다. 어쩌면 내년에 심을 종자조차도 건지지 못할지도 모른다는 위기감에 휩싸이기 시작했다. 누구랄 것도 없었다. 톱을 든 사람은 뗏목을 만들기 위해 나무를 베어왔고, 낫을 든 사람들은 모두 긴 창대 끝에 낫을 묶었다. 뱃사람들이 미역을 따는 갈고리 도구였다.

사람들이 뗏목을 띄웠다. 출렁일 때마다 물 위에 뜬 옥수수 머리끝이 물 밖으로 나오면 한 사람이 머리채를 잡고 한 사람은 물 깊이 갈고리를 넣어 옥수수 대를 잡아채 당겼다. 그렇게 여문 옥수수를 찾아 한나절을 뗏목을 타고 돌아다녀 겨우 집마다 종자할 분량을 찾았다. 그렇게 지켜온 옥수수가 나리분지 울릉도 황금옥수수였다. 그때 건져 지킨 옥수수 종자가 아마 지금 울릉도 전역에 퍼졌을 것이란 것을 짐작할 수 있었다.

우리는 서래 마을의 황금옥수수가 나리분지에서 왔다는 것을 알았다. 결국 울릉도 토종은 나리분지에서 시작하여 나리분지에서 끝났다는 것을 알 수 있었다.

― 아닌 게 아니라 한 집사한테 옥수수 얻으러 가야겠네.

한 집사라 함은 바로 나리분지의 한귀숙 선생을 말한다.

개척단으로 들어온 할아버지처럼 그들이 다시 울릉도 토종의 개척단이 되지 않을까 하는 기대를 하고 서래마을을 떠났다. 황금옥수수를 수집하기 위해서는 결국 다시 나리분지로 돌아가야 했다. 중간에 현포에 황금옥수수를 가지고 계신 분이 있다기에 찾았지만, 집을 짓고 있는 바람에 씨를 놓쳤으나 나리분지에 가면 있으니 걱정은 하지 않는다 했다.

부끄러워 감춰버린 홍감자를 찾아라

　　전날 수집한 목록을 정리하고 이튿날은 조금 늦게 다시 학포로 향했다. 이곳은 조선 개척단이 처음으로 땅을 내디딘 곳이다. 그리고 거기에 조선 개척단이 세운 첫 산왕각이 있다. 울릉도에는 용왕신각보다는 산신각을 찾기 쉽다. 지금도 남아있는 산신각이 열두 가운데 나 됐다. 아마 조선시대 개척단은 물론 이주 이후 울릉도 사람을 지배해온 신은 산신이었던 모양이다. 그만큼 산의 위용이 바다를 지배하고도 남았다. 사람들이 배에서 내려 처음으로 대하는 것이 바로 절벽 같은 산이었다. 산을 넘어도 산이었고, 절벽을 오르면 또 절벽이었다. 산에서 땅을 내주지 않으면 밭은커녕 집조차 지을 수 없었다. 농사지으러 이주한 이들에겐 살 곳도, 사는 것도 모두 산에 의지할 수밖에 없었다. 산은 그들에게 절대적이었다. 이런 사실을 엿볼 수 있는 곳이 바로 학포에 있는 개척단이 만든 최초의 산왕각이다.

　　그렇게 학포 산왕각을 스치듯 지나 통구미에서 우연히 만난 울릉도 토박이 노점상은 "윗통구미 옛길을 따라가면 홍감자를 오랫동안 심어온 사람이 있지 아마"라며 지나치듯이 홍감자 이야기를 전해주었다. 울릉도에서 그 정도면 GPS로 점을 찍어준 정도로 정확한 이야기였다. 울릉도에서 길을 묻거나 집을 찾는다는 것은 사실 몇 가운데 빼고는 할 수 없는 일이었다.

　　우리는 쏜살같이(?) 차를 몰아 윗통구미 옛길을 따라갔다. 1차선 정도밖에 안 되는 폭의 길에, 반대편이 보이지 않고 급한 커브 길이지만 반대편에서 차가 올 것을 겁낼 필요는 없었다. 차가 거의 없으니 말이다. 그렇게 한참을 가니 고개를 몇 구비 넘어 산꼭대기도 나오고, 드디어 첫 집이 나오는데, 사람은 온데간데없었다. 길 표시는 어긴 적이 없었지만, 어디선가 잘못 들어선 게 분명했다. 우리는 드론을 띄웠다. 무작정 갈 수는 없었다. 지금도 너무 많이 올라왔다. 드론을 띄워 지형을 살피니 절벽 같은 고개 하나만 넘으면 산 중턱을 한 삽 정도 파놓은 듯한 조그만 분지 위에 서너 채의 농가가 있었다. 그곳이 바로 윗통구미였다. 이런, 바다를 접하고 있는 아랫통구미를 생각하고 윗통구미를 찾은 것이 잘못이었다. 위아래 차이가 이 정도인 줄은 미처 몰랐다.

비록 서너 집이었지만, 마을이 제법 짜져있었다. 그리고 놀라운 것은 다행히 홍감자를 심는 사람이 누구인지 찾을 필요도 없이 길가에 홍감자가 널찍하게 심겨있었다. 넓어야 200여 평 정도지만, 울릉도에서 이 정도면 큰 밭이었다. 밭에 딸린 집으로 들어갔다. 아무도 없었다. 한 시간 정도 기다려 홍감자 주인을 만날 수 있었다. 우리는 찾아온 이유를 설명했고, 그는 아주 빨리 응대했다. 우리를 이끌고 그의 홍감자밭으로 데려갔다.

그곳에서 홍감자를 심는 기막힌 사연과 함께 그의 아픈 개인사를 들을 수 있었다. 굳이 이름을 밝히지 않은 이유다. 그와 얘기하는 내내 가슴이 먹먹해졌다.

그의 조부를 비롯한 일가친척들은 1936년 일제가 유사종교 취체 강화책이라는 명목으로 유사종교 해산명령으로 해산할 때 2차로 울릉도로 들어온 보천교도였다. 보천교 등 많은 민족종교 단체들이 독립운동에 가담하며 민족정신을 고취하자 조선총독부의 해산명령이 떨어진 것이었다. 이후 민족종교는 신천지인 이상세계를 찾아 만주 등 한반도를 벗어나 이주하였다. 특히 천도교는 주로 만주로 가서 자리를 잡았다. 이들은 만주 지역에서 많은 민족종교의 터전을 만들었다. 일제 치하의 신지식인들의 어쩔 수 없는 선택이었다. 그러나 보천교도들은 이미 그전에 울릉도로 이주한 보천교도들이 있어서인지 만주보다는 울릉도에 신세계가 있다고 믿었다. 일설에 의하면 우산도인 독도로 가려다가 거친 파도를 만나 조난을 당한 후 울릉도에 겨우 당도했다고도 한다. 어떤 이유에서든 그들은 울릉도로 집단이주를 단행하였다. 1928년 9월 12일 자 <동아일보> 기사다.

이 섬 백성들의 신앙 정도는 어떠한가. 기독교 신자 280명에 복마전의 보천교도가 568명의 절대다수라고 한다. 불교의 절이 한 곳 있는데 여승 2명만 있어 괴로운 섬에 한층 더 고적의 느낌이 보는 이로 하여금 일게 하는데….

1차 이주 후 당시 보천교도들이 울릉도에 얼마나 많았는지를 잘 보여주고 있다. 그들의 2차 이주는 국내의 보천교가 강제 해산되자 1936년도에 이뤄졌다. 당시는 주로 가족 단위의 이주를 단행했는데, 이 댁은 큰할아버지와 작은할아버지 두 형제가 슬하 대가족 전체를 이끌고 이주하게 된다. 자급자족이 제일 우선인 그들은 일제의 물건을 먹지 않고 버텼다. 그때의 주식은 옥수수와 감자로 서로 의지하며 이를 악물고 버텼다.

그러나 그는 이런 사실을 모른 채 자랐다. 다만 어머니가 작은 신단을 방에 모셔두고 아침저녁으로 비는 것은 그저 가정이 무사하고 자식이 잘되라고 비는 비손 의례 정도로 생각하고 있었다. 모든 생산물의 첫 시식자는 바로 이 신단이었다. 울릉도에서는 식량이 옥수수와 감자였으니 신단의 차지는 늘 감자와 옥수수가 주를 이뤘다. 보천교는 하지 치성이 매우 큰 제사였고, 이때 때맞게 처음 수확한 홍감자를 올리는 것은 당연했다.

그는 울릉도에서 중학교를 졸업하고 다행인지 공부를 잘해 고등학교를 경주로 갈 수 있게 됐다. 그런데 그가 경주에서 고등학교에 다닐 무렵이 하필 박정희 정권 시절이었다. 당시 박정희 정권은 일제와 같은 논리로 「종교진흥법」을 만들어 보천교를 유사종교라 판단하고 미신으로 몰아붙이고 있었다. 미신이 마치 국운을 무너트리는 주범인 양 몰아붙였다.

그는 학교를 졸업하고 신지식인이 되어 다시 섬으로 돌아왔다. 박정희 정권의 현대화 교육을 받은 그가 울릉도로 돌아와 보니 바로 어머니가 망국의 미신을 믿고 있는 것이 아닌가. 그때부터 그는 어머니를 핍박하기 시작했다. 그는 미신이 현대화로 가는 길목을 잡는 전근대의 유물이라 생각했다. 그러나 어머니는 단호하게 거절했다. 그래서 어머니와 많이 다퉜다. 설득도 했으나 막무가내였다. 현대화 시대를 이해 못 하는 어머니의 무지라고 생각했다. 그 무지에 대해 어지간한 화는 다 냈다. 그때 그는 어머니가 신주처럼 모시는 소신단을 부수면 미신에서 벗어날 것이라는 생각이 들었다. 그는 어머니가 집을 비운 날을 기다려 소신단을 부숴버렸다. 산산조각을 내 불태워버렸다. 어머니는 돌아와 이것을 보고 아무 말 없이 하늘만 쳐다보았다. 다행인 것은 그 뒤로 어머니는 더 이상 소신단을 찾지 않았기에 기도도 끝이 나버렸다. 그는 의기양양했다.

그렇게 매섭고 흉포하다는 일제도 막지 못한 그들의 신념이 배운 아들한테는 단번에 꺾여버릴 수밖에 없었다. 그러나 그 여파는 컸다. 어머니는 신념을 덮었고, 작은아버지는 배운 턱을 하려고 읍내로 내려가 대서소를 차렸다. 그의 가족들은 윗통구미에서 뿔뿔이 흩어졌다. 보천교의 가족 공동체도 서서히 무너지고 있었다. 각자 자신의 쓰임이 맞는 곳으로 떠나거나 일자리를 찾아 떠났다. 울릉도의 보천교가 무너지는 과정을 이 가정에서 보여주고 있었다. 농사일을 택한 그는 신품종을 찾기에 여념이 없었다.

그렇게 세월이 흘러 어느덧 어머니도 돌아가셨고, 윗통구미에 홀로 남은 그도 어른이 되었다. 어른이 돼서야 그의 가족사를 알게 됐고, 자신이 보천교 후예라는 사실을 뒤늦게 알게 되었다. 그리고 어머니에 대한 죄송함이 몰려왔고, 그는 항상 죄인처럼 어머니의 신위 앞에 섰다. 그리고 그는 울릉도를 뒤져 홍감자를 찾았다. 소신단 앞에 놓인 홍감자와 옥수수가 떠올랐기 때문이었다. 마침 나리분지에 홍감자가 있다는 소식을 듣고 한달음에 달려가 얻어온 것이 지금의 홍감자였다. 그 뒤 그는 한 해도 거르지 않고 홍감자를 심어온다. 특산물화도 해봤으나 생각만큼 홍보가 안 되어 지금은 겨우 명맥만 유지하고 있다며 쓸쓸하게 이야기를 맺었다.

우리가 울릉도에는 홍감자가 두 종류가 있다는 사실을 알게 된 것은 홍감자를 찾는 과정에서 농촌지도소장을 지냈다는 어느 선생을 만나면서였다. 그분은 울릉도 토종을 지키기 위해 많은 노력을 기울이고 있었다. 그의 말에 따르면 홍감자는 언제 울릉도로 들어왔는지 모르나, 원래 홍감자는 강원도를 통해 들어온 것과 울릉도 사람 중의 한 사람이 일본에 가서 들여온 홍감자로 두 종류가 있다는 것이다. 겉은 다 같이 붉은데, 찌고 나면 하나는 속이 노랗고, 하나는 속은 희다는 것이다. 누구는 속이 노란 게 울릉도 홍감자라 하고, 누구는 속이 흰 게 진짜 울릉도 홍감자라 한다고 했다.

그러나 누구의 말도 모두 옳을 수 없고, 누구의 말도 또한 다 옳은 말이니 진위를 가릴 필요가 없다. 홍감자는 모두 어려운 시절 울릉도 사람들의 목숨을 지키는 목숨줄이 되기도 했고, 어디서 온 감자든 그들의 삶 속에 파고들어 이미 한통속이 돼버렸기 때문이다.

종콩밥이 웬수여,
모순이 살인사건에 연루된 종콩

종콩, 콩은 콩인데 조그맣다는 이야기다. 좀스럽다. 좀팽이 등에서 알 수 있는 '좀'이라는 작다는 뜻의 '좀콩'에서 점점 부르기 좋게 '종콩'으로 변형된 이름일 것이다. 그 크기의 기준은 메주콩이다. 메주콩을 기준으로 그보다 작으면 종콩이요, 그보다 크면 밥밑콩이다. 색깔은 대부분 노르끼리하거나 노란색 그리고 약간의 변종이 있다. 워낙 우리나라에 산재하고 있어 어디가 주산단지이고, 어디에서 토종을 지켜왔는지의 이야기는 무의미하다. 수확 철이나 오뉴월 시장에 나가면 시골 할머니들이 좌판을 깔고 파는 콩이 대부분 종콩이다.

그럼에도 불구하고 오늘 종콩을 소개하려는 것은 그 콩이 대단해서가 아니라 예산군 대흥면에 있는 봉수산 아랫마을에서 수집했기 때문이다. 그래서인지 그 할머니의 짙은 농도 그렇고 굴곡진 삶도 인상이 오래 남아있는 콩이다.

봉수산은 백제를 되찾기 위해 3년여 동안이나 싸운 부흥군의 거점이었던 임존성이 있는 곳이다. 이 봉수산 아랫마을에는 수많은 백제에 관련한 전설과 설화가 전해 내려온다. 대부분 백제인의 설움이 짙게 밴 설화들이다. 당나라 장수의 위용을 자랑한 소정방 배 맨 나무, 당나라 군인들이 장화에 묻은 진흙을 털어 만든 산인 딴산, 흑치상지의 배신을 상징하는 웬수봉, 백제 부흥군의 영령을 위로한 상여나무 등이 그렇다.

그중에 종콩과 관련 있는 아주 특이한 전설이 있는데, 바로 묘순이 살인사건에 얽힌 종콩에 관한 이야기다. 잠깐 들어보기로 하자.

백제에는 쌍둥이 남매 장수가 있었다. 누이동생 이름이 묘순이었다. 오빠의 이름은 거론하기도 싫었는지 알려진 바가 없다. 그런데 나랏법에 쌍둥이 장수가 함께 살 수는 없었다. 그래서 둘 중 하나는 죽어야 하는데, 묘순이 어머니는 고민 끝에 두 남매에게 생사를 건 내기를 걸게 한다. 오빠는 달려서 서울에 다녀오고, 그동안 누이동생인 묘순이는 성을 쌓아야 하는 내기였다.

어느덧 시합은 시작되고, 며칠이 지난 후 힘이 센 묘순이의 성 쌓기는 거의 마무리가 되어가고 있었다. 그런데 아들은 올 기미도 보이지 않았다. 그러자 애초부터 오빠가 이겼으면 했던 어머니는 초조해한다. 묘순이가 돌 하나만 올려놓으면 성 쌓기가 끝이 날 그때, 어머니가 묘수를 꺼내 묘순이에게 한 가지 제안하기에 이른다.

— 애야, 묘순아, 네가 이긴 것이 분명하니 쉬었다 하렴. 어미가 종콩밥을 해놨으니 먹고 하거라.

묘순이는 오라버니가 오는 것도 보이지 않고 어머니의 권유도 있어 종콩밥을 먹기 시작한다. 종콩밥이 뜨거워서 천천히 먹고 있는데, 그 사이 오라버니가 슬그머니 돌아왔다. 순간 어머니는 오빠의 손을 들어주었다. 내기에 진 묘순이는 분함도 풀지 못하고 죽임을 당해야 했는데, 그때 마지막으로 한 말이

— 종콩밥이 웬수여!

하고 죽었다.

지금도 그때 마지막으로 쌓으려고 한 바위가 있는데, 그것을 사

람들은 묘순이 바위라 한다. 성을 보수하기 얼마 전까지만 해도 그 아래에 있는 바위를 두드리면 '종콩밥이 웬수다'라는 소리가 들렸는데, 보수 이후에는 두드리는 바위도 없어지고 그 소리도 없어졌다.

이 설화는 억울하게도 남아선호사상의 표본 설화로 회자하고 있지만, 가만히 뜯어보면 기가 막힌 은유가 숨어있다는 것을 알 수 있다. 남성인 오빠가 신라요, 여성인 묘순이가 백제요, 어머니가 당나라의 측천무후라면 이야기는 엉뚱하게 해석된다. 오빠의 달리기는 당시 약소국인 신라가 추구했던 외교정책을, 그리고 누이동생의 성 쌓기는 대외적인 전쟁으로 국력을 과시하며 백제의 세력 확장정책을 준비했던 당시 역사와 대비해보면 설화를 통해 신라와 백제가 추구했던 국정 운영 방향을 알 수가 있다. 그렇다면 종콩밥은 아마 백제를 달래며 신라와 비열한 비밀협상을 했던 당나라의 한반도 지배정책의 달콤한 지연작전으로 해석할 수 있다.

이렇게 종콩밥을 덥석 먹은 묘순이가 끝내 죽고 백제가 망하니 백제 유민들의 아픔이야 오죽했으랴만 본의 아니게 삼국 전쟁 역사의 종지부를 찍는 데 결정적 역할을 하게 된 종콩의 이야기다.

우리나라에서 콩을 키우기 시작한 것은 아주 오래된 것으로 확인됐다. 콩이 만주 요녕 지방에서 분화하기 시작하여 한반도까지 내려오는 데는 그리 오래 걸리지는 않았으리라 본다. 애초의 야생콩에서 인류가 식량 작물로 선택한 단백질 보충용으로는 가장 우수했으니 수렵 생활에서 정착농업으로 생활하기 시작한 우리 민족에겐 둘도 없는 중요한 작물이었고, 그러다 보니 받아들이는 과정도 매우 빨랐으리라 본다. 그러면서 콩의 분화과정을 고스란히 지켜볼 기회를 가졌을 것이고, 그중에 선별된 콩들이 지금 우리 밥상에 올라오는 것이리라. 그러니까 콩의 역사는 바로 우리나라의 농경 역사와 궤를 같이한다 해도 과언이 아니다.

위 설화를 보면서 나는 가끔 백제시대의 종콩은 어땠을까 생각한다. 지금보다는 작고 좀스러웠을 것이다. 그러나 그 영양가로 인해 그들에게 아주 요긴한 작물이었던 것은 사실이다. 사실 우리나라 사람들도 콩으로 단백질을 보충하던 시기가 아주 가깝다. 불과 40년 전만하더라도 콩은 어느 밭, 어느 논두렁이든 심겨있었다. 정착 생활을 하면서 수렵에 의한 고기 섭취가 적어졌고, 콩은 탄수화물이 주를 이루는 보리, 밀, 벼 등에서 얻지 못하는 단백질 공급처로서 이보다 좋은것이 없었을 것이다. 그러니까 우리들이 어렸을 때 마을에서 명절 때돼지 한 마리를 잡으면 온 동네가 줄을 서서 조금씩 나눠 먹던 그 모습이 한때는 콩에서도 나타나지 않았을까?

당시에는 더했으리라. 설화에서 종콩을 삽입시킨 것은 당시 종콩이 매우 중요한 보양식이었다는 것을 말해주고 있다. 웬만한 것으로설득해서는 안 되니 나라의 운명을, 아니 적어도 한 인간의 삶 정도를 좌우할 정도의 큰 낚싯밥을 던졌을 때 받아들일 수 있을 만큼 중요해야 했는데, 그것이 종콩이었으니 그 위상을 짐작해볼 수 있다. 이쯤되면 종콩을 경국지두(傾國之豆)라 불러도 될까?

따뜻한 봄날, 우리가 그분을 처음 만났을 때, 그런 묘순이 바위 이야기를 아는지 모르는지 할머니는 그날도 밭에다 머리를 박고 종콩을 심고 있었다.

— 뭐하려고 콩을 심으세요? 언제부터 심어왔대요?

어색하지만, 여러 가지 정해진 질문을 이어갔으나 별반 심드렁하다. 콩밭만 매냥 파고 있다. 봉수산 허리 비탈밭에서 콩밭 매는 아낙네처럼 콩만 심는다. 충청도 할머니들은 긴지 아닌지 모르고 아는지 모르는지도 모르고, 알고도 모른 척하는지, 모르는 것을 감추기 위해 대충 긴가민가하고 넘어가는지 알 수가 없는 분들이다. 그런데 가끔 눈에 번쩍 뜨인 질문을 하면 정말 눈을 번쩍 뜨고 청산유수로 말을 이어간다.

— 옆집에선 할머니가 씨 안 준다고 뭐라 하시던데요? 할머니는 씨를 놓친 적은 없으세요?

진짜 옆집에서는 할머니의 종콩 종자를 가지고 싶어 했다. 아니, 정확하게 말하면 씨 종자를 두어 번 주었으나 다 놓치고 말았다고 한다. 그 뒤로는 콩 이야기만 나오면 가타부타 말도 안 한다. 내가 약간 고자질처럼 할머니를 자극했긴 했지만. 할머니가 발끈했다.

— 요즘 사람들 씨 구한 줄 물러. 잃어뿔고 다시 와 달라 하고. 안 주면 서운하다 하고. 잃어버리지 말라면 잃어버리고…. 옛날에는 누가 씨를 줘? 서로 좋은 종자 만들어 지들끼리 심어 먹곤 했지.

— 마쥬. 씨 구한 줄 물류, 근데 가난할 때 콩밥 이야기 좀 해주세요.

— 아휴 말도 마. 서방은 곡석 붙일 생각은 안 허고 계집 끼고 놀고 있지. 매냥 팔아먹으면서도 조상이 남긴 땅이 남아있는 줄 알고 땅문서 내노라고 닦달이지…. 내놀 거라고는 콩밥밖에 없지.

— 종콩밥이 웬수라는 얘기를 들어 봤슈?

묘순이 바위 이야기를 아는지 묻기 위해 슬쩍 물어봤다. 그런데 말은 같았지만 뜻이 전혀 다른 엉뚱한 답이 돌아왔다.

— 종콩밥이 웬수는 웬수지.

— 아니 왜요?

— 치매 있는 할아배가 종콩밥만 찾으니 그렇고, 시집간 딸내미는 요 종 콩으로 만든 메주만 찾으니 내 신세를 궜지. 내가 자초한 신세니 종콩만 탓할 수밖에….

— 이 종콩 밥이 그렇게 맛이 있대요?

— 먹어보면 다른 것은 못 먹어.

— 우린 그 콩이 그 콩이던데…. 콩이 거기서 거기가 아닌가요?

무슨 답을 할까 생각하는지 한참을 뻔히 쳐다보더니 훅 들어온 질문이다.

— 혹시 바람꾼이지?

— 네?

— 바람꾼이 제 지집 모르고 이리저리 맛보러 다니잖어.

— 크크. 아니 그걸 왜 그렇게 갖다 붙여요? 할아버지가 바람꾼이었나 보죠?

— 말도 마. 그러던 할아배가 치매 걸리더니 요샌 종콩밥 찾듯 나만 찾 네.

할머니는 심던 종콩을 한 움큼 쥐더니 내 손에 쥐어준다. 심으라는 건지 그만 잔소리하고 가지고 가져가라는 건지 몰라 슬그머니 두둑을 올라탔다. 나도 머리를 박고 콩만 심어댔다.

할머니가 익숙한 듯 그렇게 지켜온 종콩이다. 습관처럼 옆에 두고 본다고 예쁘지 않은 것이 없는, 누구나 갖고 있다고 귀하지 않은 것이 없는 조강지처처럼 지켜 온 종콩이다.

햇볕은 내리쬐고 할머니 수건 모자 사이로 볕이 들어와 시커멓게 탄 얼굴이 반짝인다. 땀은 어차피 났으니 이제는 쉴 때도 됐다 싶어 슬쩍 일어나 그늘로 발걸음을 내디디자 할머니도 그제야 허리를 펴고 그늘로 나온다.

— 메주 쑤는 거 말고 할머니는 뭐 만들어 드셨어요?

— 메주 쑤면 간장 담가야지. 약 간장 한번 먹어볼 텨?

— 약 간장요?

— 그려, 짠 간장. 옛날엔 마실 게 읎응께.

— 그렇다고 간장을 먹어요?

— 흐흐. 그렇당게. 먹어나 보구 얘기 햐.

날라게 집에 들어가더니 하얀 사기그릇을 휘적휘적 저으며 짠 간장을 내온다. 그렇게 해서 뜻하지 않게 먹어본 짠 간장이다. 우린 할머니가 내온 짠 간장 덕분에 한나절을 더 보내야 했다. 짠 간장 국물은 요즘에는 한쪽으로 비켜서 있거나 빠져있는 음료다. 짠 간장 국물은 격식이 없이 먹는 음료다. 누군가 대접하기 위해 먹는 음료도 아니다. 음료로 자리를 빛내기 위해 내놓는 음료가 아니라 바깥 농사일을 열심히 한 후 몸에서는 땀이 범벅이고 타는 목은 쩍쩍 갈라지는 듯한 갈증이 일 때 벌컥벌컥 들이마시는 음료가 바로 짠 간장 국물이었다.

그러나 이 짠 간장 국물에는 많은 배려가 숨어있다. 땡볕에 농사를 짓다가 목이 탈 때 맹물을 마시면 갈증이 더 심하여 더 많은 물을 부른다. 그러나 오래된 간장이 맑은 물을 만나면 삼삼하니 싱겁지 않고 염기를 보충하니 땀을 흘린 몸에 기를 넣어주었다.

제조 방법도 간단하여 맑은 물에 간장을 살짝 풀고 약간의 단맛만 첨가하면 되는 간단한 음료다. 이때 진한 조선간장을 쓰는 것이 중요한데, 보통 조선간장은 30년 이상은 묵어야 단맛이 난다 했다. 특히 간장독이 오래되면 바닥에서 소금이 종유석처럼 올라오는데, 이쯤 되면 간장이 단맛이 나고 비로소 양념에서 약으로 변한다고 하니 그 묵은 햇수만큼 사람의 정성이 많은 것이 짠 간장이었다.

이 짠 간장 국물은 때로는 보약으로도 쓰였다는데, 생강, 마늘, 양파 등 시골에서 나는 채소를 넣고 달이면 훌륭한 약이 되었다고 한다. 이렇게 식구들이 조금만 부지런한 손을 아끼지 않으면 좋은 기운을 보강하는 약탕이 될 수 있는 음료였다. 자칫 땀에 젖은 몸에 한기가 올라와 감기 기운이 들 때는 더욱 그 효과를 발휘할 수 있다 했다.

우리는 그날 할머니가 준 짠 간장 물 얻어먹고 종콩을 심다가 주머니에 움켜 넣은 종콩은 말도 하지 않고 슬쩍 가지고 왔다. 할머니가 밭으로 들어가며 눈치를 채셨는지 고개를 끄덕이며 배웅하고 있었다.

곰태곤이 쓰러지자 나타난 돌동부

우리 박물관에는 돌콩, 돌팥, 돌동부 등 야생종들이 꽤 많다. 그중에는 야생콩 박사 정규화 박사가 수집해 기증한 것이 많다. 다만 돌팥과 돌동부는 우리가 직접 수집한 자원이다. 오늘은 이 이야기를 하고자 한다. 정 박사가 기증한 대부분의 자원은 진주 남강 변에서 수집했다고만 알려졌고 정확한 사연은 알 수가 없으나 유독 우리가 수집한 돌동부는 수집 사연이 깊기 때문이다.

동부 이야기를 하기 전에 개파리 동부를 빼놓을 수는 없다. 앞서 조선 오이를 소개하면서 우리 마을의 장 씨 집안을 소개한 적이 있다. 이 개파리 동부도 바로 그 집안에서 찾았다. 우리 박물관에 토종 종자가 전부 있다는 소문이 마을에 나기까지는 3년 정도 걸렸다.

— 별일이여. 걔는 농사도 개갈 안 나게 지면서 씨 종자는 또 워디서 모았댜?

— 굼벵이도 재주는 재주여!

— 워메! 이걸 참말로 직접 다 모은 겨?

— 맨날 놀러 다니더니 그냥 다닌 게 아닌 게벼?

— 왔다! 많기도 허다. 하긴 그려. 예전엔 떼기 별로 틈만 나면 심어댔응께. 괜히 갈 되면 나오는 거 읎이 바쁘기만 혔지.

그렇게 박물관 소문이 거의 퍼질 무렵, 산책길에서 아주머니 한 분을 만났다. 그는 '갱변밭'에 요것조것 부쳐 먹고 있었다. 우리는 엄니에게도 그랬지만, 웬만하면 노인들이 일삼아 농사짓는 것을 말리고 소일 삼아 농사를 지으라고 권하곤 했는데, 그 아주머니의 농사에는 응원을 보내고 있었다.

— 뭐, 박물관에야 읎는 게 읎것지만, 요건 우리 것잉께 갖다 놀라면 갖다 놔. 오래됐응께.

— 월매나 됐는디?

토종을 수집할 때 언제부터 심었는지 알아보는 것은 우리가 토종을 가리는 한 단서이기도 하다. 하긴 사실 동부는 한 번도 육종을 한 적이 없으니 보이면 무조건 토종이다.

— 글쎄? 그게 말여. 언제 쩍인지 물른다는 겨. 그렇게 그게… 하여간 시어머니가 꼭 밭에 넣어 먹으라고… 누구한티도 주지 말라고….

아주머니는 말하면서 옆에서 아무렇게나 찢어놓은 나뭇가지를 타고 올라온 동부를 만지작거렸다.

— 요게 개파리 동부여.

그분이 주글주글한 손바닥 위에 거뭇거뭇한 흔한 개파리 동부를 내놓았다. 그녀의 흙손을 닮아있었다. 자식으로부터 독립하기 위해 애쓰는 아주머니의 삶은 새로운 청년으로의 길이었다. 자식이 한마을에 살고 있지만 홀로서기를 준비하고 있는 분이었다. 젊어서는 아들들이 부모에게서 독립하기 위해 사춘기를 거치며 부모의 지지를 거절했다면, 어느덧 늙어버린 아주머니는 이제 자식들로부터의 독립을 외치는 늙은 사춘기에 접어들어 독립운동을 하고 있었다.

개파리 동부의 지주대를 찾기 위한 몸부림이 어쩌면 지주대 없이 독립하기 위한 발버둥일지도 모른다. 이 아주머니의 개파리 동부를 닮은 독립운동이 애처롭기까지 했다. 아줌니 파이팅!

그렇게 들어온 개파리 동부였다. 그런데 그 이듬해 우리를 깜짝 놀라게 한 일이 벌어졌다. 우리의 저녁 산책길은 정해져 있다. 아침에는 뒷동산을 올라가지만, 저녁에는 냇가를 중심으로 다니기 좋은 길을 왕복한다. 그날도 여느 때와 마찬가지로 저녁 산책하러 나갔는데, 김태곤 씨 논을 지나다가 한동안 눈을 뗄 수가 없었다. 바로 그 논둑에 동부가 왜소하고 엉성했지만, 꼿꼿이 서서 자라고 있었기 때문이다. 돌동부였다. 이게 왜 여기에 있지? 수풀 속에 덮여 삐져나오려고 서서 틈을 찾고 있었지만 분명 동부였다. 자세히 보니 사방에서 군락하며 자생하고 있었다. 이런, 이런! 이걸 못 보다니. 그동안 보지 못한 것이 신기했다.

이 논의 역사는 매우 짧다. 이 역사에 관해 떠올리다 보면 내 어린 시절 기억에 닿게 된다. 이곳은 오래전에는 사금을 채취하던 '사금갱굴'이었다. 사금 채취 특성상 자갈은 긁어내고 모래만 걸러내다 보니 한쪽은 자갈이 쌓이기 시작했다. 그러다 보니 쓸데없는 자갈밭 나대지가 되어버렸다. 나대지엔 나팔꽃만 무성했다. 사금 채취가 끝날 무렵 일제 강점기에 신작로가 나고 큰 길이 생겼다. 문제는 이 신작로가 흙으로 만들어져 자동차가 다니면 늘 팽기기 마련이었다. 그래서 생긴 것이 자갈 부역이었다. 집마다 구역을 나누어 신작로 가에 팽긴 웅덩이를 메울 자갈을 쌓아두어야 했다. 사람들은 자갈밭으로 대들었다. 언제 끝날지 모르는 자갈 부역에 사람들은 야금야금 자갈을 파내기 시작했다. 이 부역은 내가 커서도 계속됐다.

그러다 보니 어느덧 자갈은 없어지고 모래만 쌓이기 시작했다.

사람들은 모래 나대지에 동부도 심고 팥도 심었다. 정확히 누구 거라 경계 짓지도 않았고, 그로 인해 서로 다투지도 않았다. 두량껏 심었고, 깜냥껏 거뒀다.

언제인가 점차 농지가 정리되기 시작했고 주인이 불현듯 나타났다. 마을 사람 모두가 냇가로 여겼던 그 땅의 주인은 친일파 정주영[*]의 후손이었다. 눈 밝은 탓이겠거니 하고 있다가 바로 부지런한 김태곤 씨가 그 땅을 구입하게 된다.

우리 마을에서는 이 김태곤 씨를 곰태곤이라 부른다. 그는 정말 열심히 사는 분이다. 곰처럼 일만 하는 분이라서 붙여진 별명이다. 쉴 새 없이 일만 한다. 한눈을 판 적도 없이 땅만 팠다. 오죽했으면 아내가 농업인상을 그에게 주어야 한다고 강변하기까지 했을까.

내가 처음 농사지을 때, 못자리 하나 만들지 못하고 모 침 하나 묶지 못할 때 나와 품앗이해준 분이다. 당시 내 품과 그분의 품을 맞바꾼다고 했을 때 마을 사람들은 역시 곰태곤이 맞다고 수군댔다. 나는 그의 반품과도 비교가 안 됐다. 그는 팔십이 넘도록 그렇게 일만 했다. 그와의 동등한 품 바꾸기는 제초제와 기계가 들어올 때까지 계속됐다.

제초제와 기계는 많은 것을 바꾸었다. 특히 제초제는 신이 준 선물이었다. 지금의 친환경 논란은 가당치도 않았다. 건강한 밥상을 위해 제초제를 사용하지 말라는 것은 그들의 부러진 허리 값을 물고 나서야 해야 할 이야기다. 제초제가 농사꾼 허리를 살렸다면, 기계는 농

---

[*]　정낙용, 정주영 부자는 일제로부터 남작 지위를 받은 대표적인 친일파로 우리 마을의 대지주이고 마을 선산에는 그의 에미 묘가 있다.

사지을 나이를 늘렸다. 그는 이 두 가지를 아주 능숙하게 사용했다. 그래서 그가 팔십이 훨씬 넘을 때까지 농사를 지을 수가 있었다. 덕분에 그의 논둑에는 풀 한 포기 남아있을 수 없었다.

그런데 이 틈새 없이 뿌려댄 제초제 통에 돌동부가 어떻게 살아났을까. 질기고 질긴 돌동부의 한 많은 삶의 투쟁을 살펴보니 이랬다.

어느덧 여름이 가고 있었다. 풀이 먼저 나 무성했고, 일찍 나왔던 돌동부는 김태곤 씨가 뿌린 제초제에 맞아 죽고, 늦여름 장마 통에 그 풀 속을 뚫고 남아있던 씨들이 발아하여 돌동부들이 열매를 맺었다. 그러니까 돌동부들은 일 년을 쪼개어 계속 발아했고, 나오는 대로 김태곤 씨가 뿌린 제초제에 맞아 죽다가 마지막 벼를 벨 무렵 늦게 발아된 것들이 넝쿨은 제대로 뻗지 못하고 팥처럼 서서 열매 몇 알을 급하게 맺혀 종족을 남긴 것이다. 가을에 피는 꽃, 철없는 가을 동부 꽃, 그러나 철이 없는 것이 아니라 살고자 몸부림치는 생존의 몸부림. 늦제초제에 맞아 병들어 앙상한 가지에서 새순이 나오고 그 끝에 아등바등 꽃을 피우는 심사에 그 삶의 몸부림이 숨어있었다.

그러다가 뜻하지 않은 일이 벌어졌다. 그래도 나이를 속일 수는 없었던지, 그렇게 부지런했던 김태곤 씨가 마지막으로 트랙터 시동을 건 여든다섯 살이 되던 5월이었다. 제초제를 뿌리고 모내기하려고 써레질을 마치고 논둑을 넘다가 털썩 트랙터가 넘어지면서 몸이 많이 상한 것이다. 그 뒤에는 병원에 오가며 몸을 만들기에 여념이 없었지만, 마을 사람들의 염원에도 다시는 트랙터에 오르지 못해 더 이상 논둑에 제초제를 치지 못했다. 곰태곤이라는 이름도 때를 맞춰 없어졌다.

곰태곤 씨가 쓰러지자 홀연히 나타난 돌동부였다. 쓰러진 곰태곤 씨에게는 불행이었지만, 돌동부에게는 그 쯤이 바로 생존의 시작으로 활짝 핀 것이었다. 우리는 처음에는 새팥인 줄만 알고 있었다. 세심히 넝쿨을 살피지 않았으면 팥으로 기록할 뻔했다. 동부의 잎은 부드럽고 매끄럽지만, 팥은 거칠고 잔털이 많다. 야생팥과 야생동부는 열매만 보고는 구분하기 힘들다. 우리가 이제껏 돌동부를 볼 수 없었던 것도, 팥처럼 넝쿨도 없이 서 있었기 때문이었다.

이듬해는 새로운 논 주인에게 이곳은 우리가 관리하겠다고 부탁했고, 덕분에 논둑에 온통 동부로 뒤덮어버렸다. 물론 돌팥도 나왔다. 새콩들도 엄청나게 나왔다. 그런데 더 놀라운 것은 한 곳에 크기의 차이, 모양의 차이가 공존하고 있었다. 그 아주머니가 언제 적인지도 모른 채 시어머니가 누구 주지 말고 밥맛없을 때 넣어 먹으라고 남긴 개파리 동부의 원종일지 모른다.

그 모래밭에서 경계 없이 심어 먹던 동부 한 주먹은 그 아주머니 시어머니한테 가서 지금까지 변함없이 지켜졌고, 땅 위에 떨어진 동부는 퇴화하고, 퇴화하면서 지금의 돌동부로 남았는지 모른다. 어쨌든 지금 박물관에서는 이 돌동부와 돌팥을 다른 종들과 자연 교잡시키면서 언제쯤 먹을 수 있을 정도로 변화될까 살피고 있다. 돌동부는 곰태곤 씨의 굳은 삶처럼 잘 삶아지지 않는다. 애써 삶아 먹어보면 개파리 동부와 맛이 비슷하다.

짐을 버려야 사는 1·4 후퇴, 그리고 봇짐 속의 감참외

미아리 눈물고개~ 임이 넘던 고개~

요즘은 트로트가 대세라 전화벨 소리를 송가인의 <단장의 미아리 고개>로 바꿔놨더니 목멘 소리로 간절하게 부르는 노랫소리가 새벽잠을 흔들었다. 새벽에 듣기에는 좀 거북해 얼른 전화기를 들었다. 새벽잠을 깨우는 송가인의 갈라진 목청을 겨우 잠재우고 전화를 받자마자 내가 뭐랄 것도 없이 정제 안 된 평안도 사투리로 대뜸 따지고 들기 시작했다.

— 거, 박물이믄 감참외 정도는 있갔소?

— 그, 글쎄요?

내 기억으론 감참외는 소설가 김유정의 《봄봄》이란 소설에서 나온다고 알고 있을 정도였지 아직 박물관에 감참외 씨앗은 없었다. 제 눈에 안경이라고 그저 툽툽하게 생긴 얼굴을 가진 《봄봄》의 주인공 점순이를 설명하는 데 김유정은 참외 중에 제일 맛있다는 감참외를 끌어다 쓴 것이다. 아마 김유정이 먹어본 참외 중 맛이 으뜸이었고, 주변의 여자 중에는 점순이가 제일 예뻤던 모양이다. 그래서 늘 궁금했던 소설 속의 참외였다. 없는 것을 눈치챈 그는 날카로운 음성과 비꼬는 듯한 대꾸로 거들먹거리며 우쭐하고 있었다.

— 끄래? 알갓네.

— 아 잠깐만요.

전화를 끊으려는 태세였다. 나는 뻗대고 우쭐대며 들어가는 전화기 목소리를 급하게 붙잡았다. 근래 토종참외라 해서 수집된 것이 몇 점 있었는데, 개똥참외, 성환참외, 개구리참외, 사과참외, 깐치참외 등이 있었지만, 한두 가지를 제외하고는 탐탁하지 않았다. 그래서 요즘은 저수지를 막으면서 없어졌던 '대흥참외'라고 예산군 대흥면이 주산지였던 참외를 찾는 데 심혈을 기울이고 있었다. 참외가 얼마나 큰지, 지게의 허리세장을 넘어 지겟가지에 걸칠 정도라 했으니 관심을 두지 않을 수 없었다. 혹시나 하고 근처 마을을 샅샅이 뒤졌고 유전자원센터의 도움을 받으면서 찾고 있었으나 아직은 빌미조차 보이지 않던 차에 이미 일제 강점기에 김유정 작가가 맛본 참외라면 그것은 얘기가 달랐다.

— 왜 그러쇼?

— 선생님은 혹시 가지고 계신가요?

— 댕연하지비.

— 그럼 저희 박물관에 몇 알만이라도 기증하시죠?

그렇게 해서 시작된 흥정이 아침 내내 벌어졌다. 마침내 그는 조건부 허락을 했다. 박물관에서 쓸모 있는 씨앗이나 귀한 씨앗이 있으면 세 가지를 가지고 오면 바꿔주겠단다. 사실 박물관에 취재하러 오는 모든 사람이 마지막으로 묻는 말이 그것이다. 귀관에서 제일 귀한 씨앗이 무엇이오? 그러나 씨앗이라는 것이 없어지면 없어지는 것이지 귀한 것이 따로 있는 것이 아니다. 씨앗 하나를 심으면 수십 개가 매달리고 이 씨앗은 다음 해 밭 한 뙈기를 심을 수 있기 때문이다.

박물관을 설립할 때 가장 애를 먹은 것도 이 부분이었다. 내년에 다시 심으면 또 나오는데 어떤 가치나 희귀성을 가지고 유물을 인정하냐는 것이다. 씨앗이 귀하다는 것은 당장 없어질 것을 말함인데, 없어진 것은 이미 귀한 것이 아니라 '없어진' 것이다. 이 말은 곧 씨앗이란 굳이 따지고 보지 않더라도 귀하지 않은 것이 없다는 말이다. 이런 말을 설명하기도 전에 조건을 던져버리고 끊어버린 전화를 놓고 고심에 고심을 한 끝에 은조랭이라는 벼 한 종과 복어 콩, 어른들이 좋아할 적상추 한 종을 가지고 당진으로 향했다.

전화한 그는 은퇴하고 조그만 아파트의 경비원을 하고 있었다. 그는 애초에 내게 감참외를 줄 요량이 아니었다. 어쩌면 없을지도 모른다는 생각이 들 정도로 뭉그적거리기 시작했다. 자꾸 딴청만 피웠다. 토종 씨를 닮았나. 아니 이 양반이 실향 60년이라더니 벌써 충청도 사람이 다 됐나? 그는 영락없는 충청도 사람이 되어있었다. 사람이나 종자나 한 지역에 뿌리내리면 그 지역과 문화에 적응하며 토착화되는 모양이다. 쉽게 속내를 드러내지 않았다.

성질 급한 나는 온 김에 그냥 씨앗이나 주고 오자며 가지고 간 씨앗을 내놨다. 그러자 다른 것은 제쳐 두고 그는 볍씨에만 관심을 가졌다. 익숙했던 모양이었다.

— 이게 무슨 볍씨요?

— 은조라는 겁니다.

— 그렇지비! 보긴 내가 잘 봤잖겠소? 은조랭이가 맞제비.

그는 은조 벼를 은조랭이로 불렀다. 그는 은조 벼를 보자마자 뭉그적거리던 태도에서 적극적으로 돌변하는 것을 지나 눈물까지 글썽이기 시작했다. 그는 한참 동안 벼 까끄라기를 손바닥 위에 올려놓고 뭉긋이 눈을 내리깔고는 애써 글썽이던 눈물을 누르고 있었다.

인연이란 게 그런 거였다. 나는 그가 원하는 귀하다는 게 무엇인지는 대충 짐작은 갔지만, 한참을 고심하다가 눈에 보기 좋은 것을 선택했다. 콩은 생김새가 앙증맞고 괴이한 복어 콩을 택했고 상추는 진액이 툽툽한 적상추를 택했다. 그리고 은조 벼를 택했는데, 그 이유는 단순했다. 은조 벼를 유전자원센터로부터 분양받아 심은 첫해에 이삭이 패고 느낀 감동이 떠올랐기 때문이다. 은조라는 이름에서 느낄 수 있듯이 벼 까끄라기가 은빛이어서 벼가 팼을 때 바람이라도 불면 살랑거리던 그 은빛 모습이 매우 아름다웠다.

— 왜 그러세요?

— 그냥 참외 씨나 가져가쇼.

자신의 눈물을 보이기 싫었는지 찾던 참외 씨나 가지고 가라는 투였다. 그가 숨겨둔 참외 씨를 가지러 일어나려고 했다. 그러나 나는 그 벼가 아름다워서 눈물이 글썽인 것이 아니라 그에게는 다른 사연이 있을 것이라고 간파했다. 그의 글썽임과 짓누른 눈물의 틈을 파고들었다. 나도 내놓은 은조 벼를 다시 거둬드리는 시늉을 했다.

— 뭔 일인데요?

그가 드디어 입을 열었다. 6·25가 발발하자 다들 피난을 떠났는데, 늙은 할아버지의 땅에 대한 미련으로 아버지는 일찍 남한에 피신하지 못하고 1·4 후퇴 때가 돼서야 보따리를 쌀 수 있었다. 위에서는 중공군이 쳐내려오고 국군의 후퇴 길은 바람보다 빨라 한 발이라도 먼저 가려면 피난길에 봇짐을 줄여야 사는 긴박한 상황에서 할아버지 봇짐 속에는 씨앗 몇 종이 있었다. 그중 하나가 은조랭이 볍씨요, 그리고 감참외였다. 메마른 왕골자리 씨도 한자리를 차지했다.

듣고 보니 은조랭이 벼와 감참외는 부자 할아버지가 북한에서 지주로 누렸던 별다른 호사 중의 한 품목이었으니 그분의 과거 유희였는지도 모른다. 그래서 당진에 자리를 잡은 뒤 은조랭이는 할아버지의 고집으로 고래실논에 왕골과 함께 뿌리를 내리게 됐고, 텃밭의 감참외는 <단장의 미아리 고개>를 부르며 쇠주를 마시는 아버지의 향수를 달래주는 유일한 안주가 됐다고 한다.

통일벼가 나온 뒤로도 왕골을 심던 고래실논 귀퉁이에 판을 내어 은조랭이를 심어 몇 됫박이라도 털어서 할아버지 제상엔 꼭 올려왔는데, 경지 정리와 함께 왕골이 없어지면서 슬그머니 은조랭이 씨 종자도 없어졌다는 것이다. 그래서 항상 죄스러웠는데 이제야 은조랭이를 보니 눈물이 돌았던 것이다.

이야기를 마친 그는 기다려보라고 하더니 홀연히 사라졌다가 한참 후에야 나타났다. 손에는 작은 편지 봉투 하나를 들고 있었다. 눈가엔 아직 벌겋게 달아오른 홍조가 남아있었다.

그 편지 봉투 속에는 감참외 씨앗이 10여 개 있었다. 겉봉투에는 2017년에 받은 씨라고 적혀있었다. 그렇다면 벌써 1년이 지난 것이었다. 박과의 씨앗은 상온에서 길어야 2년 정도가 한계였다. 문제는 그게 아니었다. 이제는 그만 심어야겠다는 것이었다. 나이도 먹었고, 심을 땅도 마땅치 않은 데다가 이웃에 주자니 심기가 워낙 까다로워 모두 손을 내젓는다는 것이다.

일단 발아가 쉽지 않았다. 간신히 발아가 되어 잘 키웠다 하더라도 다른 참외는 익으면 노래지는 데 반해 감참외는 그냥 퍼렇게 있으니 익었는지 알 수가 없었다. 익은 듯하여 따보면 설었고, 설었다 싶어 며칠 놔두면 벌써 익어버려 상하고 있었다. 익었을 때 배를 가르면 감처럼 붉은 속이 나온다. 이 붉은 속은 또 먹어보지 않으면 맛을 알 수가 없지만 먹기까지가 힘들다 보니 까짓것 맛을 포기한단다. 거기다 유통기한은 왜 그렇게 짧은지 익고 나면 곧바로 곯기 시작하여 때를 놓치면 그 맛있는 감참외 맛을 오롯이 느낄 수 없었다. 먹어봐야 익었는지 가름이 가는, 또 익어봐야 그 맛을 알 수 있는 감참외, 김유정 작가가 남자 주인공은 점순이가 키는 작지만 다 익었다고 우기고 점순 아버지는 아직 덜 컸으니 익지 않았다고 우기는 상황에 점순이를 감참외에 비교한 속셈을 알 만했다.

그는 자신이 보관하고 있던 씨앗을 통째로 주었다. 벌써 2년이 지났으니 싹 틔우기를 장담하기는 어려웠지만, 그가 박물관에 전화를 건 이유는 조금 알 것 같았다. 박물관에 보관하면 적어도 씨를 잃지 않을 거라 생각했을 것이다. 그렇게 수집한 감참외다.

그가 바란 대로 그렇게 얻은 감참외 씨는 간신히 발아기에 넣어 발아시켜 후계 종을 만들어 지금은 박물관 냉동고에 잘 보관되어있다. 언젠가 할아버지가 감참외가 생각나 다시 전화 오기를 기다리며.

미아리 눈물고개~ 임이 넘던 고개~

오늘도 전화기는 계속 울리는데, 울릴 때마다 피난민들이 울며불며 미아리 고개를 넘던 봇짐 속의 씨앗을 생각한다.

비주류들이 지켜낸 마늘, 가의도 육쪽마늘

마늘은 우리 민족의 정체성을 파악하는 데 없어서는 안 되는 작물이다. 우리 민족만큼 마늘을 좋아하는 민족도 드물다. 어떤 요리든 마늘이 빠지면 간을 맞추기 어려울 정도다. 감기에 걸렸을 때는 약으로도 먹고, 허약한 체질을 바꾸는 강장제로도 쓰인다. 구워서도 먹는다. 물론 사람들은 그런 효과를 토종 마늘에서 더 본다고 생각한다. 그래서 토종 마늘을 선호하고 토종에 대한 자부심도 많은 작물 중에 하나다.

그러다 보니 온갖 마늘 앞에 토종을 붙여 수식어로 쓰기도 한다. 이번 수집은 이러한 토종 마늘이 보존된다는 태안의 가의도행이었다. 그 전에 잠시 코끼리 마늘을 국내에 처음으로 퍼트린 최기학 선생님을 찾아가기로 했다.

지금은 학교에서 무궁화 보존에 힘쓰고 계셨지만 코끼리 마늘에 대한 자료는 꼼꼼히 챙겨놓고 계셨다. 6·25 전쟁 통에서도 미국이 수집해간 씨앗반환이 2007년 이뤄졌는데, 그때 우연히 최기학 선생님이 코끼리 마늘이란 품목을 분양받아 번식하기 시작했다고 한다.

어디에선가 이 코끼리 마늘이 토종이라고 이름 붙여졌는데, 그 이유를 최기학 선생의 말에서 인용하기도 했다. 어느 신문에 인터뷰할 때 예전에 이 마늘을 심었다는 분이 있었다고 한 것이 빌미가 됐다. 심지어 이 마늘을 '단군마늘' 또는 '웅녀마늘'이라 하여 마치 단군

설화에 나오는 마늘이라는 뉘앙스를 짙게 풍기는 이름까지 내고 있다. 그러나 최기학 선생님을 만나 그 인터뷰 기사가 잘못됐다는 것을 확인했다. 다만 코끼리 마늘이 어떻게 미국 수집 품목에 들어가게 됐는지는 알 수 없었다.

엄밀히 말해 코끼리 마늘은 마늘이 아니다. 코끼리 마늘은 소아시아, 러시아, 북아프리카가 원산지인 백합과의 한해살이 식물이다.[*]

토종만큼 쉬운 말도 없지만, 또 토종만큼 어려운 단어도 없다. 언젠가 장보고의 법화원 유적이 있는 중국 웨하이의 시장을 둘러볼 기회가 있었는데, 그곳에서 적이 놀라지 않을 수 없었다. 시장에는 온갖 과일들이 나왔는데, 그중에 내 눈길을 끌었던 것은 참외였다. 그 시장 대부분의 참외는 우리가 토종이라고 나눔 행사까지 하며, 보급하고 있는 사과참외와 완전 같았기 때문이다. 맛은 물론 형태까지 거의 같았다. 물어보니 그 참외는 웨하이의 특산물이었고, 그 지역 사람들이 즐겨 먹는 토종참외라는 것이었다. 그 뒤부터는 사과참외가 정말 우리 토종일까, 하는 의구심을 떨칠 수가 없었다.[**] 토종은 학명이 아니기 때문에 구분하는 전문가가 안완식 박사를 제외하고는 거의 없고 그 지역의 기후나 토양에 적응한 종자라고는 하지만, 대부분 생산자의 구술에 의존하여 언제부터 심어왔다는 것을 근거로 하기에 의도적으로 누군가 속여 말하면 그 진위를 알 수 없다. 그래서 토종 씨앗을 수집하면서 지역 문화에 좀 더 깊이 들여다볼 수밖에 없다. 씨앗은

---

[*]   이우승 외, 《백합과 채소 재배기술》, 경북대학교출판부, 1994.
[**]   후에 성환에서 개구리참외 씨를 수집하면서 사과참외도 함께 심었다는 증언을 들은바, 사과참외가 토종이라는 것을 확인했다.

지역 문화의 바탕이요, 시작이다. 단순히 오래됐다는 것만으로 토종이라고 단정할 수는 없다. 토종이 그 지역의 문화에 어떻게 접목했는지는 매우 중요하다. 그 지역의 문화에 씨앗이 어떻게 스며들고 마을 사람들과 함께 어우러지며 지켜졌는지를 주의 깊게 살필 필요가 있다는 것이 나의 소신이다. 그런 의미에서 귀화종 코끼리 마늘을 토종이라고 해야 하는지 망설여진다.

대체 토종이 뭐지? 그런 의문을 떨치지 못한 채 가의도행 배를 탔다. 가의도에 들어가면 섬 중앙에 커다란 아름드리 은행나무가 있다. 수령은 450년 정도로 마을의 수호신 역할을 하고 있다. 그 수령이 곧 마을의 역사요, 마을의 역사가 바로 마늘의 역사이기도 하다.

가의도 마을을 이해하기 위해선 가의도에 대한 몇 가지 이해가 필요하다. 가의도는 주씨와 고씨 성을 가진 사람들로 이뤄진 집성촌이다. 마을의 주류였던 그들은 바다가 터전이었기에 주로 어업을 통해 생활을 해왔고, 남성 대부분이 뱃일의 주도자가 되었다. 따라서 가의도 남성들은 용신도 독차지하여 마을의 당집에서 용신제를 지내는 것도 남성들이 주도한다. 이곳은 고립된 섬의 대표적인 가부장적 사고가 지배하는 곳이었다.

섬 전체가 산이어서 터는 비좁고 비탈진 데다가 토양은 척박하고 땅심은 얕았다. 가의도에서의 토양은 여성과 마찬가지로 이들의 생활에서는 비주류였다. 비주류인 여성들은 집안일이나 아이를 돌보는 일과 마을의 척박한 땅에 보리를 심어 식량에 보태거나 양념류의 곡식을 심는 일을 하는 역할에 그쳤다.

물론 그 양념류 중에 마늘이 있었는데, 마늘 신세도 섬 내 여성과 마찬가지였다. 섬마을에서 마늘은 그리 대접받지 못했다. 당집에서 용왕제를 지낼 때는 반드시 마늘을 멀리해야 했고, 냄새조차 나면 안 되었다. 마늘은 귀신을 쫓아내니 용왕이 찾아와 뱃사람들을 보호하지 못한다는 것이었다. 실제로 마늘이란 단어도 '괴물의 살해자'라는 산스크리트어에서 왔다고 한다. 얼마 전 단골 무당이—지금은 이장이 당주로 대표로 용제를 지내지만—신제를 지낼 때까지 그리했으니, 《삼국사기》의 기록에 '해(亥)일에 산원에서 후농제를 지낸다'고 나올 정도로 중요한 작물이었던 것을 무색하게 만들 정도다.

마늘이 처진 작물이다 보니 파종도 김장 후에 늦게 했다. 물론 그 또한 여성 몫이었다. 마을 성씨들이 400여 년 동안 한 번도 끊어지지 않았듯이 마을도 그동안 한 번도 씨를 잃어버리지 않고 계속 심어왔다지만, 여성들의 마늘 심기는 눈물겹기까지 하다.

그들의 얘기를 듣다 보면 화성 영화 <마션>이 떠오른다. 화성에 고립된 식물학자 주인공이 살아남기 위해 수분 한 방울, 거름기라고는 일도 없는 화성 땅에 감자 심기를 시도한다. 인분을 이용해 거름을 만든 후 흙을 파고 인분을 한 주먹 묻고 최대한 거름의 영양분을 활용할 수 있도록 그 위에 종자를 올려놓는다. 그리고 그 위에 물을 뿌려 드디어 화성에서 감자 심기에 성공한다.

그런데 이 장면은 화성같이 척박한 땅 가의도에서 여성들이 찾아낸 농법과 비슷했다. 섬에 남은 여성들은 골을 깊게 파고 인분을 이용하여 보릿짚이나 풋장으로 만든 퇴비를 넣고 그 위에 흙을 살짝 덮은 후 마늘을 심었다. 퇴비 손실을 최소화하기 위한 파종법이었다. 그 위에 짚으로 덮어 추위를 막았다. 이곳 바람은 또 얼마나 심한지 파도의 물보라가 섬을 넘어서 온 동네를 하얗게 소금기로 덮어놓을 정도라 했다. 그래서 마늘을 심을 때 최대한 늦게 심고 짚을 덮어야 싹을 보호할 수 있었다. 그러나 아이러니하게도 그들은 그 파도 물보라에서 나오는 염기와 바람이 가의도 마늘 맛을 좌우한다고 믿고 있다. 눈치 없는 남정네들은 지금도 파도가 산을 넘어야 마늘 맛이 좋다고 믿고 있다. 그렇게 자연이나 인간이나 모두한테 타박받으며 나온 마늘은 또 오죽했으랴. 오죽잖은 게 구슬만 했다. 이것이 가의도 본 마늘이었다.

마늘을 일찍 심어 싹이 소금기에 견딜 정도로 크게 되면 피해를 입지 않는다는 것을 안 것은 이미 가의도 마늘이 마을의 주류로 바뀔 무렵이었다. 지금 가의도 마늘은 육지보다 훨씬 이른 8월에 심는다. 싹을 일찍 받기 위해서다. 그리고 마늘 크기도 엄청나게 커졌고, 그 구슬만 한 원래의 마늘은 이제 '쏠마늘'로 쳐졌다.

가의도에서는 지금은 '쏠마늘'이라는 작은 마늘이 상품에서 쳐진 마늘을 일컫지만, 그 쏠마늘이 가의도를 지켜왔다는 것을 누구나 알고 있다. 이 '쏠마늘'이 생성되는 과정을 살펴보면 재미있다. 가의도 에는 소위 돌마늘이란 것이 항상 상존한다. 돌마늘은 자연적으로 밭이나 그 주변에서 발아되어 난 것을 말하는데, 사람들은 돌마늘의 마늘종을 뽑지 않았다. 마늘종을 뽑지 않으면 꼭대기에 주화라는 마늘 열매가 열린다. 이것이 쏟아져 땅에 묻히면 다시 마늘로 자라는데 이렇게 자란 마늘을 '도야'라고 한다. 통마늘을 칭한다. 이 도야를 심으면 첫해에 아주 작은 마늘이 생기는데, 그것 대부분이 쏠마늘이다. 이 과정을 2년 정도 거치면 완전한 육쪽마늘이 생긴다. 그러니까 가의도에서는 누군가 마늘을 심지 않아도 이 돌마늘 때문에 마늘은 끊어질 수 없다는 것이다. 모두 비주류 여성들이 찾아낸 자연의 과정이었다. 이렇게 가의도에서 마늘은 바다에 나가지 못하는 사람들이 주로 심어왔었다.

그러다 가의도 마늘이라는 지명이 붙은 이름으로 자리 잡는 중요한 계기를 맞는데, 늙어서 바다에 나가지 못하던 박성산 씨와—섬에서는 바다에 나가지 못하면 모든 면에서 뒷전으로 밀려나는 비주류가 된다— 그의 부인 이복례 할머니가 얼마만이라도 뱃전에서 올리던 소득을 채워보려고 밭에다가 마늘을 심기 시작하면서 그 변화의 조짐이 일어나기 시작한 것이다. 뭍에 나가보니 마늘은 육 쪽이 제일이라는데, 살펴보니 가의도 마늘은 언제라도 육 쪽을 벗어나지 않던 것이다.

여기에서 힌트를 얻어 마늘을 심기 시작했다. 사실 이곳에서는 많다고 해봐야 백여 평 정도다. 이들이 생산한 육쪽마늘을 가지고 돛단배를 타고 나가 육지에 내다 팔면서 점점 이 소문이 나기 시작하자 할머니 마늘을 찾는 사람이 점점 많아졌다. 육지에서 할머니 마늘을 찾는 이유는 간단했다. 육지에서는 마늘의 분화가 심해 계속 종자로 쓰면 쪽 수가 10여 개로 넘어가 상품 가치가 떨어진다. 크기도 빠지지 않고 먹기에는 육 쪽이 제일 적당했다. 그런데 할머니 마늘은 비록 쏠마늘이었지만, 분화가 심하게 일어나지 않고 오랫동안 육 쪽을 이어갔기 때문이었다. 더구나 척박한 땅에서 바싹 쭈그리고 있던 쏠마늘이 육지의 거름기를 만나니 터질 듯이 부풀어 오른 것이다. 종자로서는 제일이었다. 그러자 할머니가 직접 육지로 가지고 나가기도 전에 사람들이 배를 타고 들어오기 시작했다.

어쨌든 이복례 할머니의 소득도 그만큼 올라 마을 사람들이 부러워할 정도였으니 이웃 남성들도 하나둘씩 마늘 심는 양을 늘리기 시작했고 배 타는 일을 줄이다 보니 어느새 마을 전체가 마늘을 심기 시작했다. 지금은 가의도의 모든 땅에 마늘을 심고, 모든 남성들이 마늘을 심는다. 주류와 비주류의 위치가 바뀐 것이다. 지금은 젊은이였던 남성들이 점점 나이가 들면서 뱃일을 할 수 없자 동네의 주 수입원이 마늘로 바뀌었다.

점점 찾는 사람이 늘어갔고, 어느덧 섬으로 오는 배에는 마늘을 사러 오는 사람들로 가득했다. 집마다 씨 종자가 즐비하고 사람들의 얼굴에는 웃음이 가득하다. 섬으로 오는 배도 돛단배에서 통통선으로, 지금은 커다란 여객선이 드나들며 봄이 지나면 마늘을 구하려는 사람들로 섬이 북적댄다. 그 사람들 속에 귀향하는 사람들도 있다는 것은 섬에 커다란 희망이기도 하다. 마늘이 가져온 희망이다.

사실 확인은 어렵지만, 한때는 중계 상인들이 의성에 판다고 쫑 마늘만 사 가곤 했다는데, 그래서 가의도 사람들은 지금도 의성 마늘이 가의도 마늘로 대체됐다고 이들은 믿고 있었다.

이런 가운데 이들은 억울하다고 항변하고 있다. 가의도가 태안인데 왜 서산 마늘이냐는 것이다. 이미 서산이 육쪽마늘로 유명해졌고, 사실 지리적 표시제도 서산으로 되어있는 것도 사실이다. 하지만 때 맞춰 1989년 서산에서 태안으로 분구됐으니 억울하다는 것도 이해가 간다. 서산 육쪽마늘이 아니라 태안 육쪽마늘이라고 해야 옳다는 것이다. 섬 입구에 가의도가 마늘의 원산지라는 표시가 그들의 주장을 강변하고 있다. 지금도 태안군에서 전량 수매를 한 후 남은 쫄마늘을 서산 농민들이 가져가고 있다니 섬사람 모두의 자부심이 높을 수밖에 없다.

그들이 토종을 지킨 것은 의지가 아니라 지리적 조건이 더 컸던 것이 사실이고, 주류가 아닌 비주류들이 토종을 지켜왔던 것도 사실이다. 비주류 만만세! 하긴 농사꾼이 언제 주류였던 적 있었나? 항상 우리 비주류들이 세상을 지켜왔던 것이 사실이다.

— 뭐가 그렇게 가의도 마늘이 좋대요?

— 그러니까 말여. 그게 불가사의하지. 뭐여.

그들의 말이 사실이라면 정말 불가사의했다. 다른 곳의 마늘은 분화가 심해 종으로 쓰기에는 적당하지 않았다. 그러나 가의도 마늘은 종의 변화가 없을 뿐 아니라 '제글도 안 타'*서 매년 같은 곳에 심어도 상관없었다. 그래서 지금까지 가의도 토종이 지켜지고 있다 했다. 그러나 어떻게 그럴 수 있는지는 아무도 밝히지 못하고 있다. 그들은 바람과 바람으로 날아온 소금 덕분이라 하지만 어디 그런 조건이 없는 섬이 있겠는가?

어디든 비슷하다. 특산물이 나오면 연구진들이 붙고, 그들은 더 좋은 품종을 개발하기 위해 노력한다. 가의도 마늘도 비슷했다. 다른 육쪽마늘을 그 가의도의 불가사의에 적용하기 위해 많은 연구진이 실험을 거듭했으나 모두 실패했다. 오직 가의도 토종마늘만이 그 땅에 적응할 뿐이었다 한다. 그렇게 보면 농사를 귀찮게 생각하는 어부

---

* 　충청도 사투리로 '연작피해도 없어'라는 뜻이다.

들의 태업에서 오는 돌마늘의 도마가 가의도 토종을 지킨 셈이다.

이장님에게 가의도 마늘을 몇 알 수집했지만, 이 마늘은 박물관에서 유물로 보관할 뿐 심어봐야 토종을 이어갈 수 없으며 타지에 심으면 오래잖아 가의도 토종 마늘의 성질을 잃을 것이다. 이는 어쩌면 도마의 변환 과정에서 가의도 토양에 적응한 게 아닌가 싶다.

씨앗 답사를 끝나고 가의도 섬의 비주류의 중심에 있던 이복례 할머니를 찾았으나 이미 인천으로 이사를 가 더는 취재할 수 없어 아쉬웠다. 그나마 위안이 되는 것은 할머니 댁에서 돌아 나오는데, 토종 골파를 찾은 것이다. 우연히 들른 농가에서 찾은 골파가 처량히 홀로 망태기에 매달려있어 물어봤더니 마늘밭 골에 심어 부룩배기 농사를 짓고 있는 것이라 한다. 마늘 마을의 역설이었다. 마늘이 주 수입원으로 등장하자 그동안 쪽 밭에 나눠 심던 보리, 파, 배추, 무, 팥, 동부 등 다른 토종들은 하나도 남김없이 없어졌다. 골파는 그나마 가의도 토종으로는 마지막으로 남은 작물이었다. 그러나 조만간 없어질지 모르는 토종 골파였다. 주인에게 딱히 지키고 싶은 마음까진 없어 보인다는 게 우리들의 가슴을 아프게 했다. 보아하니 바싹 잘 마른 것이 씨 종자가 분명한데 적어도 내년까지는 심을 요량인 듯 짐작이 갔다. 몇 알을 얻어 뱃길에 올랐다. 밥맛 좋고 기호성이 좋은 것을 골라 토종 보급 운동을 하는 사람들이 반면교사로 삼아야 하지 않을까.

김숙자 할머니의 회한의 토종 텃밭

파주는 콩에 있어서는 한반도의 만주다. 콩이 만주 지역에서 한 반도로 전해오면서 오랫동안 파주에서 머물러있었는지도 모른다. 그 러던 중에 다른 곳으로부터 들어온 콩들과 교잡되면서 또 한 번의 분 화과정이 이뤄지지 않았을까. 이곳에서 많은 콩의 분화가 이뤄지고, 다시 반도 밑으로 퍼져 내려가면서 다양한 콩으로 분화되지 않았을 까, 하는 가설을 세워본다.

이번은 선비잡이콩을 찾아 나섰다. 토종계에선 선비잡이콩은 이 미 일반화되어있다. 구전설화 스토리도 짜임새가 있어 흥미롭고 콩 맛이 좋아 급격하게 퍼져나갔기 때문이다. 그러다 보니 어디에서, 누 가 지켜왔는지 알 길이 없다. 토종을 좋아하는 사람은 웬만하면 가지 고 있는 것이 선비잡이콩이다. 어디에서 얻어왔나 하면 토종 나눔에 서 얻거나, 토종 나눔을 해온 사람으로부터 얻은 것이 허다하다.

그런 통로가 아닌 토종 농가로부터 수집한 것 중에 우리가 선비 잡이콩을 찾은 가장 북쪽 지역이 파주, 연천이고, 가장 남쪽 지역이 장흥이었다. 각각 그 지역에서 찾은 콩은 지역별 특징이 조금씩 들어 가 있는 것을 발견할 수 있었다. 물론 제주에서도 수집했지만, 내가 기회될 때마다 강조하는 토종이라는 범주 안에는 지역 사람들의 문 화와 어우러져야 한다는 조건에 포함되지 않아 제외했다.

서리태가 많은 지역은 검은 점이 크고 선명하기도 하여 눈이 또

렷하니 용의 눈 콩이라 하고, 어느 지역의 선비잡이콩은 검은색이 흐릿하기도 하니 그냥 선비콩이라 한다. 또는 분화과정에서 만난 다른 콩에 따라 굵기도 다르게 변이되기도 했다. 다만 맛만은 변함이 없으니 많은 사람으로부터 사랑받는 토종이다. 한편 특이한 변별력이 없었으니 그 콩도 또한 어디에서 보존되어왔는지 알 수는 없었다.

그러던 중, 10여 년 전 할머니로부터 선비잡이콩을 수집했다는 정보를 안 박사님으로부터 얻었다. 그렇게 만난 인연이었다. 하필 인연이 닿은 것이 선비잡이콩으로였고, 북쪽으로도 치우치지 않았고, 남쪽으로 치우치지도 않아 설렘 속에 찾아간 그곳이 바로 파주의 김숙자 할머니 댁이었다.

포천으로의 토종 씨앗 수집 이틀째였다. 간신히 찾은 집은 텅 비어있었고, 우리는 기다리기로 했다. 기다리는 시간의 무료함을 달래기 위해 마을을 둘러보았다. 마을도 둘러보고 할머니에 대한 정보도 미리 알아볼 겸해서 이 밭 저 밭, 이 담장 저 담장을 둘러보며 어디 토종이 없나? 하며 두리번거리며 어느덧 마을 한 바퀴를 돌아 다시 할머니 집으로 돌아오는데, 이상한 밭 하나를 발견했다. 할머니 댁 뒤쪽 텃밭이 좀 별났다.

오십 평 남짓한 밭에 작물들이 장마 끝에 나온 풀처럼 이랑과 고랑을 가리지 않고 꽉 차 있었다. 도대체 빈 곳이 없었고, 이랑을 먼저 심었으면 나중에 고랑을 다른 것으로 채우고, 모종 사이가 좀 뜬다 싶으면 그사이에 벌써 다른 작물이 들어차 있었다. 심지어 두둑까지 홀라당 벗겨내어 토종을 심었다. 근 30여 종은 되는 것 같았다. 오천 평에 있어야 할 토종들이 오십 평 남짓한 곳에 빼곡했다.

이게 수확하려고 심은 건가 하는 의문이 들었다. 그런데 자세히 보니 그냥 막 심은 것은 아니고 모두가 일정한 규칙을 가지고 있어 뭔가 계획에 의해 심은 듯했다. 부룩배기인가 싶어 보니 그것하고는 거리가 멀었다. 수확을 위해 심은 것은 분명해 보였다. 일단은 크고 작음은 구분했고, 좀 더 자세히 살펴보면 수확 시기도 고려한 듯했다.

신기하기도 해서 사진을 찍고 있는데, 그것이 이상한지 이웃 장년이 다가오기에 우리가 먼저 말을 걸었다. 나중에 안 일이지만 우리를 채권자인 줄 알았다 했다.

— 어디 가셨대요. 김숙자 할머닌?

— 철원으로 일 나갔을 겁니다.

여기서 기다리지 말고 다른 볼일을 보고 저녁에 오라는 것이었다. 그는 채권자로 생각한 오해를 풀고 우리가 온 이유를 이해한다는 듯이 할머니에 대한 이야기를 많이 해주었다.

그는 몇 해 전까지 김숙자 할머니에게 토종을 배웠다고 한다. 할머니가 토종 교육도 했는지 묻자 그것은 아니고 할머니는 종자를 많이 받아 토종을 심겠다는 사람들에게 씨를 나눠주고 재배 방법까지 다 알려주었다고 했다. 단, 조건이 자신이 씨를 찾을 때는 언제든지 돌려달라는 것이었다. 많을 때는 30여 분이 그에게 씨앗을 얻어가고 토종을 심었다고 한다. 아마 서울에서 멀지 않아 귀농한 사람들이 많아지면서 농사를 배우러 오는 사람들이었을 것으로 짐작이 갔다. 그런데 차츰차츰 사람들이 토종을 찾지 않고, 그도 이제는 토종을 심지 않으니 지금은 할머니 혼자 심고 있다고 한다.

— 할머니 치매 초기예요.

뜻밖의 말을 했다. 그가 밭을 가리키며 말했다. 이웃집 할머니도 혀를 차며 곁으로 다가왔다.

　— 가끔 오락가락해요. 밭을 한번 보세요. 제정신은 아니죠. 우리한테 절
　　대 이렇게 심으면 안 된다고 했거든요.

그들에게서 많은 이야기를 들었다. 나중에 할머니한테 들은 얘기와 한마디도 다를 것이 없었다.

친구의 중매로 스물한 살에 시집와서 농사짓는 집이지만 부족함 없이 살다가 남편과 사별하고도 열심히 농사를 지으며 살았다. 그런데 대처에 나간 자식들이 땅을 팔아 점점 농사 채가 줄어들더니 이제는 집마저 팔아버려 언제 이사 가야 할지 모를 처지에 놓여있다는 것이었다. 지금이야 품팔이하면서 근근이 먹고 살지만, 아들자식은 사업하느라 바쁘니 모시기 어렵고, 시집간 딸은 멀어서 못 모시는데 집이 팔렸으니 어디로 가야 할지 막막하다는 것이다.

할머니는 저녁이 다 되었는데도 돌아오지 않았다. 비가 쏟아지고 일곱 시가 넘어 주변이 어두워져서야 지친 허리를 곱은 채로 돌아왔다. 헐렁한 몸빼바지는 거의 엉덩이까지 흘러 내려와 있었다. 무거운 호미가 힘없이 잡혀 어쩔 줄 몰라 나풀대는 바지만 김매고 있었다. 주인이 해넘이 시간을 맞춰 일을 끝내준 모양이었다.

사정을 미리 안 우리는 할머니의 모습을 보고 내색하지 않고 그녀를 데리고 주변의 곰탕집으로 갔다. 곰탕을 드시겠다는 것을 우겨서 도가니탕을 사드렸다. 남은 것은 싸 가신다고 그릇을 달라기에 곱빼기로 시켜드렸다.

할머니는 우리가 누군지 묻지도 않았다. 고단한 삶 속에 낯선 이

가 이끈 곰탕집으로 투덕투덕 따라와 자리에 앉을 정도로 정이 고파 보였다. 영문도 모르고 얻어먹은 도가니탕. 짧은 시간이었지만 드시는 내내 할머니가 눈시울에 눈이 벌겠다. 식당의 젖은 물수건으로 얼굴을 훔쳐냈다. 얼굴에서 흙 눈물이 묻어났다. 물수건을 다시 한 개를 더 시켜 닦게 해드렸다. 곰탕 한 그릇에 울컥하는 할머니, 그까짓 것에 평생 참아온 눈물하고 바꿀 수 있다니!

― 왜 왔어? 근데 누구여?

그제야 누군지 그리고 용건을 묻는 그녀. 그 물음에 삶이 묻어났다.

― 토종 씨앗 때문에요.

― 나 무식혀! 여순 반란 때문에 3일 학교 간 것이 전부여.

아니 뭣이 중한디? 대뜸 뜬금없는 말을 디밀고 있는 게 그걸 전제로 해서 마주하라는 것이었다.

그녀는 순천 별량 출신이었다. 장모님 고향과 같다니 아내도 울컥한다. 돌아가신 장모님이 생각나는 모양이다. 순천 별량에서 친구 소개로 포천까지 시집을 와 시아버지한테 받은 씨앗이 바로 선비잡이콩이다. 당시 마을에서는 장단콩이 주를 이뤘으나, 집마다 선비잡이콩을 심어 메주 빼고는 다 했다는 것이다. 밥밑콩에서 콩가루까지 다 냈으니 만능으로 쓰였다. 누구 할 것 없이 내다 팔 것은 장단콩으로, 내가 먹을 것은 선비잡이콩으로 나눠 심었다 한다. 시집오니 시아버지가 따로 선비잡이콩을 간수하게 했다. 거기에 종자 욕심으로 여기저기서 끌어모은 토종까지 아마 포천에서 파주에 이르는 토종은 다 가지고 있었다고 했다.

— 아니, 왜 그렇게 토종을 찾아 심었대요?

— 말 안하등가? 나 무식하다고. 똑똑지 못하니 새로 나온 품종이 뭔지, 뭔 종자가 돈이 되는지를 몰랐제. 사람들이 수군대며 욕하던 시절이 얼만지…. 근데 기가 막히지. 어느 날부터 토종을 찾기 시작하는 거 아닌 가베? 나를 찾기 시작하는 겨. 알고 보니 여가 서울하고 가까 웅께 내려온 사람들이 많아지면서 토종을 찾기 시작했지. 너두 나두 찾았어. 내 별명이 토종할머니랑께. 호시절이 찾아왔지.

사실은 할머니는 우리가 온 목적을 이미 알고 있었다. 자신을 찾 아올 사람은 둘밖에 없다고 했다. 씨앗을 얻든지—그래서 당연하단 듯 식사를 들었는지 모른다—집을 보러 오든지. 그 외는 찾아올 이유 가 없다고 했다. 그런데 밥을 얻어먹은 게 미안한지 고마운지 술술 말 씀을 털어놨다. 그러더니 불현듯 생각났는지 남은 씨앗이 없다 했다.

— 심고 다 버렸는데 워짜면 좋지?

사정을 들어보니 이랬다. 오래잖아 이사 가야 하는데, 그곳에는 밭이 없었다. 할머니는 앞으로 없어질, 이제는 마지막이 될 텃밭에 가 지고 있는 모든 종자를 심었다. 고랑에 심고, 틈만 나면 심고, 싹이 트 지 않은 곳에 또 심고, 그래서 생긴 것이 그 어지러운 텃밭이었다. 다 른 사람들이 수군거려 말하기를 제정신이 아니게 보이도록 심은 이 유였다. 자식이 뭔지, 여기저기 이사 다니면서 땅이 줄고, 근심만 늘 더니 그렇게 할머니의 호시절은 서서히 끝나가고 있던 것이다.

그녀의 텃밭이, 그러니까 삶의 무게에서 오는 오기와 씨앗이 없 어진다는 허전함과 삶의 회한에서 오는 헛헛함을 달래기 위해 심어 놓은 온갖 토종의 모습이 주변 사람들에게는 치매로 보였는지도 모른다. 그들의 눈에는 어쩌면 농사꾼들은 모두 치매인지 모른다. 돈 안 되는 농사, 뻔히 손해 볼 줄 알면서도 봄이 되면 또 씨를 뿌리며 굳이 굳이 농사를 짓는 사람들을 분명 치매 아니고는 설명하지 못하리라.

— 괜찮아요. 할머니만 만나봤으면 됐죠. 뭐.

그녀는 그렇게 마지막일지도 모르는 텃밭 농사에 심다 심다 남은 씨앗은 싫다는 이웃에게 나눠주기도 하고, 버리기도 했다. 그렇게 버리다가도 미련이 남아서 아까워 조금씩 남겨뒀다며 우릴 냉장고 창고로 데려갔다.

— 에휴! 더 남길걸. 씨는 임자가 있는 법인디.

— 왜 선비잡이콩은 안 남겼어요?

— 두 줄 남겼잖아.

— 엥! 그걸 기억하고 계셨어요?

할머니는 정확하게 기억하고 있었다. 선비잡이콩은 그녀의 텃밭에서 두 줄 만큼의 가치라는 게 아니라, 사람 일은 모른다는 할머니의 희망이 삐져나온 기대의 크기였다. 혹시 심을 땅이 생기면 그때 필요한 종자의 양이 아니었을까? 그러니까 할머니의 텃밭에 있는 작물들은 안타까워서 아무렇게나 심은 것이 아니라 나름대로 희망이 담긴 두량이 아니었을까.

— 나머지는요?

— 밥맛이 조니께 다들 가져갔지.

그러더니 냉장고 끄트머리에서 따로 싸둔 비닐봉지를 꺼냈다. 선비잡이콩이었다.

— 에이! 다 가져가 버려 잉. 내가 이것만은 냉겨둘려고 했는데, 난 이제

필요 읍쌍께. 다 가져가!!!!

한참이 흘렀다.

— 이젠 이사 가. 아들이 집 지어준다네.

비명에 가까웠다. 우리는 이 말에 제주도 메밀을 지켜온 이만희 할머니가 생각났다. 그녀는 죽으면서까지 씨를 지키려 했다.

사실 그녀에게 선비잡이콩은 스물한 살에 시집와 시아버지가 처음으로 넘겨준 종자여서 끝까지 놓을 수 없었다. 부족한 살림은 아니었지만, 씨 종자는 유난히 아끼시던 시아버지였다. 그 씨 종자 사랑이 일찍 사별한 남편이 아닌 자신에게 흘러왔다며 그것도 팔자라 했다.

그런 선비잡이콩까지 내놓으면서 그녀는 모든 씨앗을 내놨다. 그녀의 냉장고 속 씨앗 통에 남은 마지막 씨앗까지 몽땅 턴 셈이었다. 우리는 그녀의 삶을 턴 듯한 마음에 씁쓸하고 속이 아팠다. 그제야 할머니 텃밭이 이해가 갔다. 그러고 보면 그녀의 텃밭에는 회한과 미련이 함께 공존하는 묘한 감상이 이는 곳이다.

한참 동안 작별 인사말을 잇지 못하고 이 얘기 저 얘기하면서 뭉그적거리다가 밤늦게 일어났다. 우리는 한사코 싫다던 할머니에게 다시 선비잡이콩 봉지를 슬그머니 쥐여드렸다. 뭐 어찌하라고 드린 것은 아니었다. 한참을 물끄러미 쳐다보더니 밀쳐내던 힘을 풀고 할머니는 다시 냉장고 깊은 곳에 봉지를 감추듯이 집어넣었다. 할머니도 뭐 어찌하려고 되돌려 받은 것은 아닐 것이다. 다만 나는 그때 할머니의 타는 목마름의 눈을 봐버렸으나 끝내 모른 척할 수밖에 없었다. 그녀의 눈에는 50여 평의 텃밭이 괴여있었다.

마루 틈새에 남아있는
부룩배기 그루팥 두 알

나는 식물이 인간보다 훨씬 진화된 생물이라고 믿고 있다. 어쩌면 그건 하느님도 알고 있었는지 모른다. 하느님이 지구의 대홍수를 예언하고 세계를 다시 건설하기 위해 노아를 시켜 방주를 만들게 했다. 이 방주에 사람과 동물을 피신시킬 때, 씨앗은 가지고 가지 않았다고 알고 있다. 왜일까? 하느님도 씨앗만은 그 홍수에서 버텨낼 것을 믿었기 때문이 아닐까. 오만한 인간들은 자신들이 만물의 영장인 줄 알고 힘을 과시하지만, 더 큰 힘이 오면 꼼짝없이 당하고 만다. 하찮다고 여겼던 코로나바이러스의 공격에 전전긍긍한 것을 보면 우리 인간이 자연의 어느 위치에 있는지 생각해볼 때라고 본다.

식물은 번식, 영양 섭취 등등의 면에서 인간보다 보수적이지만, 훨씬 논리적이다. 진보가 우월성을 항상 담보하지 않는다면 식물은 인간보다 훨씬 진화된 생활을 하고 있다. 그런데 혹자는 그렇지 않다는 논리로 사람과 사람 간의 소통과 교감, 그에 따른 영향을 식물에서는 생각할 수조차 없고 오직 인간만이 가지고 있는 영역이라고 말하곤 한다. 이기(理氣)를 논하되 칠정(七情)은 이야기할 수 없는 것이 식물의 세계이니 이택상주(麗澤相注)*니 동주공재(同舟恭齋)**라는 말은 인

---

* 두 연못이 이어져 있으면 서로 물을 대주어 어느 한쪽이 마를 일이 없다는 것으로 인간만이 갖는 상호부조를 뜻한다.
** 같은 배를 타고 강을 건넌다는 것으로 힘을 합하여 어려움을 극복한다는 뜻이다.

간만이 갖는다고 믿고 있다.

그러나 식물도 서로 공감하는 식물끼리 모이면 마치 사랑하는 사람들이 모여 행복 호르몬인 세로토닌과 도파민이 분비하듯 마법처럼 동주공재를 한다. 당근과 양파처럼 공감하는 친구가 옆에 있으면 서로 맛을 향상하거나, 콩과 옥수수처럼 질소질과 미생물을 주고받으면서 상호 보완하는가 하면, 고추와 들깨, 당근과 골파는 합이 잘 맞는 무사처럼 서로가 옆에 있으면 식물을 향해 오는 해충들을 물리치는 데 힘을 합치기도 한다. 그 외에도 옥수수와 감자, 콩과 허브, 바질과 토마토 등이 함께 벌이고 있는 신비한 힘을 식물학자 로레인 해리슨은 '공감의 마법'이라 부른다.

하긴 식물에 이런 '공감의 마법'이 있다고 주장한다 해서 놀랄 일은 아니다. 이미 우리 선조들은 수많은 경험을 통해 마법을 찾아냈다. 바로 부룩배기다. 인간이 만들면 과학이요, 자연이 만들면 우연이라고 우기기도 하고, 때로는 자신이 창시자라고 주장하며 '공생농법'이란 거창한 이름까지 붙여 포장하기도 하지만, 결국 그 뿌리는 모두 부룩배기에 있다.

이창신 농부님, 이번 수집 여행에서 만난 분이다. 그분과는 참으로 인연이 기이하다. 수집하다 보면 우연히 자연과 조화로울 때가 있다. 비가 오다가도 도착하면 하늘이 갠다든지, 추운 겨울날 눈발을 걱정하고 집을 떠났는데, 그날이 겨울철 온도가 가장 높다든지, 아니면 주소도 없이 일단 가보자고 떠난 길이었는데, 우연히 도착한 곳이 찾던 그곳이라든지…. 이번에 이창신 선생 댁을 찾은 것도 그런 경우다.

단순히 마을 이름만 알고 갔는데, 막상 가보니 공장지대로 변해

오히려 농촌이 공장 가운데 끼어있었다. 누가 농사를 짓는지 공장을 다니는지 분간할 수가 없었다. 이제 그곳은 시골이 아니라 이미 도시화가 반은 되어있어 길도 복잡해지고 기존 마을 사람들도 대부분 떠나 농사짓는 사람을 보기조차 힘들었다.

마을에 도착한 우리는 우선 무작정 차를 주차장이 있는 앞마당에 세웠다. 그런데 웬일. 그 집이 바로 이창신 농부님의 집이었다. 오래된 집이었다. 대들보 상량 보에 보니 동치 2년이라 했으니 1886년도에 지은 집이다. 청나라 연호를 쓴 집이 흔하지 않은데, 아마 구한말에 청나라와 깊은 인연이 있던 집인 모양이었다. 할아버지는 원래 내 건너편 오두막집에 살았는데, 이 집이 탐이 나서 오랫동안 지켜보고 있다가 집이 나왔다길래 두말하지 않고 샀다는 것이다.

씨앗을 수집하는 사람들이 대개 이런 집을 찾는다. 나는 꽤 보수적인 집안이 토종을 보존하고 있다고 다른 글에서 밝힌 바 있다. 돌기와 지붕으로 지은 ㅁ 자 집이었다. 지을 당시에는 위세가 대단했던 지주의 집이라 했다. 그러나 지금은 위채의 돌기와는 건축업자가 집수리를 빌미로 뜯어 갔고, 그나마 다행인 것은 아래채의 돌기와는 지금도 새로 이엉을 한 함석지붕 밑에 그대로 보존되고 있었다. 마루는 나무판 틀로 맞춰 끼운 우물(井字)마루였다. 끼워서 맞춘 우물마루 특성상 틈이 벌어졌지만, 오래된 태가 나는 마루였다. 한때 가정에서 만드는 밀주가 금지된 적이 있었는데 술도가지를 감추는 데는 우물마루 밑이 제격이었다고 한다. 자식들이 보일러를 깔자며 뜯어내려 할 때도 꿋꿋이 지킨 마루라 했다. 마루 밑을 보니 술도가를 묻던 자리는 아직도 움푹 패어있었다.

우리가 어르신을 찾은 이유는 바로 소위 공생농법라 불리는 부룩배기를 늦게까지 해오신 분이기 때문이었다. 이분의 부룩배기란 두 가지 형태의 농사였다. 하나는 서로 보완 또는 지지하는 작물을 토대로 섞어 짓는 농사법이다. 예를 들어 옥수수와 콩이 그런 관계다. 옥수수는 콩의 뿌리혹박테리아에서 주는 질소를 받아먹고, 콩은 옥수수의 페니실리움이라는 곰팡이를 이용해 자라는 방식이다.

또 하나는 간작 형태로 작물을 먼저 심은 곳 사이사이를 이용하여 방해가 되지 않는 선에서 다른 작물의 씨를 뿌려 농사를 짓는 방법이다. 서리태 콩을 심고 골에 팥을 뿌리니 그 팥은 골팥이 되고, 조를 심고 그사이에 팥을 심으니 그 팥은 그루팥이 되는 것이 그 예다.

사실 부룩배기라는 공생농법은 과거 땅은 적고, 생산량은 늘려야 하는, 궁핍에서 찾은 농사법이었다. 지난한 궁핍에서 나온 지혜를 통해 서로 어울리며 자라는 작물들을 찾아냈고, 그것으로 조금이라도 배고픔을 이겨낼 수 있었다.

이창신 어르신은 바로 그런 농법을 오랫동안 해오신 분이다. 그분이 주로 해온 부룩배기는 그루팥과 조, 골팥과 서리태의 공생 농법이었다.

그런데 우리가 갔을 때 이창신 어르신은 이미 농사에 손 놓고 있었다. 어르신은 허리를 다친 데다가 이미 늙어 농사를 짓기 어려운지 할머니의 수발만 받고 있었다. 할머니가 우리를 맞이했다. 우리는 슬그머니 음료수를 내려놓고 어르신을 찾았다.

농사를 짓지 못하는 것도 속이 상할 판인데 웬 놈이 찾아와서 씨를 내놓으란다. 그분 입장에서 보면 속이 상하고 기가 막힐 일이다.

염장을 지르는 짓일 게다.

한참을 지나서야 대청으로 나와 앉았지만, 말문이 터지자 어르신은 방 안에서도 계속 농사를 짓고 있었다는 것을 알 수 있었다. 어느 밭에는 무엇을 심고, 어느 뙈기에는 무엇을 심을지, 그리고 지금 얼마나 자랐는지 다 계산하고 있을 정도였다.

할머니는 옆에서 거들면서도 계속 한숨만 내쉰다. 누구한테 도조로 준 밭은 지금 무엇이 심어졌고, 등 너머 밭에다가는 무엇을 심었는데 형편이 없다는 것이다. 어느 집은 풀이 수북하고, 어느 밭은 벌레들이 판을 쳐서 남은 곡식이 없다고 투덜댔다. 소용없는 짓인 줄 알지만, 당장이라도 그 밭을 거둬 직접 심고 싶은 심정이라 했다.

우리는 어른들과 대화를 시작할 때 말문이 막히면 곧잘 어머니를 판다. 우리 어머니는 나이가 백 살을 넘은 지금도 씨를 못 놓고 집착한다고 푸념하면 동시대 분들은 모두 어머니를 이해한다. 분명 옛 분들에게는 씨를 놓쳐서는 안 될 동병상련이 있기 때문이다.

이분들께도 우리 어머니 얘기를 해드렸더니, 이번엔 할머니가 동조하며 방 안으로 들어가 주섬주섬 작은 보따리 하나를 꺼내 들고나오는데, 서리태, 밤콩, 종콩 등 토종 콩 종류들이었다. 반갑다. 모두 씨앗 때가 거뭇거뭇 반들거리는 게 케케묵은 페트병 속에 그분들의 아쉬움 만큼 종류별로 꽉 들어차 있었다.

― 이젠 틀렸지!

한숨이 깊었지만, 이런저런 이야기도 깊어져 갔다. 주로 탄식과 안타까움이 오갔다. 그렇게 얘기가 깊어질수록 할머니가 이 광 저 광에서 찾아내오는 토종 씨앗들… 여기저기에 다양하게도 두었던 씨앗들이 우리 앞에 펼쳐졌다. 부룩배기 작물은 또 따로 보관하고 계셨다. 혹시 다시 농사지을지 몰라서, 또는 도조 밭을 하는 사람이 갑자기 밭을 내놓으면 지을지 몰라서 두었던 씨 종자였다. 물론 헛된 꿈이었다. 농사꾼은 허리가 부서지고 다리를 절룩거려도 다시 돌아올지 모른다는 희망 속에 헛된 꿈을 꾸며 늙는다.

그렇게 이태가 지났다. 이제는 할아버지 허리 상태가 더 이상 진전을 보이지 않으니 농사도 지을 수 없고 다시 작물을 심을 일도 없으리라 생각하고 있었는데, 토종을 수집하고 보존하는 사람들이 왔으니 안심이 된다며 비록 쓸데없지만, 씨앗 보따리가 아까워 버리지 못했는데 떠맡길 사람이 왔으니 잘됐다는 듯이 우리에게 내놓고 계셨다.

그런데 우리가 찾고 있는 것은 그루팥과 조였다. 다행히 조는 쉽게 찾을 수 있었다. 우리가 얘기하는 동안 할머니는 우리가 박물관을 한다니까 구석구석 찾아다니며 옛날 농기구며, 생활 도구까지 챙겨주시면서 박물관에 놓으라 했다. 그중에 소코뚜레도 있었는데, 그 집 외양간 기둥에 구멍이 커다랗게 하나 뚫린 곳이 있어 용도를 물어보니 그것은 마을 대동놀이 할 때 쓰는 동아줄 꼬는 구멍이란다. 그 기둥에 코뚜레와 함께 조가 배배 비틀어진 채 걸려있었다.

그러나 끝내 팥은 찾지 못했다. 어딘가 분명히 두었는데 할아버지가 쓰러지고 난 뒤 이태가 지났으니 기억을 못 하고 계셨다. 광을 뒤지고 다락을 뒤지고 씨앗 보따리를 다 풀어봐도 그루팥은 보이지 않았다. 찾지 못해 미안해하는 할머니와 이야기를 증명해내지 못한 할아버지의 진한 아쉬움 때문에 우리는 한참 이야기를 나누지 못하

고 있다가 포기를 하고 인사하며 나왔다. 그리고 대문을 나서는데,

　―어! 여기 있네.

　작별 인사가 길어 늦게 나오던 아내가 팥을 발견하고는 이건 무슨 팥이냐고 묻자 할아버지가 급하게 소리쳤다.

　아직도 그분들의 손때가 남아있는 우물마루 틈새로 보이는 그루팥 두어 알이 이제 찾았냐는 듯이 볼 부은 머퉁이처럼 우리를 쳐다보고 있었다. 이태 전에 씨를 가리다가 마루 틈새로 굴러 들어간 그루팥이었다. 할아버지는 나무젓가락을 뻐개더니 살짝 튕겨 팥을 빼냈다.

　― 에고, 요놈이 그래도 그냥 없어지긴 서운했나 베. 그려, 우리하고 지
　　낸 세월이 얼맨디.

　그제야 할아버지는 자신이 들려줄 이야기가 사실임을 입증했다는 듯이 할머니가 타온 커피에 입을 댔다.

　― 그때만 해도 그랬지. 처음에는 먹고 살기 위해 돼기밭을 일궜지. 팔
　　정신이 있었나? 그러다가 시대가 바뀌면서 쬐금씩 팔기 시작한 겨.
　　보따리다 이고 나가 팔곤 했지. 애덜 학교는 보내야 했으니까 말야.
　　배워야 산다고 생각들 했지. 우덜은 핵교에 원이 든 사람들이지. 서당
　　너머로 귀동냥이라도 하면 건방지다고 혼났응께. 그렇게라도 팔지
　　않으면 기성회비를 어떻게 마련하나? 그러다가 지금은 팔지 않으면
　　뭇 사니까 파는 밭하고 멕이 하는 밭을 나누기 시작했지. 파는 거는
　　보기도 좋아야 하니까 사람들이 좋아하는 씨 종자를 사다가 심었고,
　　우리가 먹을 거는 그래도 먹던 감량이 있응께 그냥 토종을 심은 거지.
　　그게 점점 파는 양이 많아지다 보니 점점 밭이 좁아진 거지. 그 좁은
　　밭에 멕이 할 식량을 다 했어야 했으니 오죽했겄어? 그러니 빽빽하게

심었지. 우리는 그냥 그걸 부룩배기라고 불렀어. 토종이 잘 견디고 지들끼리 잘 돕거든. 인생이 뭐 있나. 서로 다른 사람이 만나 부룩배기 하면서 사는 거지. 마누라도 그렇고, 이웃들도 그렇고… 땅이 좁을수록 부룩배기 해야 하는데, 사람들은 붙여놓으면 부룩배기 하는 게 아니라 서로 뺏으려고 싸우고 지랄이지.

베틀콩 할머니 시장을 장악하다, 단골들이 지켜낸 베틀콩

이번 얘기는 농촌이 아닌 박물관에서 씨앗 나눔을 통해서 씨앗을 수집한 베틀콩 이야기를 하려 한다. 박물관은 씨앗도서관을 겸하고 있었으니 지금까지 씨앗 나눔을 통해 토종 씨앗을 보급하는 것을 한 번도 거른 적이 없다. 시국이 엄중한 코로나 상황에서도 온라인으로 나눔을 했으나, 이 온라인 나눔은 일방적으로 나눠주는 것일 뿐 애초 나눔의 의도였던 토종을 사랑하는 사람들과의 소통이 없다고 하여 야외에서라도 직접 하자고 결의한 것이 2022년 씨앗 나눔이다.

이 나눔을 통해서 서로 얼굴도 익히고, 토종을 지키는 사람들의 이야기도 하고, 수집 이야기도 하며 소통한다. 서로에 대한 지지를 확인하는 자리라고 볼 수 있다. 전년도에 분양받아 가 씨앗을 채종하여 다른 사람과 나누기 위해 되돌려 가지고 오는 분들이 많아 토종 보급에 자부심을 느끼게 해주는 행사다. 행사는 슬로푸드 내포지부가 만든 토종 음식을 나눠 먹고, 좋은 이야기를 나누며 진행된다. 씨앗 지킴이들의 이야기 공유의 장이 되기도 해서 우리에게는 박물관을 열고 얻은 자유와 함께 소중한 소통의 시간이기도 하다.

올해도 마찬가지로 씨앗을 가지고 오신 분들과 이야기를 나누는데, 당진에서 오신 분이 베틀콩을 소개했다. 서산의 한 할머니가 지킨 콩인데, 종자 아끼기를 삼 대 독자 불알 아끼듯 하여 땅에 떨어진 한 알의 콩알도 남김없이 줍는 분이란다. 지금의 베틀콩도 겨우 탈곡 후에 논두렁에서 박혀있는 몇 알을 주워온 것이었는데, 채종하여 이젠 이웃에 분양도 하고 있다는 이야기를 들려주었다. 덧붙이길 베틀콩으로 아들딸들을 모두 대학까지 보내신 분이라고 소개했다.

이 이야기를 듣는 순간 뭔가 사연이 있겠구나 싶어 만나고 싶어졌다. 연락처를 물었다. 그런데 이 할머니가 인터뷰는 물론 만나 이야기하기조차 잘 하지 않는다고 했다. 그러니 따님 전화번호를 줄 테니 한번 시도해보라고 했다. 다행히 따님도 서산에서 토종 지킴이를 자처하고 있어 쉽게 통화는 할 수 있었다. 하지만 따님도 어머니와는 인터뷰가 쉽지 않을 것이라며 자신이 옆에서 수다 떨며 거들어줄 터이니 한번 시도해보라 했다. 딸이 생각하기도 아주 꼬장꼬장한 어머니라는 것이었다.

우리는 이렇게 해서 서산 베틀콩을 수집하기 위해 나섰다. 드문 일이었다. 박물관에 누군가 가져온 씨앗을 수집하기 위해 다시 나서는 일은 많지 않았다.

입을 굳게 다문 만큼 그 안에는 많은 사연이 있는 법이다. 나는 따님의 친절에 아내를 동반했다. 아내와 동반한 목적은 함께 수집하자는 것이 아니라 따님을 어머니로부터 떼어놓자는 심사였다. 따님이 옆에 있는데, 입안에 뭉친 이야기를 할 수 있겠나 싶었다.

약속한 시각보다 조금 일찍 도착했는데, 뒤이어 따님이 도착했다. 알고 보니 아내와는 씨앗 공부를 할 때 만난 사이라 구면이었다. 오히려 잘됐다. 덕분에 둘이 이야기하게 두고 어머니는 따로 만날 수가 있었다.

조금 있다가 어머니가 오셨는데, 깜짝 놀랐던 것이 다리가 불편한 분이셨다. 불편한 다리에 놀란 것이 아니라, 불편한 다리로 우리가 선입견을 품을 정도로 부지런하고 억척스러운 삶을 어찌 사셨나 해서 놀랐다. 바로 우리가 만나고자 했던 권 할머니였다.

— 지들은 물르쥬. 부모 알 수 있는 자식이 워디 이쓔?

— 물러야쥬, 알아서 또 뭐하간유.

— 하긴 그류. 부모 고생한 거 알아봐야 보탬 될 거 하나 읎슈.

미리 들은 얘기도 있어 너스레를 떨며 다가갔다. 따님과 아내가 방으로 들어가자 닫혔던 입이 열리고 이야기 보따리가 풀어지기 시작했다. 의외였다. 어쩌면 내가 말 나갈 일 없는 외지인이라 맘 놓고 말할 수 있었는지도 모른다. 인사가 끝나고 다음 말이 이어지기도 전에 음료수에 한과까지 내오시며 먼저 먹고 나서 얘기하잔다. 할 얘긴 없으나 물어보면 답하겠노라 하며 내가 다 맛보기를 기다렸다.

어린 시절 면천에서 서산으로 시집오니 이런 가난도 있구나 싶었다. 그런데 갑자기 분가하라는데, 그것도 서 말 가웃지기 논과 쌀 반 포대를 가지고 분가하라는 것이었다. 이게 우리 마을처럼 산골에서도 농사꾼에게는 이해하기 어려운 땅이었는데, 그 넓은 서산 땅에서 그 정도라니 그녀에게 가난은 전쟁 그 자체였다. 그러나 다행인 것은 그녀의 긍정적인 사고였다. 낙천적인 성격으로 자녀들을 이렇게 곱게 키울 수 있었겠다는 것을 인터뷰가 진행되면서 차츰 알게 되었다.

— 될뀨!

— 됐자뉴!

낙심하는 남편을 항상 따라다니는 난관에 '될뀨', 비록 그것이 하찮은 작은 성과에도 '됐자뉴'라는 말을 하며 그녀는 삶을 이어갔다.

이 두 단어는 그녀의 불편한 다리와는 달리 항상 나란히 걸었다. 그러다 보니 밖으로 흘려야 할 것을 안으로 삼켜버린 눈물이 얼마인지 모른다. 그럼에도 이것이 끝내 병이 되지 않은 것은 그녀의 그런 긍정적인 마인드 덕분이었다.

— 인저 부자 돼쓔. 논을 열닷 마지기를 마련했고, 밭도 천여 평 있으니 부자 아뉴? 연전엔 저 앞에 보이는 산도 장만해쓔.

그녀에게는 논 열댓 마지기와 약간의 밭, 그리고 아들이 보태서 연전에 구입한 산이 있을 정도면 부자였다. 그도 그럴 것이 그녀가 시작한 전 재산, 쌀 반 포대는 아무리 보리쌀을 섞고 밀 것을 먹는다 해도 금세 떨어질 양이었다. 정부미를 받아 겨우 연명할 수밖에 없었다. 그것도 모자라 장리쌀로 끼니를 이었다. 이것을 자식들이 기억 못 하는 것도 다행이라 했다.

— 이런 거 자식들이 기억혀서 뭣 한대유. 모르는 게 약이지. 가재 다리 불편한 어메까지 됬는디.

뭔가가 필요했다.

권 할머니의 선택은 들에 나는 나물을 가지고 장에 나가보자는 것이었다. 주인 없는 미나리, 달래, 쑥에 냉이, 옹곳* 등이 그녀의 장짐에 얹히었다. 버스를 타고 족히 20여 분은 가야 서산장이었다.

권 할머니는 자식들은 물론이고 누구에게도 한 번도 말하지 않았지만, 처음 장에 나갔던 날을 잊은 적이 없다. 고개를 들어 손님들의 얼굴은 쳐다보지도 못한 채 '사유!'를 외쳤으나, 그 소리마저 점점 기

---

* 마을에서 나는 지역 식용 야생 나물이다.

어들어 갔다. 혹여 누군가 냉이를 산다 해도 얼굴 한 번 제대로 쳐다보지 못하고 두 손을 하늘을 향해 쑥 내밀어 돈을 받았다. 혹여 친정집 식구들이나 동네 사람들을 만날까 두려웠다. 겨우 늦게까지 장짐을 비우고 돌돌 말린 지폐 몇 장을 손에 땀이 나게 움켜쥐고 늦은 버스를 탄 그 날부터 권 할머니의 장짐은 시작되었다.

— 그 돈으로 뭐 한지 아슈? 집에 와서 다리미로 곱게 펴서 새 돈 만들어서 애덜 기성회비 줬지. 애들이 얼매나 좋아하는지….

이후 그녀의 장짐에는 무엇이든 살림에 보탬만 된다면 닥치는 대로 얹혀졌다. 좀 더 힘이 든다 해도 이가 더 남으면 그것을 택했다. 그것이 바로 두부였다. 이것이 콩과의 인연이었다. 힘은 들지만 이가 가장 컸다. 서산 장은 2·7 장이지만 장날과는 상관없이 상시로 서서 장거리가 생기면 장에 나갔다. 서서히 살림이 피기 시작했고, 아이들에게 궁핍함을 보이지 않을 수 있게 됐다. 그것이 제일 좋았다. 이 가난을 아이들이 아는 것이 제일 무서웠다. 권 할머니는 고쟁이 주머니 속에 흙냄새가 풍기는 돈을 꺼내 자식들이 가난을 아는 것을 막는 데 썼다. 그러다가 우연히 만난 베틀콩이 그녀의 삶을 바꿨다.

— 한 40년은 된나 뷰. 누가 줬는지도 몰러. 그땐 마을에서 뉘 네 뉘 네 할 거 없이 다 심었응께.

사실 그전 권할머니의 장짐에도 콩나물이 있기는 했으나 시원찮았다. 처음에는 단지 구색 갖춤 정도였으나 욕심이 생겼다. 두부나 묵은 일거리가 많고 힘이 드는 데다가 이는 많지 않았다. 콩나물은 기르기도 쉬운 데다가 이가 많았으니 장거리로는 좋았으나, 처음에 주저했던 이유는 대량으로 도매를 넘기는 공장에 비해 상품성이 떨어졌

100

고, 이를 남기려고 붙인 가격이 너무 높았기 때문이다. 왜냐하면 콩나물이 자라는 데 허실이 많았기 때문이다. 흰콩은 대가리가 무겁고, 약콩은 새콩처럼 불지 않는 콩들이 많아 허실이 많이 되어 수익성이 떨어졌다. 또한 수익성을 겨우 맞추고 나면 맛도 문제였다. 마침 그때 베틀콩을 만난 것이다.

— 요게 자잘한 게 풋콩일 때 밥밑콩으로 쓰면 기가 마큐! 향내가 부엌에 진동휴! 고때 알았지. 요게 콩나물로 자라면 기가 막힐 거다 했쥬.

권 할머니가 베틀콩 콩나물 시험에 들어갔다. 베틀콩은 대가리가 가벼워 훨씬 미끈하게 죽 빠졌고, 풋콩의 향이 그대로 간직해 콩나물 맛이 뛰어났다. 권 할머니는 누가 들을까 봐 소리 나지 않게 무릎을 쳤고, 그 뒤로 베틀콩은 할머니에게 보물이 됐다.

그 뒤부터는 장짐에 콩나물이 늘어난 만큼 목욕탕에 콩나물시루도 늘어났다. 목욕탕은 콩나물 공장이 된 지 오래였다. 그녀의 목욕탕에는 시루가 지금도 대여섯 개 있다. 모두 장에 나갈 날짜에 맞춰 층층이 시차를 두고 기르는 콩나물이다.

— 말두 마류. 장에 나가면 손님들이 쭉 지달리구 있거등유. 내 콩나물 먹을라고.

그녀의 베틀콩 콩나물을 맛본 사람들은 그녀가 장에 오는 차 시간을 알고 기다린다. 그러나 시장의 경쟁자들에게는 콩나물콩이 베틀콩이라고 절대 얘기하지 않는다. 지금까지 단골들을 지켜온 비법이다. 어쩌면 베틀콩을 지킨 것은 권 할머니가 아니라 서산장의 단골손님일지도 모른다. 처음 콩나물을 가지고 시장에 나가 단골이 생기면서는 콩 한 알이 아까웠다고 한다. '콩나물 하나를 듬으로 주면 단골이 느는 벱인디…'. 이 말은 권 할머니의 시장 단골을 대하는 법을 짐작하게 한다.

베틀콩은 늦콩이다. 벼 베기를 마쳐야 수확이 가능할 정도로 늦게 수확한다. 권 할머니는 이 수확 시기가 콩 맛을 좌우한다고 여겼다. 설익은 콩을 바심하면 콩나물이 비릿하고 너무 늦으면 스스로 튀어 나가 허실 됨이 많으니 그때를 잘 맞추어야 제대로 된 콩나물을 만들 수 있다고 믿고 있다. 시기를 맞추다 보니 벼 바심과 겹치고, 때가 지나 스스로 튀어 나간 콩들이 많았다. 콩나물값을 생각하면 이렇게 튀어 나간 콩이 아까워 한 알 한 알 주었다. 이런 모습을 보고 누가 종자를 얻으러 올까, 누가 콩을 얻으러 올까, 이렇게 한 알까지도 주운 콩을 함부로 내돌릴까, 하며 어느덧 사람들이 근거 없는 소문을 퍼트려 권 할머니를 콩알 하나 안 주는 꼬장꼬장한 할머니로 둔갑시켰다.

그렇게 한평생을 장에서 보낸 권 할머니, 이 장 봇짐으로 자녀들을 키워내고 가르치고 땅을 마련해서 부자(?)가 됐으나 지금도 장 봇짐을 놓지 못한다. 자식들의 성화가 적지 않다.

― 애들은 난리지. 먹고살 만하고 몸도 성치 않으니 그만두라고. 근디 그게 그렇지 않거든. 장이라는 게….

권 할머니에게 장이란 이제는 단순히 장거리를 팔고 이를 남기는 곳만이 아니다. 나도 어머니가 80이 훌쩍 넘었을 때 나물 한 줌 삶아서 장에 가는 것을 이해 못 했다. 어떨 때는 차비도 안 되는 돈을 받아 들고 밝은 얼굴로 집에 돌아오시면 '어머니께 장은 뭘까' 생각하곤 했다. 권 할머니나 어머니나 그분들에게 장은 이미 삶의 일부였다. 이젠 권 할머니의 장 봇짐을 이해하고도 남는다.

지금도 욕실에 가면 단계별 콩나물시루가 까만 천으로 덮여있다. 시루 하나가 하루 몫이다. 그녀는 욕심이 없다. 좀 더 욕심을 내 많이 기를 수도 있는데, 그녀의 장짐은 아주 적다. 항상 버스를 타고 20분 정도 걸려 장에 가는데, 그녀가 들 수 있을 장짐만큼의 소박한 욕심이 시장 바닥에 그녀의 삶처럼 단단히 박혀있다. 아직도 장에 나가면 권 할머니의 콩나물을 사기 위해 줄을 서서 기다리는 단골들을 생각하면 가슴이 벌렁댄다고 한다.

― 그래도 우리 토종을 이렇게 지켜주셨으니 감사할 따름이죠.

― 내가 지켜깐? 콩나물을 바꾸면 단골들이 대번 알아봐. 바꿀 수가 없어. 그 단골들이 지켜낸 거지 뭐.

그녀는 토종이라서 키우는 것이 아니라 단연코 잘 팔리니 베틀콩을 쓴다 했다. 당연히 씨를 놓칠 리 없다. 지금도 현관 밖에는 콩나물을 키우기 위한 배틀콩이 수북이 쌓여있다. 현관의 콩이 없어질 무렵이면 콩을 심어야 한다. 권 할머니의 베틀콩은 콩나물이 지켜냈을지도 모른다. 아니, 장 손님들의 입맛이 지켰다는 것이 맞는 말일 것이다.

인터뷰를 마치고 나오는데, 현관에 말리던 콩을 잔뜩 손에 쥐여준다. 박물관에도 있다 하니 한 말씀 거든다.

― 밥밑콩으로 쓰일 풋콩의 향내는 따라올 콩이 읎응께 가져가 봐유. 그리고 콩나물을 지를 땐 불리지 말고 물 주면서 불려 키워야 혀!

베틀콩이 밥밑콩으로 쓰인다는 사실도 알았고, 권 할머니의 콩나물 비법도 슬쩍 듣고 왔다.

메밀꽃 무렵에 없어진 토종 메밀

메밀, '메' 자는 접두어로 주로 차지다의 '찰'과 비교 용어로 거칠다는 의미로 쓰인다. 메벼, 메보리, 메조, 메수수, 멧돼지 등이 모두 그렇다. 그만큼 메밀은 '달빛 아래 순백의 메밀꽃은 숨이 막힐' 정도로 아름답지만, 거친 음식이다. 박물관에는 일반 메밀 5종과 쓴 메밀 5종의 토종이 있다. 그러니까 토종 메밀 종자는 모두 보유하고 있는 셈이다. 그러나 오래전에 수집한 메밀이어서 겨우 자원으로 보관하고 있을 뿐이어서 다시 메밀 수집을 계획하게 됐다.

토종 메밀을 찾는 첫 계획을 세울 때는 당연히 봉평이 떠올랐다. 이효석의 《메밀꽃 필 무렵》의 낭만적 각인이 먼저 나를 불러냈기 때문이다. 축제부터 문학관, 메밀국수 등 메밀이란 이름이 봉평을 뒤덮었다. 수집도 봉평 축제 시기에 맞췄다. 그런데 첫날 첫 음식으로 정한 메밀국수를 먹으러 식당으로 들어가자마자 불안감이 슬쩍 스쳤다. 국숫집 두 곳을 다녀봤지만, 메밀의 원산지가 모두 수입산이었다.

'설마?' 그 싸한 불안감 때문에 축제를 뒤로하고 서둘러 토종 메밀을 찾아 나섰다. 많은 사람을 만나봤다. 토종을 심는 사람은 여럿 있었으나, 그 기간은 길어야 겨우 2년 정도였다. 모두 자급하는 정도였다. 대를 이어 심는 사람을 찾을 수 없었다. 봉평 메밀을 대표할 만한 농가는 없었다. 우리가 찾는 농가는 메밀이 지역 식문화와 어떻게 결합했는지 알 수 있는 농가였다. 혹시나 하고 마지막으로 시장을 둘러봤다. 시장 수집상에는 토종 메밀이 많이 있었다. 그러나 봉평에서 수집한 메밀은 없었다. 모두 제주산이었다. 하루를 꼬박 돌아다니다가 포기했다.

'이런! 수집하는 사람이 그렇게 인내가 없어서야, 쯧쯧쯧!' 이런 말을 해줄 분을 기다리며, 한편으로 이 경험이 나만 겪는 것이길 바라며 하는 수 없이 제주로 향했다. 2월이었다. 그러나 제주에서 토종 메밀을 찾는 것도 만만치 않았다. 그래서 찾은 곳이 자청비 마을, 안덕면 광평리였다. 제주도의 메밀 농사는 아름다운 이름 자청비로부터 시작한다. 자청비, 내게 들리기로는 신화의 주인공 이름 중 제일 아름다운 이름이다. 이효석 작가가 바라본 메밀도 이렇게 아름다웠으리라. 얼마나 아름다웠으면 숨이 막힐 정도였을까?

주몽이 가지고 오지 못한 씨앗은 보리, 이 땅의 건국 영웅들은 모두 건망증이 있었을까? 아니면 배고픔 극복의 극적인 효과를 노려 굶어 죽을 만하면 '짠!'하고 씨앗을 내놔 백성들을 구한다는 자신만의 콘셉트로 백성을 다스렸는지도 모른다. 씨앗은 예나 지금이나 권력이었으니 그렇다. 주몽은 자신의 화살 솜씨까지 보이며 군사적 겁박을 하고, 자청비는 칼 위에서 놀 수 있는 신력을 통해 자신을 과시하며 제주도민에게 농경신으로 자리 잡는다.

그러나 그녀도 깜박하고 가지고 오지 못한 씨앗이 하나 있었으니, 바로 메밀이었다. 메밀은 게으른 사람들의 곡식이다. 예수가 늦게 시작한 사람이나, 일찍 시작한 사람이나 모두 같은 삶을 주듯이 자청비가 가지고 온 메밀은 혹 게을러 파종을 놓친 농부라도 수확 시기에 함께할 수 있는 작물이다. 게을러도 한 몫이란 말이 여기에서 나온다.

그래서일까. 부지런한 사람들에게는 농경신이면서도 그리 크게 대접받지는 못한다. 웅장한 신물을 세워 숭배받는 것도 아니요, 커다란 신전이 있어 시시때때로 제물을 받는 것도 아니며 다만 들밥을 먹을 때 미리 한 수저 떠서 '고시레' 하면 끝이다.

그렇게 제주도에 내려온 메밀이니 어쩌면 천덕꾸러기 작물이었을지도 모른다. 그러나 달리 보면 너무 귀한 작물이다. 제주도의 척박한 땅에 무슨 작물인들 장담할 수 있었을까? 메밀은 파종이 실패한 후 혹은 제주도 특유의 태풍과 비바람이 몰아친 뒤에도 심을 수 있는 유일한 작물이었을지도 모른다. 메밀은 중복이 지나서 심는 몇 안 되는 작물 중 하나다. 그렇다면 메밀은 게으른 사람들의 몫이 아니라, 사정이 있어 늦어진 자연의 몫이다. 제주의 기온은 따뜻하지만 언제 바람이 불어와 작물들을 덮칠지 모른다. 혹시 일찍 심었다가 피해를 본 농가가 대체로 심을 수 있었던 것이 바로 메밀이었다. 그렇게 늦게 심은 메밀은 다른 작물을 수확할 때 함께 수확할 수 있었다. 이것은 메밀이 가지고 있는 복이다. 그런 면에서 자청비는 이러한 제주 환경을 너무 잘 알고 있었던 신이었다.

조가 쌀이 되어 좁쌀이 되는 것은 이해할 수 있으나 밀과는 전혀 비슷한 거라고는 없는 작물이 메밀이다. 배고픈 시절 한반도에 들어와 마땅한 이름을 찾지 못해 붙여진 이름 메밀. 참밀과는 반대되는 개념으로 이름이 붙여져서 지금까지 쓰이고 있다. 이 메밀은 제주도의 주 작물로 자리 잡으면서도 지금까지 다른 이름을 갖지 않을 정도의 고집불통처럼 이름의 정낭을 열지 않고 있다. 기껏해야 메밀이란 이름이 전부일 뿐이다. 이름의 분화가 많은 조와는 대비된다.

마을에 들어서자 기대가 앞선다. 여기저기 메밀에 대한 홍보가 빗발친다. 이미 마을은 메밀 마을이 되어있었다. 봉평 식당에서 엄습한 불안감이 여기서도 우리를 당황하게 했다. 서구 물이 흠씬 든 현대적 멋으로 치장한 아름다운 자청비가 마을 곳곳에 있었고, 마을은 메밀을 가지고 6차 산업으로 진입하고 있었다. 만나는 분마다 메밀을 이야기하고, 누구나 메밀을 조금씩 심고 있었다. 메밀을 찾아왔다 하니 가공 공장을 소개해주고, 메밀 판매에 대해 안내했다. 그러나 토종 메밀을 이야기하는 사람들은 아무도 없었다.

― 토종! 토종? 에이, 그거이 돈이 됨수까?

― 미친 짓이지. 요즘 메밀은 태풍을 피할 필요도 없고, 맛을 걱정하지 않아도 돼.

사실 자청비 홍보 판을 봤을 때부터 이곳에서 토종을 찾는다는 것은 이미 말한 대로 미친 짓인지는 알았다. 마을 사람들을 여럿 만났지만 어쩜 이렇게 똑같은 말만 할까 싶을 정도였다.

그러다 마을 어귀 평상에 있던 사람의 소개로 겨우 쉼터에서 한 분을 만났다. 오직 그만이 이곳에서 심던 토종 메밀을 기억하고 있었다. 태풍 '매미'가 마을을 뒤집어놓아 종자조차 수확하지 못했을 때, 겨우 종자용으로 얻었던 그의 기억이 우리를 반겼다. 그러나 기억일 뿐 종자를 나눠주었던 할머니의 안타까움만 전할 수밖에 없다고 했다. 이 안타까움을 듣기 위해 마을 어귀 평상에서 쓸데없는 메밀 홍보를 한 시간이나 들어야 했다. 그래도 얼마나 다행인가?

― 이젠 끝나쓰무. 할머니 한 분이 있는데, 못 만날걸. 우리도 본 지 여러 달인데, 한번 가보든지. 저쪽이니.

― 뭐, 토종을 심는다고 고집을 피워.

― 돈이 되나 떡이 되나? 쯧쯧!

알 만했다. 할머니 한 분은 마을 일에 협조를 안 했구나. 6차 산업을 하는 데 끼질 않았구나. 마을에서는 메밀 하면 그 할머니일 텐데, 협조가 없었으니 영 못마땅할 수밖에. 그래도 큰소리치는 것은 할머니 없이도 훌륭히 해냈다는 것을 방증했다. 나중에 할머니 얘기를 통해 안 일이지만, 수확을 많이 하겠다고 수입 메밀을 옆에 심으면 튀기된다고 어지간히 싫어했던 모양이었다.

그가 한 시간 만에 얼렁뚱땅 손으로 가리켜 알려준 곳에는 마을에서 멀리 떨어지지 않은, 단지 뒤 오름 밑에 있는 이만희 할머니 댁이 있었다. 할머니 댁은 마을 안의 섬이었다. 제주도 속의 섬이 바로 산 아래 푸른 제주 바다처럼 청색 지붕을 하고 마을에 떠 있었다. 홀로 남겨져 있었고, 아무도 관심 없는 섬이었다. 특히 할머니가 심고 있다는 메밀은 제주도의 숱한 메밀 속의 섬이었다.

그러나 그녀는 만날 수 없었다. 할아버지 얘기라면 작년 가을에 쓰러져 지금까지 일어나지 못하고 자리 보전한 뒤로는 아무도 만나지 않는다고 했다. 일은 못 하고 누워 생목숨만 붙어있으니 할머니 자존심이 허락지 않아 마을 사람들 만나기도 꺼린다고 했다. 그럴 만큼 일에 대한 욕심도 많고, 일도 많이 했단다.

우리가 온 목적을 이야기하고 할머니 뵙기를 청했으나 할아버지는 씨앗이라면 자신이 준다면서 여러 씨앗을 내놨다. 물론 메밀은 없었다. 우리는 아쉬움에 메밀에 대해 알고 싶어 왔다고 했다. 이에 할아버지는 그것은 자신도 모르고, 할머니가 예민하여 만나지 못하니 그냥 가란다. 건강을 자신하던 할머니가 아마 쓰러진 후 자괴감에 예민해진 모양이었다.

포기할 수밖에 없었다. 우리는 할아버지가 타준 미지근한 밀크커피를 마시며 할머니를 방 안에 두고 툇마루에 걸터앉아 이런저런 얘기를 하며 시간을 보냈다. 할아버지는 주로 할머니 고집 얘기를 하며 쓰러진 게 그놈의 똥고집 때문이라며 아쉬운 흉을 봤고, 우리는 주로 듣기만 했다.

마을 어귀에서 만난 사람보다 더 오래 이야기를 나눴다. 그런데도 꼼짝 않는 방문을 보며 하는 수 없이 돌아서는데 방 안에서 무슨 소린가 들렸다. 자기 흉보는 할아버지에게 뭐라 하는 것이란다. 할아버지는 그냥 가라고 했지만, 우리는 분명 할머니가 우릴 찾고 있으니 방에 한번 들어가 보라고 했다. 하는 수 없이 할아버지가 들어가더니 별일이라며 잠시 들어왔다가 가라고 손짓한다.

오! 그렇게 이만희 할머니를 만나게 됐다. 할머니는 조그만 침상 위에 가지런히 누워있었다. 우리가 들어가자 이불을 걷어내려 눈을 마주쳤다. 할머니는 고집스럽게 입을 옹 다물고 계셨다. '그렇지, 저런 고집이 아니었으면 어찌 지켰을까?'

할머니는 곰처럼 일만 하다가 작년 가을 어느 날, 쿵 하고 제주 화산 굴을 내리치듯이 울리는 소리를 내면서 쓰러졌다. 그리고는 피지도 못한 팔자, 그 억울함에 입을 닫았다. 이웃과 연도 끊었다. 말을 묻는 것도 조심스러웠다. 나중에 내용을 정리하면서 할머니의 삶에 대한 인터뷰 못 한 점이 못내 아쉬웠지만, 메밀에 대한 그녀의 고집은 다시 되새길 수 있었다.

우리는 토종 메밀을 찾아왔다는 말을 조심스럽게 꺼냈다. 그러자 문득 꺼져가던 그녀의 목소리에서 독기가 뿜어나왔다.

― 누가 씨 종자를 주나? 메밀 없수다!

그러니까 그녀를 찾아온 이유가 씨앗을 수집하러 온 것인 줄 알았는지 냅다 핀잔하고 나섰다. 할아버지 말로는 몇 해 전부터 토종 씨앗을 수집하러 몇몇이 다녀갔고, 그들은 달랑 씨앗만 얻어가곤 했다는 것이다. 그걸 아니꼽게 생각한 것이다. 우리는 그 오해를 풀기 위해 한 시간가량 이야기한 것 같다. 하긴 우리가 찾아간 시기가 2월이었으니 그녀에게 남아있는 것이라고는 종자 말고는 없을 터였다. 더구나 그 종자는 쓰러진 할머니가 일어나면 다시 파종해야 하는 희망이었다. 희망을 함부로 타인에게 줄 수는 없는 일 아닌가? 나중에 안 일이지만 그녀의 광에는 메밀 종자가 고스란히 남아있었다.

― 매미 태풍 때 힘들었다면서요? 그래도 용하게 지키셨네요.

그녀는 가늘게 눈을 떴다. 주로 눈을 감은 채 묻는 말에 답해주었지만, 흥미를 느끼거나 흥분을 시키는 말을 하면 실눈을 뜨곤 했다. 그리고 할아버지가 말을 이어갔다.

태풍이 지나갈 때는 몰랐다. 매년 지나가는 것이니 단단히 아금박스럽게 동여매고 나면 태풍이 그리 큰일도 아니었다. 그러나 '매미'는 달랐다. 처참하게 그들의 준비를 망가트렸다. 메밀밭에 나가면 밭의 모든 것이 쓰러져 마치 바다같이 평평했다. 살아남은 것이 없었다. 사람들은 밭을 갈아엎고 다시 작물을 심어 겨울을 대비했다. 그때 그녀의 눈에 띈 것은 몇 송이 메밀꽃. 남쪽 밭담에 기대어 겨우 살아난 메밀이었다. 밭담을 넘은 태풍 반경의 메밀은 모두 쓸려나갔으나, 밭

담의 버성긴 구멍을 뚫고 나와 한풀 꺾인 바람 때문에 그나마 겨우 몇 포기의 메밀이나마 건질 수 있었다.

이듬해 신품종이 들어와 종자 걱정을 하지 않던 마을 사람과는 달리 그녀는 씨 불리기를 하며 2년이 지나서야 겨우 토종 메밀로 밭을 채울 수가 있었다. 할아버지의 영웅담에 '그게 내가 지킨 거여' 하는 듯 할머니가 실눈을 뜨고 흐뭇하게 잠깐 웃었다.

그렇게 지켜낸 종자를, 그것도 2월에 찾아오라니 염치없고 무례하기 짝이 없는 수집이었다. 서너 시간 머문 듯했다. 할머니도 심심했던지 처음과는 달리 말수를 조금씩 늘려 갔고, 감저를 쪄오고 숭늉을 내오면서 틈틈이 옆에서 통역해주는 할아버지도 신명이 나 말을 보태다 보니 시간 가는 줄 몰랐다. 할아버지 말에 의하면 실로 오랜만에 할머니가 씰룩하며 웃었다 한다. 우리는 여러 번 봤는데….

우리는 할머니의 웃음을 보고는 작별 인사를 했다. 그러자 할머니가 슬그머니 손짓하더니 그래도 육지에서 예까지 왔으니 조금 가져가라 했다. 하지만 우리는 손 하나 대지 않고 그냥 할머니 댁을 떠났다.

— 벌떡 일어나셔서 내년에 농사지으면 다시 와서 가져갈게요.

라고 약속했다. 그러나 할머니는 끝내 일어나지 못하고 토종 메밀 농사도 끝이 났다. 우리가 모르는 누군가 제주에서 토종을 지키고 있지 않다면 토종 메밀은 제주에서도 없어질지 모른다.

'누가 씨 종자를 주나!' 그 뒤로는 수집을 나설 때면 이만희 할머니의 말이 내내 귓전을 울리곤 한다.

화려한 제주 방언의 마법사, 조

 제주도에서 조만큼 제주 고유의 문화와 제주도민의 생활에 밀접한 것도 드물다. 조는 1938년까지 재배 면적이 30,000ha가 넘을 정도로 제주도민 제일의 식량이었다. 식량이라기보다는 그냥 생활 그 자체라고 해도 될 정도였다. 조와 함께 일어나 조와 함께 잠을 잤고, 태어나서 첫 음식이 좃죽이었고, 백일상에는 좃떡에 고물을 묻혀 잔치를 열었고, 죽으면 조팝으로 사잣밥을 올렸다. 죽어서는 좃술로 제사상을 받기까지 했다. 그들의 생활이 궁핍해 굴곡의 언덕을 넘을 때마다 음식 또한 숱하게 생겨났다.

 제주에서 조는 곧 생활이었으니 언어학적으로 제주도에서 조만큼 식물 이름이 분화한 것도 없다. 그것도 제주 방언으로 척박한 제주의 농사환경에서도 잘 자라는 작물 조. 식재에서 수확, 식단까지 각각의 과정별로 분화되면서 각각의 명칭이 십수 가지로 달리 불렸다. 하나의 작물에서 이 정도의 언어가 발생했다는 것은 생활 아니면 설명할 수 없다.

 차조와 메조를 뜻하는 흐린조와 모힌조. 노란색 조를 뜻하는 강돌하리, 고박시리, 멍석시리가 있다. 황조, 모시조는 병든 조를 가리키는 말들이다. 그중에서도 미리 눈여겨볼 것은 바로 도난조. 그 외에 조의 모양에 따라 부르는 소리도 숱하다. 소용시리, 개발시리, 꺽검은조, 만줏조, 맛시리, 무기시리, 불그시리, 생이조, 청돌허리 등 수 없이 많다.

인류문화학자 J.G. 피히테의 '언어는 자의적이 아닌 자연의 힘인 오성(悟性)적 생명으로부터 용솟음쳐 나오기에, 이와 같은 법칙에 따라 발전하는 언어는 생명에게 영향을 미치고 생명을 자극하는 힘을 갖는다'는 말이 실감 나는 곳이 제주도의 조에 관한 언어들이다.

어디 이뿐인가? 농가에서 모시던 곡령신 중에 오직 조만을 위한 곡령의 흔적인 '씻푸게' 풍습이 남아있는 것도 제주도다. 이 씻푸게는 칠성 본풀이에 나온 칠성눌과는 그 성격이 조금 다르다. 칠성눌이 밑에는 암키와를 제쳐놓고 그 위에 수키와를 엎어놓은 뒤에 그 기왓장 사이에 조, 콩, 메밀, 산뒤(山稻) 등 오곡을 한 줌씩 싸놓은 것이라면 씻푸게는 종자를 넣는 용기라는 제주도 방언으로 오로지 종자를 보관하는 용기를 뜻하는데, 이때 씻푸게에 봉안하는 종자는 조뿐이었다. 그러니까 씻푸게는 조의 종자를 보관하는 종자 보관소이자 공물을 바쳐 제사를 지내는 곡령신이기도 했다. 제주도민에게는 조가 일종의 신격화될 정도로 중요한 작물임을 의심할 여지가 없다.

그 농사법도 다양하다. 자연의 이치와 순리에 맞게 농사지었음을 알 수 있다. 가슬치기는 겨울에 놀린 밭을 갈지 않고 파종 전 한 번만 갈고 조 씨를 뿌리는 농법이다. 1년에 한 번밖에 지을 수 없는 척박한 밭에 짓는 법이다. 5월 초·중순에 씨를 뿌린다. 무기는 2, 3월에 밭을 한번 갈고 파종 전에 다시 한번 밭을 갈고 조 씨를 뿌리는 농사법이다. 보통의 밭에 농사짓는 것으로 5월 중순에 파종한다. 마가지는 여름에 장마가 지나간 뒤에 조 씨를 뿌리는 농법으로 보리를 경작하는 좋은 밭에 경작한다. 보리를 수확한 후 한 번 갈아 거름으로 사용하고 파종 전에 다시 한번 갈아 조 씨를 뿌리는 농법이다. 6월 초순에 뿌린다.

제주도 농사법을 보면 신기하고 지혜롭다는 것을 알 수 있다. 제주도의 토양은 화산토라서 척박한 땅이 많았고, 날씨는 작물을 심기에는 적절치 않은 변화가 심한 섬의 기후다. 농사법도 이에 따라 늘 대비를 하게 되는데, 특히 태풍이 심해 태풍으로 농사를 망치고 나면 그 뒤에 심을 작물로 메밀을 마련해두었고, 척박한 땅에는 조와 감저 종자를 마련해두었다.

우리가 처음 조를 찾아 제주에 간 곳은 구좌, 대정 등이다. 특히 대정은 조에 관한 노동요와 여타 문화가 문화원에 고스란히 남아있는 곳이어서 처음에는 쉽게 생각하고 찾아갔다. 그런데 그것은 헛된 기대였다. 반나절을 문화원에 보내고 대정을 뒤지기 시작했다. 우선 문화원에서 보여준 전래 노동요를 들고 마을을 찾기 시작했다. 쉽게 나올 리 없었다.

첫날은 기대를 둘러메고, 둘째 날은 희망을 품고 마을마다 사람들을 찾아다녔다. 하지만 사흘째 되는 날까지 찾은 건 없었고, 점차 비행기 시간에 쫓겨 초조해지기 시작했다. 오전이 지나서야 겨우 찾은 주소. 그녀마저도 마을에서 이사하여 이미 제주 시내로 이사 가고 없었다. 다행히 옆집의 친구가 전화번호를 주어 찾아갈 수 있었다. 몸이 성치 않아 자식들이 얻어준 제주 시내 변두리 작은 집 하나에 기거하고 있었다.

그녀에게서 조 심을 때 이야기를 듣는데, 대정에서 만난 다른 할아방들과 다를 바가 없었다. 다만 목청이 좋아 조를 심을 때 내는 밭

밟는 소리를 구성지게 불렀다 한다. 그마저도 잊어버려 띄엄띄엄 몇 번이고 되불러가며 잃은 기억을 되살리려 했지만, 끝내 전부는 들려주지 못하였다. 제주도 <밧 볼리는 소리>다.

어려러러러 오호야 어러러러 월월 하아야

이말들아 이말들아 쳇망으로나 돌아나들라

어려러러 호호옹옹

어려러러 어려러러 월월월하량

요말덜은 보난 제주야 한라산에서 놀던 말이로구나

이밧을 탄탄이 잘다려그네

조코고리랑 나건 덩드렁마께 만썩

월하량

상동 같은 말들이로구나

너의 구실은 무엇이드냐

어려러러 월하량

하늘에선 보난 먹구름이

털털 하는구나 비가 올 듯하는구나

월월 월하량 한 적이나 다려보자 시간이 지나는구나

어려러 월월 월하량

저 말을 막아라 월라말 청총말이로구나

자꾸만 둔갈라저 가는구나

월월월 월하량

_제주 대정문화원 제공

그리고 2020년 다시 찾은 납읍리. 제주도에서 낭푼 밥상이라는 제주 토종으로 밥을 지어내는 식당 주인의 도움을 받아 찾은 곳이다. 단순히 예전에 조를 많이 심었다는 소식만 듣고 막연히 찾은 곳이다. 가보면 누구든 만나겠지 하면서. 그러나 제주도 지리를 잘 몰랐던 터라 렌트카의 내비게이션에 '납읍리'라고만 치고 무조건 달렸다. 그런데 내비게이션이 우리를 데리고 납읍리의 중산간지대 산속에 데려다 놓고 회전로터리 돌 듯 계속 제자리를 돌고 돌게 했다.

어느 한 길을 찾아 이곳을 떠나야 했다. 그래도 사람 사는 곳은 아래쪽이겠지 하고 내려가는 길을 택하여 길을 잡아 한참을 내려갔는데, 한없이 밭만 보이고 사람은 보이지 않았다. 물론 밭은 묵어있던지, 아니면 콩을 심고 있었다. 제주도 '준자리 콩'이었다.

밭을 지나 또 한참을 내려가는데, 양배추 밭이 나오고 마침 밭에다 소독하는 할머니 한 분을 겨우 만날 수 있었다. 수줍은 할망이었을까? 아니면 산중에 웬 낯선 사람을 만나 무서웠을까? 할망은 약통을 돌리고 먼 산만 바라보며 가늘게 단답만 했다. 납읍리 가는 길을 묻고 나오다가 문득 혹시 하는 마음에 뒤돌아 물었다.

— 혹시 예전에 조를 심으셨나요?

— 우리 할망이 조를 심지 않은 사람있쑤가? 지금은 업쑤다.

그녀가 가리키는 곳이 모두 조밭이었다고 했다.

— 어디 첯어봄맹 도난조나 이쓰까?

— 예 도난조요?

도난조는 참으로 애꿎은 종자다. 가장 흔한 일반적인 조를 강돌하리라 부르는데, 무른 강돌하리는 이삭에서 잘 팅겨 나오는 조를 가리킨다. 이런 무른 강돌하리를 바심하다 보면 씨가 떨어져 나가 언젠가는 발아하고, 싹이 난다. 이렇게 난 조를 도난조라 부른다. 이해하건대, 땅에 도난당한 조거나 땅으로 도망간 조를 이리 불렀는데, 조 한 알이 아까운 제주 농민의 은유가 참으로 멋지다. 이 한 단어로 제주 농민들의 삶을 엿볼 수 있다.

제주에서 조가 점차 사라져 다른 작물로 대체될 때도 밭담 밑에서 이 도난조가 제주조를 지켰다. 몇 년을 계속해서 나오면서 명맥을 유지했는데, 그 모습이 안타깝고 애처로워 제주 할망들이 씨 종자를 받아놨다가 기어이 심지 못하고 버린 지 오래됐다고 한다.

한참을 찾아 헤맨 우리가 답답해 보였는지 할머니가 돌무덤 근처를 훑더니 강아지풀만 한 조를 들고 와 우리에게 건넸다. 사실 고백하자면 당시 우리가 제주에서 토종 조라고 찾은 것은 이것이 유일했다. 수집 발이 넓지 않았던지, 아니면 토종 조가 제주에 없었던지 둘 중 하나였다.

다만 돌아온 조는 만날 수 있었다. 할머니께서 납읍에 가면 조를 심는 분이 있다고 말씀하셨다. 바로 새로 생긴 돈가스집 맞은편 할아방이 조 농사를 짓는다는 반가운 소리였다.

도난조를 하나 꺾어 들고 할망이 가르쳐주는 길을 따라 납읍리에 도착했다. 납읍리 마을회관에서 만난 노인들과 인터뷰하기 위해서였다. 그런데 아뿔싸! 이들은 조를 잃은 거뿐 아니라 조 방언도 잃어버렸다. 가지고 간 방언을 아시는 분들은 손을 들게 했지만, 몇 가지를 빼놓고는 대부분 모르는 단어라 했다. 기억해내기 싫었을까. 생각나는 말조차도 그들 기억 속에는 가난한 추억일 뿐이었다. 그들은 이제

'조'라는 단어 하나로 새로운 문화의 언어로 삶을 채워가고 있었다. 살기 좋은 지금에 굳이 기억해야 할 이유가 없게 되어버린 것이 조와 조에 관한 언어다.

납읍리 마을 회관에서 인터뷰를 통해 조 심는 할아버지를 찾았다. 그도 토종을 좋아하는지 밭에는 여러 토종을 심고 계셨다. 시금치부터 감저, 배추, 부추 등이 주를 이루고 있었다. 그중에는 아닌 게 아니라 할머니 말대로 조가 두어 줄 심거있었다. 할아버지가 없는 터라 밭에 들어가 구경을 하다가 밭을 밟는다고 혼꾸멍났다. 조를 보고 흥분했던 것이 할아버지의 심기를 건드린 것이었다. 수집 나갔다가 토종을 만나면 간혹 이런 실수를 범하곤 하지만, 그때처럼 된통 혼난 것은 처음이었다. 백배사죄하고 간신히 화를 달래서 조에 관해 물었다.

할아버지는 그 조가 제주조라고 우기셨다. 평생을 농사지었는데, 그것을 몰라 보냐고 오히려 우리를 나무랐다. 뭔가 이상하여 계속 물으니 사실은 따님이 강원도 고성으로 시집을 갔는데, 옆집에서 제주에서 가져왔다며 조를 심고 있어서 제주 토종을 심고 싶다는 아버지를 위해 보내왔던 조라고 고백하였다. 지금은 맞는지 시험 중이고 맞으면 조금 넓혀 심을 것이라고 하셨다.

그 뒤로 제주조는 끝내 찾지 못했다. 일제 강점기에 자취를 감췄던 제주조가 '삼다찰'이란 이름으로 복원했다지만, 글쎄? 이듬해 다시 갔을 때 그 할아버지 밭에는 조가 사라지고 없었다.

그는 나에게로 와서 꽃이 되었다, 구억배추

김치 이전의 김치, 홍어 맛 김치 재료를 찾아 나선 구억리, 구억배추. 예산의 향토 음식 중에는 홍어 맛 김치가 있다. 지역에서는 일명 '썩은 김치'라는 이름이 더 친근하게 불린다. 박물관 설립 전인 2014년, 향토 음식 조사를 의뢰받고 1년 동안 슬로푸드 내포 회원들과 조사에 나선 적이 있다. 그때 찾은 음식 중 하나가 예산 봉산면 금치리에 남아있는 홍어 맛 김치다.

음식은 그 지역의 문화를 통튼다. 지역에서 나는 작물이나 고기를 지역의 경계, 지역 사람들의 풍물 등을 통해 총체적으로 나타난 것이 음식이다. 물론 음식의 기본은 씨앗임이 틀림없다. 그래서 씨앗은 그 지역 사람들의 관혼상제 모든 것을 품고 자라며, 이 과정에서 얼이 자연스럽게 스민다. 그것이 곧 정체성이다. 토종 씨앗에 우리 민족의 얼이 스며있다고 말하는 데 주저하지 않는 이유다.

홍어 맛 김치는 그런 의미에서 그 지역과 잘 맞아서 떨어진 음식이었다. 금치리에서 멀리 떨어져 있지 않은 곳에 구만 포구라는 작은 포구가 있었다. 금치리는 사람들의 발길이 잘 닿지 않는 높은 고개 밑에 있어서인지, 백제시대부터 있던 구도가 지금까지 남아있다. 그렇다 보니 마을은 바다를 통해 들어온 다른 문화에 쉽게 동화되기도 했지만, 한편으로는 외진 산골 지역 특성에 따라 마을 문화가 더욱 고집스럽게 매조지되기도 했다.

이 마을에 김치가 언제 들어왔는지는 알 수가 없다. 그러나 김치를 담그는 방법에는 그 지역의 특성이 고스란히 스며있다. 나중에 안 일이지만 '묻너물'로 불리던 구억배추도 마찬가지였다.

　쉽게 구할 수 있는 것은 바다 어물인 새우젓이었고, 아예 김치에 고춧가루를 넣는 것은 시도조차 하지 않았다. 홍어 맛 김치는 배추를 발효시키는 것이 아니라 삭히는 것이다. 이때 우리는 이 홍어 맛 김치를 김치 이전의 김치라고 하는 데 동의했다.

　그런데 조사과정에 지금까지 마을을 지키고 있던 할머니들이 이구동성으로 하는 말씀이 요즘 배추로 담근 김치는 예전 그 맛이 잘 나지 않는다는 것이다. 배추가 억세고 질겨야 제맛인데, 요즘 배추는 너무 연하고 아삭댄다는 것이다. 시중에서 파는 육종된 배추로는 그 김치의 맛을 제대로 낼 수 없었고, 궁여지책으로 마을 사람들은 포기를 싸고 있는 거친 배춧잎으로 김치를 담가 먹고 있었다.

　그래서 시작한 것이 그 김치 본래의 맛을 찾아보자는 시도였고, 우리는 그 음식과 걸맞은 배추가 무엇일까 생각하다가 문득 제주도에서 찾았다는 토종 구억배추를 떠올렸다. 구억배추는 지금의 배추와는 다르게 잎이 크고 퍼져있어 포기를 안지 않은 거친 배추였기 때문이다. 겉면이 거칠고 줄기가 질겨 김치를 담그면 뻗치는 성질이 있으니 삭히지 않으면 먹기 어렵지 않을까 생각했다. 그런데 의외로 홍어 맛 김치와 궁합이 잘 맞았다. 구억배추는 삭혀야 할 이유도 있고, 삭힌 후에 씹는 식감도 흐늘거리지 않아 좋았다. 특히 구억배추는 매콤한 갓 맛을 품고 있어서 홍어 맛 김치에 적격이었다. 그래서 지금은 마을에서 구억배추로 홍어 맛 김치를 담그고 있다.

그렇게 구억배추는 수집보다 음식으로 먼저 만난 씨앗이다. 당연히 궁금해졌다. 이미 널리 알려진 배추기는 했지만, 제주도와는 어떤 과정을 통해서 친해졌을까 하는 궁금증으로 찾았는데, 의외로 많은 정보를 얻게 됐다.

구억리는 1914년 일제의 행정구역 개편에 따라 땅이 구획될 때, 이웃 동네 신평에서 뺏어가고, 보성에서는 뚫고 들어오고, 서광에 눌리고 남은 곳은 오직 구석 '밧'뿐이어서 그 동네 이름을 구석밧리로 하려다 어색했는지 구억리로 바뀌어 붙은 이름이다. 구억리는 우리나라 지명에 많이 등장하는데 주로 큰 동네, 농사 채가 많은 동네를 일컫는다. 가끔 역설적으로 좁은 땅을 구억리로 표현하는 경우도 있는데, 제주 구억리가 바로 그 경우다. 이 마을은 오래전부터 '검은 굴, 노랑 굴'이라는 항아리 옹기 가마가 있다. 이 또한 구억리 배추를 활용하는 데 기여한다.

구억리 마을에는 넙게오름(광해악, 廣蟹嶽)이 자리 잡고 있으며, 하천 발달은 미약한 편이어서 마을의 아주 오래된 다리소(다리 물)라는 용천수를 귀하게 여겼다. 땅은 척박했고, 마을 사람들은 매우 근검하고 암팡져서 오기를 가지고 농사를 지었다. 농토가 좁고 척박하니 농사는 매우 계획적이어야 했는데, 당시 그 치밀한 생존 계획 속에는 아무 들에서나 잘 자라는 배추(사실은 너물)를 밭에 심을 생각은 없었다.

이렇듯 구석 밭에 내박쳐 천덕꾸러기로 자란 구억배추, 대체 대정 구억리에서는 이 천덕꾸러기 배추로 무슨 음식을 해 먹었을까? 구억배추는 어떤 문화와 만나 사람들의 삶에 스며들었을까? 순전히 그것이 궁금해서 찾은 곳이 구억리다. 구억리 조재희 할머니가 첫 씨를 퍼트렸으니 그분을 찾아 인사드림이 마땅했다.

그러나 2021년경 몇 차례를 찾아갔지만, 만날 수 없었고 2022년 겨울 다시 찾아 겨우 만날 수 있었다. 아쉽게도 조재희 할머니는 2021년도에 아흔아홉 장수 끝에 명을 다하셨다 했다. 안타까웠지만, 다행히 며느님 조순자(71) 여사를 만날 수 있었다.

— 구억배추를 찾아왔어요. 지금도 계속 심고 계신가요?

— 구억배추?

— 네. 시어머니께서 지켜왔다는 구억배추요.

— 아, 뭍너물! 아, 그럼. 밧에 가면 귀퉁이에 눌러앉아 있수다.

— 시어머니에 이어 며느리가 지켜나가니 대단하시네요.

— 지키기는 뭘 지켜? 지가 땅을 지키고 있는 거 아니우.

돌아온 답이 싱거웠다. 그 가난 속에서도 흔한 것이 뭍너물이었다니 처음에 우리는 겸손인 줄 알았다.

— 어머니가 좀 키웠어. 과장을 했지. 그렇게까지 대단한 것이 아닌데….

뜻밖에도 그녀는 구억배추로 기억하고 있지 않았다. 어찌 보면 요즘 토종배추의 대명사가 될 정도의 관심을 받고 있는 구억배추를 의미 있게 기억하고 있지 않았다. 이 대수롭지 않은 대답에 우리는 적잖이 당황했다.

조재희 할머니의 배추 이야기를 들어볼까 했는데, 이미 돌아가시고 며느리에게라도 인터뷰하려고 했는데, 첫 질문부터 막혔다. 그녀에게 구억배추는 너물 정도로만 받아들여졌기 때문이다. 우리는 당황스러움을 추스르고 구억배추에서 뭍너물로 방향을 틀었다.

그녀도 만족했다. 사실 구억배추는 안완식 박사가 처음 수집했을 때, 지역에서 부르는 이름이 없자 구억리에서 수집한 배추라 하여 구억배추로 명명하면서 굳어졌다. 그리고 조재희 할머니가 더불어 유명해지면서 누구도 이의를 제기하지 않았다. 조 여사가 처음에 모르는 듯 되물었던 것도 구억배추를 모르는 것이 아니라 이름에 동의하지는 않던 것이다. 그 뒤로는 집에서, 옹기점을 돌아 구석밧까지 돌아다니며 물 흐르듯 인터뷰가 흘러갔다.

조 여사가 묻너물을 본 첫 기억은 아주 어릴 때였다. 아마 묻너물이 자생적일 것이란 생각이 든 것도 이 지점이었다. 그녀의 인터뷰를 종합적으로 판단해보면 이 묻너물은 서귀포를 비롯한 남쪽 지방에서는 잘 보이지 않았고 주로 기온이 차고 바람이 심했던 대정 북쪽 연안 지방에서 이름도 없이 자생했던 작물이 아닌가 싶다.

— 그거이 밧이고 들이고 널려있는 묻너물이여.

그런데 오히려 포기 배추가 도입되면서 더 도드라지지 않았나 싶었다. 시어머니는 상동 다리소 부근 조씨 집성촌에서 시집을 왔고, 며느리는 서광의 조씨 집성촌에서 시집을 왔으니 모두가 어릴 때부터 익숙한 작물이었다. 포기 배추가 도입됐을 때, 종자를 받는 것이 아니라 돈을 주고 사야 한다는 것을 이해 못 했고, 포기 배추의 달달한 입맛 정도는 가난이 충분히 감내할 수 있었다. 오히려 포기 배추의 단맛이 쌉쌀한 맛을 집어삼키는 것을 두려워해서 고집을 피우신 분이 시어머니다.

이미 포기 배추를 도입하여 심었던 서광의 친정에서의 배추 맛에 길든 그녀가 한 많은 부산을 거쳐 다시 제주로 돌아와 구석밧으로 시집와서 시어머니 덕에 다시 찾은 맛이 바로 묻너물의 쌉쌀한 맛이었다. 아마 아버지가 일찍 돌아가시지만 않았어도 평생 묻너물 맛을 잊고 살았을지도 모른다 했다. 시집와서 맛본 묻너물의 쌉쌀함에 이르자 말끝마다 눈물이 그렁그렁 뒤따른다. 봄철부터 여름까지 빈 밥상을 채워준 것이 또한 묻너물이었다.

그녀에게는 한이 많다. 시어머니도 그렇지만, 친정어머니에 대한 그리움이 많은 분이다. 초등학교 3학년 때 친정어머니의 사정으로 같이 살 수 없게 되자 맡기다시피 잡은 첫 직장이 가정부. 그나마도 얼마 지나지 않아 봉제공장으로 일자리를 옮겨야 했다.

그 어려운 부산 시절을 끝내고 제주로 다시 돌아오게 한 것이 결혼이었다. 시집와 첫 아이를 잃고 시어머니의 강권으로 그나마 위로받던 할망당 출입까지 막힌 그 아픔이 얼마나 클까? 자신도 이제는 다 풀어져 끝난 줄 알았는데, 지금 생면부지의 사람 앞에서 이야기하다 보니 또 눈물이 난단다. 한이라는 것이 풀리는 것이 아니라 숨어있는 것이로구나.

결혼하여 밖거리에서 사는데, 안거리 사시는 시어머니의 농사 닦달이 이만저만이 아니었다. 제주도는 이것이 보편적인지는 모르지만, 결혼하면 한집에 살면서 일은 같이하지만, 살림은 나뉘었다. 매우 불리한 분가 아닌 분가였지만, 자식 된 도리로 보면 당연할지도 모른다. 3년 만에 시어머니 댁 밖거리에서 나와 첫 살림을 차려 지금까지 왔다.

— 말도 마요. 밧담에 널린 게 묻너물이었으니 그나마 반가웠지. 그래도 사이 먹거리 중엔 이만한 것이 없수당께.

그녀는 예나 지금이나 사이 먹거리로 뭍너물을 반찬 만들어 먹는다. 봄에는 봄똥무침으로, 그리고 5월 보리 벨 때는 씨를 받아 그 씨의 사채 기름을 짜기도 하고, 당배추 기름을 짜서 음식에 사용한다. 1980년대까지 마을 방앗간에서 기름을 짰는데, 기름을 짤 수 있을 만큼 씨를 많이 심었다는 것이다. 8월에는 아기너물로, 동지에는 다시 꽃대를 꺾어 무침으로, 그리고 겨울에는 김치를 담가 먹는다.

특별한 특징은 김치를 담글 때 고춧가루를 최소화한다는 것, 즉 양념을 최소화한다는 것이다. 양념이 부족한 탓도 있겠지만, 오랜 시간 먹기 좋은 김치를 만들어오며 축적된 비법일 것이다. 양념을 최소화한 김치는 담가서 밖에 놔둔다. 대대로 내려오는 마을 옹기 가마에서 나오는 깨진 항아리에 담가두었다가 조직(조대)으로 우거지 만들어 항아리를 덮어놓으면 반 발효, 반삭힘이 되어 강했던 섬유질이 부드러워져 지져서 먹는 데는 최고란다. 이때 사채 기름을 넣으면 맛의 풍미가 더 깊어진다. 그러니까 예산의 홍어 맛 김치처럼 국이나 지는 데 사용했던 것이 뭍너물 김치였던 것이다.

그녀와 인터뷰를 마치고 긴 인사 끝에 문을 나서는데, 문득 김춘수 선생의 「꽃」이 떠올랐다. 그것이 구억배추로 되기 전에는 한낱 '뭍너물'에 지나지 않아서 말 그대로 구석밭이나 밭구석, 그나마 뒤꼍에는 주인이 한쪽을 내주어야 심을 수 있던 배추였다. 그랬기에 그 생명력은 더 질길 수 있었을까? 아무 데서나 자라고 아무 때나 종자를 번식할 수 있는 그런 야생성이 강한 배추였다. '너물'에 가까웠던 것을 사람들이 식용 채소로 바꾸었고, 그냥 '뭍너물'로 부르다가 안완식 박사를 만나면서 '구억배추'로 태어난 것이다. '하나의 몸짓에 지나지 않던 것이 비로소 꽃이 된' 것처럼 그의 존재가 세상에 드러나게 된 것이다. 물론 지명이기도 했지만, 성격에 맞게 이처럼 멋있게 붙였을까?

이는 안완식 박사에게 처음 씨앗을 분양했던 조재희 할머니와 그 며느리 조순자 여사의 삶과도 닮았다. 뭍너물이 구억배추로 수집가에 의해 주체적으로 우뚝 섰듯이 그녀 또한 완전한 가정으로 우뚝 서 있었다.

우리가 저녁 어스름에 구억리를 벗어나 신평을 지날 때 전화가 왔다. 집안에 토종 유자가 있으니 가져가서 감기 들면 차를 만들어 먹으란다. 시어머니가 살아있으면 어림없지만, 제주에 오면 자기 집에 와서 묵으라는 당부까지 얻었으니 이래저래 푸짐한 하루였다.

제주도를 닮다, 감저

제주도를 방문하는 것은 쉽지 않다. 관광의 목적이 아니라면 더욱 그렇다. 그래서인지 '놀멍 쉬멍'이란 제주도 표현이 마음에 와 닿는다. 이번 제주도 방문은 순전히 제주도 토종 메밀과 감저를 만나기 위해서다.

감저(甘藷)는 제주도에서만 부르는 고구마의 한자어 이름이다. 그 명칭의 유래는 설왕설래하는 것이 많지만, 누구는 고구마가 일본을 거쳐왔으니 일본 발음인 고고이모(ごこいも)에서 왔다거나, 또 어차피 양반들이 들여왔으니 배고픈 백성들을 구휼하는 고귀한 참마로 난체하며 한자음을 따와 처음에는 '고귀위마(高貴爲麻)'라고 이름 지었다가 점차 고구마로 바뀌었을 것이라고 설명하지만, 감저는 제주도의 감저일 뿐이다.

제주도에는 토종이 많지만, 감저와 조는 제주도민들에게는 떼려야 뗄 수 없는 작물이기 때문에 그동안 토종을 지켜온 분들과 연락이 되고 나서야 출발했다. 우릴 안내한 것은 제주도 안덕 여성 농민회였다. 그분들도 제주도 토종 씨앗을 수집하고 보존하는 일을 하고 계신다. 그 흔적이 사무실 곳곳에 있는 것이 두둑마다 토종들이 자라거나 남아있는 것들이 풀 속에서 비쭉거리고 있었다.

우리가 먼저 도착한 곳은 대정이었다. 대정은 제주도에서도 특별한 곳이다. 바람이 세고 모래바람이 세기로 유명한 곳으로 조선시대의 유배지로 정해질 정도로 척박한 땅이다. 그러나 그 척박한 땅에서도 잘 자라는 작물이 있었으니 바로 감저였다.

감저가 잘 자라는 땅의 조건으로 조선시대 식물학자 서광계의 《감저소(甘藷疏)》에서 고구마의 장점 12가지 중에 눈에 띄는 부분이 있어 적어본다.

수확이 많다. 색이 희고 맛이 달다. 마처럼 몸에 이롭다. 줄기를 잘라 심는다. 비바람 피해가 없다. 흉년에 곡식 대신 먹을 수 있다. 소쿠리에 담을 수 있어 편리하다. 술을 담글 수 있다. 건조시켜 오래 보관할 수 있고, 가루 내어 떡을 만들고 조청을 만들 수 있다. 그대로 삶아 먹을 수 있다. 좁은 땅에 심을 수 있기 때문에 물을 주기 쉽다. 봄, 여름에 심고 초겨울에 수확하여 농번기와 겹치지 않고, 줄기와 잎이 무성하여 잡초가 없어 김매는 수고로움이 없다.

이걸 살펴보면 감저가 왜 대정에 뿌리내릴 수 있었는지 쉽게 이해할 수 있다. 이 중에서 우리가 주목할 대목은 두 가지, 수확이 많다는 것과 비바람의 피해가 없다는 것이다. 제주도의 농사는 바람 그리고 돌과의 싸움이다. 물론 이 싸움터의 전사들은 여성이다.

제주도 특히 대정의 바람은 그 세기가 대단하다. 대정의 또 다른 이름인 모슬포는 모든 태풍의 진로권 속에 있고, 바람이 어찌나 센지 모슬포라는 이름이 '못살포구'라는 데서 왔다고 할 정도다. 이런 바람 속에서는 어떤 작물도 견디기 어렵다. 그런 측면에서 메밀이 주산물이라는 것도 신기하다. 그러나 감저는 수확량 많지, 몸에 좋지, 품이 덜 드는 강점에다가 땅속에 뿌리를 깊이 내리고 있으니 바람에도 강하다. 이것은 제주도 농민들에게는 최고의 조건이었을 것이다. 더구나 척박한 땅이라도 배수가 좋은 흙에 적응하는 작물이었으니 그들에게 감저는 가히 신이 내린 작물이었다. 땅이 화산토이다 보니 밑에는 돌이 있고 흙이 얇은 척박한 빌레왓이라서 다른 작물은 재배에 실패했지만, 감저에게 그 땅은 적합한 땅이었고 수확량도 많아 제주도민의 배고픔을 면하게 해줄 수 있었다.

그 감저가 제주도에 어떻게 도입되었는지 보면 눈물겹기까지 하다. 대부분 작물의 도입은 많은 시간을 거쳐 적응하고 받아들이는 과정을 갖는데, 고구마는 매우 인위적이지만, 진취적으로 도입하게 된다. 중국에서는 고구마 줄기를 몰래 밧줄에 감아서 들여왔다 하니 문익점의 목화 도입에 버금가는 실화다.

조선은 당시 매우 진보적인 사람들이 고구마를 도입하게 되는데 그것이 아주 드라마틱하다. 18세기 중반 양명학자 이광려부터 강필리까지, 이광려는 굶주림의 도탄에 빠져 굶어 죽는 백성이 부지기수여서 수없이 고구마 재배를 정부에 요청하지만, 계속 거절당했다. 그러자 대마도 가는 친구 아들인 사신 조엄에게 고구마 줄기 밀수를 부탁한다. 이광려의 부탁을 받고 1763년 대마도에 당도한 조엄이 고구마 한 포기를 뽑아드니 밥 한 사발이 넘는 커다란 고구마가 주렁주렁 매달려있었다. 고구마 한 포기면 한 식구가 먹을 수 있다니, 이를 보고 어찌 감탄하지 않았겠는가? 조엄을 통해 강계현에게, 다시 강필리에게 전해진 고구마가 드디어 조선에 도입되는데, 이때가 1764년경이었고 이듬해 제주 목사 윤시동이 제주도에 고구마를 가지고 들어오면서 감저가 된다.

목화가 문씨 집안과 연관이 많다면 감저는 강씨 집안과 인연이 깊다. 우리가 찾아간 곳도 강만생 할머니 댁이었다.

― 어릴 때 얘기 좀 해주세요.

라고 이야기를 이끌기 위해 던지듯 말했다.

제주 감저. 할머니 집에 오기 전에 이미 여성농민회원분에게 제주 감저를 얻은 상태였다. 그들은 이미 2007년에 제주도 토종실태조사를 한 바 있었다. 제주 감저는 매우 크고 굵었다. 화산암 속에서 자라서인지, 무척 크고 갈라진 곳이 많은 거친 고구마였다. 우리가 흔히 보는 고구마와는 전혀 달랐다. 붉지도 매끈하지도 않았다. 색은 화산재를 닮아 거무뎅뎅한 색깔로 꽉 차 있었고, 껍질도 제주도 화산물이 내리쏟듯이 골이 깊고 매우 울퉁불퉁해서 여러모로 제주도를 닮았다. 그래서 나는 감저는 감저일 뿐이라고 말한다.

그녀는 이미 우리가 감저를 알고 와서 그것에 관해 묻고 있다는 것을 알고 있었다. 내가 농민회에서 얻은 제주 토종 감저를 내밀었다. 그런데 뜻밖의 이야기를 한다.

― 본디는 이게 아니람씨.

구십 세가 가까웠으니 백 년을 감저와 함께 한 분이다. 그런 분에게 감저 이야기를 꺼내자 목소리에서 가는 떨림이 들린다. 사실은 조금 놀랐다. 강 할머니 말에 따르면 본래 제주도 감저는 밤고구마였다고 한다. 그 말을 듣고 애초에 대마도에서 고구마를 가지고 온 것은 밤고구마였을지도 모른다 생각했다. 그전에 제주도에는 야생 고구마쯤으로 보이는 우모(牛毛)*라는 겉은 붉고 속은 희고 포슬거리는 작물

---

* 　마(藷)의 일종인데, 고구마가 들어왔을 때 그 맛과 비슷한데 조금 더 단맛이 나니 단마라는 뜻으로 감저(甘藷)라고 불렸다는 설도 있다.

이 있어서 그런지 할머니는 그 밤고구마에 대한 추억이 더 많았다.

— 지금은 없지.

맛도 맛이었지만, 늘 감저는 배고픔을 잠시나마 채워줬기 때문이다. 크기가 자잘한 게 속이 하얀 감저였다. 그렇게 할머니의 진짜 감저 맛은 국민학교 1, 2학년 때의 밤고구마에 머물러있었다.

그 시대에 농촌에 산 사람들이라면 수숫대로 엮어 만든 사랑방 고구마 통발을 기억한다. 어부들은 하루를 몰아 통발로 고기를 잡지만, 농사꾼들은 1년 동안 지은 농사를 수확하여 수수 통발에 넣는다. 겨울 식량이다. 보통 사람들에겐 사랑방에서 옛날이야기 들으며 그 통발에서 하나씩 꺼내먹는 날고구마나, 동화책을 읽으며 먹은 화롯불 위의 군고구마가 추억이 될 만한 소싯적 이야깃거리다. 그러나 할머니에게는 그런 이야기는 없다. 감저는 강 할머니에게 애증의 작물이었다.

— 두린 때엔 씨감저 꼬장 몬 먹어불카 부덴 우리 어멍은 누까고를 감저
우티 뿌려그네 쥐약 놨덴 허멍 못 먹게 해난게….

오죽했으면 아이들이 꺼내먹을까 봐 쥐약을 놨다고 거짓을 했을까. 비록 생산량은 늘었다 하더라도 그것을 제대로 분배해서 먹지 않으면 봄철은 영락없이 굶을 수밖에 없었다. 그러다 보니 가족을 건사해야 하는 부모들은 감저가 생명줄이었다. 그런 사정을 배고픈 어린 자식이 알 턱이 있나. 혹여 씨감자라도 먹을라치면 큰일이다. 그렇지 않아도 감저가 겨울 보관이 어려워 종자 잃기가 일쑤여서 봄이면 이웃으로 감저 종자를 얻으러 다니는 풍경이 흔했다.

그렇다 보니 제주도 감저 종자 보관은 어느 지방보다도 발달되

었다. 자신들의 생명줄을 지키기 위해 '감저눌'이란 곳을 만들었는데, 집 옆에 1.5m 정도 땅을 파서 짚을 깔고 고구마 종자를 저장했다. 바로 그곳이 제주 농민의 생명창고였다.

이때 먹었던 것이 감저밥이다. 당시에는 '조팝'을 많이 해 먹었는데, 양이 적어 여럿이 먹을 수 없었다. 그래서 그 양을 늘리기 위해 '흐린조'*에 감저를 넣어 먹었다 한다. 그런데 감저 익는 속도와 조 익는 속도가 다르니 그 기술이 좋아야 밥맛을 잘 낼 수 있었다고 한다.

300여 년 동안 감저가 제주도민들에게 구황작물로 대환영을 받으며 자리를 잡았다. 그러던 1960년대, 제주도 농민들에겐 섬이 뒤집힐 정도의 또 한 번 대전환의 계기가 오는데, 감저가 구황작물에서 황금작물로 바뀐 것이다. 감저가 돈이 된다는 것이었다. 전분 공장이 대대적으로 들어선 것이다. 전분 내기에는 감저가 커야 유리했다. 그래서 밤고구마에서 크기가 큰 물고구마로 바뀌었고, 지금 볼 수 있는 감저는 토종이라기보다는 그때 심은 신미종이라고 한다. 이때 밤고구마에서 지금의 물고구마로 바뀌었다는 것이다.

지금의 신미종이 나온 뒤로는 강 할머니에게는 감저에 대한 추억보다는 소득에 매달린 제품 농사에 대한 기억만 남았다. 지금 우리가 알고 가지고 갔던 토종은 그 신미종이라는 고구마 종이 제주도에 토착화된 것이라 했다. 제주의 우도 땅콩도 그렇지만 토종 농산물이란 본래 돈이 개입되면 폭폭 하기 마련이다. 참외도 서리해서 몰래 먹던 시절이 추억이지, 팔기 위해 상품화하면서부터는 감성보다는 이문을

---

*   흐린조는 제주 방언으로 차조를 가리킨다.

먼저 따지니 사람 관계가 폭폭 하기 마련이다. 토종이 없어지고 육종한 신품종이 나온 주된 이유기도 하다. 돈을 벌려고 토종을 없앴는데, 또 다른 돈을 들여서 신품종을 사 오는 아이러니가 벌어지고 있긴 하지만.

전분 공장이 들어서면서 주식에서 농업 소득을 올리기 시작했는데, 한때는 직원들이 밭에까지 나와 직접 감저를 가져갔다고 한다. 또한 널어놓은 빼떼기는 가을철 감저 밭을 눈보다 먼저 들판을 하얗게 수놓아 장관을 이뤘다 한다. 빼떼기는 감저를 얇게 썬 뒤 그냥 땅바닥에 말려 놓은 것을 말한다.

전분 공장이 대정 쪽에 들어선 것은 용천수 때문이었다. 전분 공장에는 물이 필수였는데, 대정 물이 특히 맑고—추사 김정희 선생은 유배 시절, 차를 끓이는 물은 대정의 것이 제일이라고 할 정도로 물이 좋았다—수량이 많아 전분 공장을 세우는 데 적격이었다. 그러고 보면 바람 많은 땅에 물이 많았으니 감저 하고는 천생연분이 대정 땅이었다.

그 뒤로 또 전분을 이용한 포도당 공장이 박정희 정권 시절 들어서니 가히 감저가 제주도 산업화의 일등 공신이 되었다. 물론 강 할머니도 전분 공장에 다니면서 일해야 했다. 그러자 감저 보관소가 점점 규모가 커지면서 일제의 군사시설인 병기창을 활용하여 감저를 보관했다 한다. 대형화된 감저눌이었다.

전분 공장이 들어서면서 생긴 음식이 감저 쭈시범벅인데 전분을 만들고 남은 찌꺼기를 물에 담가 모래를 가라앉히고 시큼한 맛을 빼낸 뒤에 구멍이 숭숭 나 바람이 잘 통하는 '우잣담'*에 말렸다가 밀기울을 섞어 쪄 먹었다 한다. 배가 고플 때는 없어서 못 먹고, 감저를 팔아야 할 때는 돈을 벌기 위해 남은 찌꺼기인 전분박을 먹어야 했으니 그들도 언제나 감저를 배불리 먹진 못했던 것이다. 그럼에도 제주도민이 배가 고플 때나 돈을 벌어야 할 때나 아득바득 감저를 심어오다 보니 어느덧 점점 제주를 닮은 작물이 되었음은 분명하다.

강 할머니는 우리가 간다는 소식을 듣고 남아있던 감저 몇 개를 쪄놨다며 제주 왔으니 감저 맛은 봐야 하지 않겠냐며 슬쩍 우리 앞으로 내밀었다.

---

* 제주 담의 종류는 집을 짓기 위하여 쌓은 돌담은 '축담'이라고 하고, 울타리를 두른 담은 '우잣담', '우럿담', '울담'이라고 한다. 집터의 주위를 담으로 둘러 에워싸는 것을 '울담 두르다'라고 말한다. 밭의 경계를 구분하기 위하여 쌓은 돌담은 '밭담', 묘소 주변으로 네모지거나 둥그렇게 두른 담을 '산담'이라고 한다. 한라산 중허리를 돌아가면서 목장을 조성할 때 두른 담을 '잣성'이라고 하였다. 자잘한 자갈돌로 쌓은 담벼락을 '잣벡', '잣벡담', '잣담' 등으로 부른다. '원담'은 바닷가에서 돌을 쌓아서 '돌 그물' 역할을 한다. (출처: 한국민속백과사전)

하동의 야생차는 작설이 아니라 잭설이다

하동의 야생차 씨를 수집하는 데는 두어 가지 아쉬움이 앞선다. 천 년이 넘었다는 우리나라 최고의 야생차 나무가 어느 해인가 얼어 죽었다는 것이 하나고, 뒤에 말하겠지만, 이제는 '잭살'이라는 일반적인 야생 차나무 음용수를 만들어 먹는 사람들은 정작 없어지면서도 단지 이름만 남아 '잭설차'를 만들어 파는 사람은 늘고 있다는 것이 다른 하나다. 이 아쉬움 두 가지가 지금 거의 동시에 일어나고 있다는 것이 세태의 변화인지, 우연인지 알 수가 없다. 다만 보고 듣는 이의 안타까움만 늘고 있다.

차나무의 꽃은 회화나무와 함께 자태가 화려하지 않고 드러내지 않아 겸손하기까지 하다. 일설에 의하면 조선의 선비들이 회화나무를 선비나무라 함은 바로 거기에 있다는 것이다. 그것은 차나무도 마찬가지, 그러한 겸손한 자태에서 우려낸 차야말로 선비들과 함께할 만하다고 생각했을지도 모른다.

내가 처음 접한 하동의 차 문서는 조선 후기 선승이었던 초의 선사와 조선 최고의 서예가였던 추사 김정희 선생의 인연이 있는 하동의 야생차에 관한 것이었다.

추사의 입맛은 어릴 때부터 중국의 고급 차에 이미 길든 상태였다. 그러나 상황이 여의치 않자 국산차로 발길을 돌릴 수밖에 없는데, 마침 그의 옆에 삼십 년 지기 초의 선사가 있었다. 초의 선사는 하동,

강진 등에서 만든 조선의 차를 한양으로 유통하는 스님이었다. 그렇다 보니 당시 조선의 차 생산자인 다산 정약용 선생이나 그의 제자 치원 황상, 그리고 하동 쌍계사 관허 스님 등과 교류를 많이 했다. 초의는 그들이 만든 거친 조선차를 양주의 수종사에 유통 거점을 두고 한양의 차를 좋아하는 선비들에게 공급하고 있었다. 차에 관한 한 다산, 초의, 추사의 관계는 생산자와 유통업자, 그리고 소비자의 관계였음이 틀림없다. 그런 면에서 어쩌면 초의는 남쪽 지방에서 생산하는 조선차의 전도사였는지도 모른다.

평소에 조선차는 처다보지도 않던 추사가 정치적 음모로 유배를 다녀온 뒤 집안의 재정이 바닥났다. 더는 비싼 중국차를 구할 수 없었던지 초의를 통해 사정하다시피 하면서 조선차를 구했다. 몇 번의 구걸 끝에 겨우 받은 거친 맛의 하동 야생차였지만, 추사는 은근히 퍼지는 차향에 놀랐다. 맛을 보는 순간 추사의 혀끝을 감동시킨 그 야생차를 생각하고 나는 하동을 찾았다.

솔직히 나는 차 맛을 잘 모른다. 씨앗 박물관을 하면서 조금씩 관심 두다가 차의 북방한계선이 청양까지 왔다길래 그 한계선을 예산까지 올려보자고 심은 야생차 몇 그루, 그때 보았던 싹 트이는 모습에 매료돼 지금까지 잘 간직하고 있는 정도다. 그 꽃은 화려하지 않지만, 싹이 틀 땐 화려함의 모든 것을 가지고 있다. 그래서 차나무는 꽃을 두 번 핀다고 말한다.

봄이 다 가고 여름이 이미 와버린 어느 날, 진주로 씨앗 수집하러 가다가 차나 한잔하자고 우연히 들른 다원. 그곳엔 참말로 다원이 많았다. 가장 오래된 차나무가 있다 하여 들렀다가 습관처럼 우연히 시

작된 인터뷰, 그날따라 다원이 한가하여 시작할 수 있었던 것은 행운
이었다. 여러 가지 뜻밖의 이야길 들었는데, 위에서 이야기한 천 년
차나무가 관리 소홀로 죽었다는 것과 지금부터 이야기할 '잭살' 이야
기였다. 천 년 차나무가 죽어 그 씨앗을 구할 수는 없었지만, 그 자손
들이 숲을 이루고, 그 차나무에서 비롯한 '잭살'이라는 하동 사람들의
차 생활을 들을 수 있었던 것으로 아쉬움을 달랠 수 있었다.

하동 지역의 차는 일제 이전과 이후로 나뉜다. 일제 이후를 좀 더
세분한다면 1960년대 전후로 나뉜다. 일제 이전의 차는 다산이나 초
의가 만들었던 조선의 거친 차를 말한다. 그중에 잘 정제된 차는 한양
의 차 좋아하는 양반댁으로 올라갔다. 하동에서 푸성귀처럼 버린 찻
잎을 모아 민중들이 만들어 먹던 잭살차도 일제 이전의 차에 포함된
다.

일제 이후의 차는 일본인들이 조선의 차 재배지를 하동으로 정한
뒤 거칠고 그윽한 맛의 조선차 대신 그들의 입맛에 맞게 도입한 차를
말한다. 일제는 선비들이 마시던 그윽한 맛을 없애고 살인자들에게
서 나는 살벌한 피비린내를 지우는 개운한 차를 만든다.

1960년대 이후 차는 근대화 시기에 차를 산업화하면서 대중들에
게 보급된 차를 말한다. 지금의 많은 차 공장이 이때부터 생겨나기 시
작했다. 이 과정에서 서서히 잭살은 농가 속에서 없어지기 시작했다.
우리는 지금 조선 민중들이 만들고 마셔온 거친 차인 일제 이전의 차,
없어진 '잭살'로 돌아가고자 한다.

'잭살'은 작설이 아니라 잭살일 뿐이다. 어감으로만 보면 잭살은
작설의 사투리쯤으로 생각하기 쉬울 터, 하지만 그 의미가 전혀 다르

다니 나의 무식한 상식에 보상이라도 하듯 나도 모르게 무릎이 당겨지며 관심이 더 했다. 이런 것이 나뿐이랴 하며 그 차이를 적어보면 이렇다.

일반적인 작설차는 차 문화가 보편적으로 보급되면서 좀 더 정제된 미세한 차다. 그러니까 차나무에서 맨 먼저 핀, 차의 향과 맛을 극대화하는 자색을 띠는 잎새의 모양이 마치 참새의 혀와 같이 말려있다 하여 작설차라 부른다. 작설차는 그 제조 과정 또한 매우 복잡하여 차 중의 차, 고급차로 취급된다.

그러나 하동의 '잭살'은 고유명사이자 지역의 보통명사이다. 잭살은 작설차처럼 그런 고급스러운 차가 아니다. 새순을 따는 것이 아니라 이미 철 지난 것부터 새순까지 훑다시피 하여 딴다. 오히려 찻잎이 돈이 된다는 것을 안 이후엔 초순은 팔고 이순 삼순을 딴다. 잎은 쇠고 거칠어 마치 차를 따는 농부들의 투박한 손을 닮아갈 무렵 끝순이라 치고 마구잡이로 딴다. 일종의 차 나무 청소부다.

그렇게 따온 풋장 같은 차나무 잎을 헛간에 부린 다음 한 움큼 쥐고 크고 넓적한 바위에 쓱쓱 문질러 녹색 피가 손에 밸 무렵 나물재기 만들 듯 둘둘 뭉쳐 따뜻한 방에 놓아둔다. 시간이 지나고 마실 사람들이 오가다 보면 사람 냄새와 시간의 양념, 그리고 적당히 퀴퀴한 사랑방의 곰팡이가 섞여 어느덧 반쯤 발효차가 만들어진다. 아니 그들만의 '잭살'이 만들어진다. 이렇게 계산 없이 만들어진 잭살 때문에 김치 담글 때쯤 되면 어느 집에서건 퍼지는 차향이 마을을 덮는다.

이런 과정을 거쳐 만든 차는 겨우내 그들의 칩거의 친구요, 마실 거리로 사교의 벗이 된다. 이뿐이랴. 고뿔이 들면 좀 더 강하게, 소화가 안 되면 멀건 차를 마련하여 몇 모금 마시면 끝이다. 우리가 만난 할머니는 골치가 뻐개질 때도 이거 한잔이면 가라앉는다 했다. 만병 통치약이었다. 집마다 찬장 한구석에 쌓여있어 언제나 꺼낼 수 있었 으니 잭살은 하동지역의 음용 문화였다.

이들에게는 다도가 있는 것도, 차의 향을 음유하는 문화가 있는 것도 아니었다. 다반향초를 즐기지도 않았다. 다기가 따로 마련된 것 도 아니고 죽로가 아닌 양은 주전자에 끓여 주발에 따라서 마시는 하 동이라는 지역적 음용이었을 뿐이었다.

그러나 이제 이 음용 문화가 사라지고 있다. 하동만 하더라도 집 에서 한 발짝만 나가면 다원에서 차를 마실 수 있고, 약국에 가면 두 통약에 소화제가 널려있다. 마실 가면 잭살을 대신한 커피가 둘러앉 은 마실꾼들 앞에 놓여있다. 마디마디 곱은 관절이 튀어나오고, 손금 마다 검은 찻물이 밴 할머니의 손맛은 온데간데없이 없어졌다.

시연을 보고 싶었다. 인터뷰를 하신 분은 마을 분들은 누구나 할 줄 안다며 웃고 있었지만, 정작 찾아주지 않았으니 정말 겨우 찾아냈 다. 몇 차례를 전화하고, 두 차례를 방문하여 오랫동안 잭살을 집에서 덖어 먹은 할머니를 찾아 시연을 부탁했다. 할머니는 통세 빠지게 없 어진 걸 왜 하냐며 지금 세상에 이걸 뭐 하러 하냐는 투로 이미 쇤 잎 을 우적우적 모으더니 돌절구에 찧고 손으로 문질러 한 재기를 만들 더니 이게 다라고 한다. 뜻밖의 그 쇤 찻잎에서 녹물도 나오는데 향이 매우 강하게 퍼졌다. 이런다고 너희들이 알겠냐는 듯 할머니의 실없 는 웃음기가 숙인 고개 밑으로 보였다.

그러나 안타깝게도 이러한 수고로움 속에서도 끝내 잭살의 맛은 볼 수가 없었다. 잭살차는 촐싹대지 않는 시간과 누추한 공간, 그리고 마실 온 사람의 온기가 만들어낸 합작품이기 때문이다. 나는 그들만이 가진 느긋한 시간과 공간 그리고 투박한 그들의 온기를 가질 수 없었기 때문이다. 그래서 그런지 지금도 가끔 고뿔이라도 들면 잭살차 한번 마셔보고 싶단 생각이 간절하다.

《정감록》의 신념이 지켜낸 토종 밀

오늘은 《정감록》의 신념이 지켜낸 토종 밀과 토종 보리 이야기다. 내가 봉화를 찾은 것은 사실 보리나 밀 때문이 아니었다. 하나가리콩을 찾아보면서 그동안 콩을 꿋꿋이 지켜온 얼마 남지 않은 화전 농민을 만나보는 것이 주목적이었다.

토종 씨앗을 찾으러 갈 때마다 예전 농민운동의 인연에 힘을 기댈 때가 많다. 이번에도 봉화에서 오랫동안 농민운동을 한 이상식 회장님과 유금순 여성농민회장님을 통해서 화전을 많이 일궜던 재산면과 소천면을 샅샅이 둘러볼 계획이었다.

이번 수집 길에 특히 미안하고 죄송한 것은 시한부 삶을 살고 계시는 유 회장님의 안내를 끝내 거절하지 못했다는 것이다. 동물은 겨울을 만나면 털갈이를 시작하고 사람들은 긴 팔의 옷을 입기 시작하는 법인데, 토종을 찾으러 왔다는 우리의 말에 아무런 자기 보호구 없이 인생의 백 분의 일을 내놓으며 애쓰신 유금자 선생. 내가 토종을 지키고자 하는 애씀을 하찮게 만든 그분의 열정, 마지막 봉사에 들뜬다는 활기찬 얼굴에 차마 끝까지 말리지 못했다.

새벽 네 시에 출발하여 소천면사무소에서 두 분을 만난 것이 오전 열 시쯤. 하나가리콩 수집 다닐 곳에 대해 의견을 나누다가 언뜻 토종 보리와 밀을 키우는 기인 한 분이 계신데, 기인이라서 만나도 무슨 말씀하시는지 알아들을 수는 없겠지만, 알아듣는 척하다가 토종만 수집하고 오면 되니까 시간 나면 한번 가보자 했다.

　두말없이 나섰다. 안 되면 하루 더 묶을 작정을 하고 한달음에 달려갔다. 봉화가 먼 길이었지만, 그분이 사신다는 소라동천은 면 소재지에서도 수없는 굽이마다 펼친 명승을 지나 더 깊은 곳에 내려앉아 있었다. 봉화가 산골이라지만 그분이 기거하는 곳은 아하, 이제는 자연뿐이구나, 하는 생각이 들 즈음에 널찍하게 빛이 열리는 곳이었다. 가히 승지라 할 만한 소라동천이었다.

　그곳에 백학경 어르신이 계셨다. 93세라 했다. 그분의 얽은 손등과 굽은 허리에는 연세의 굴곡은 있었으나 홍조가 띤 얼굴에는 선한 웃음만 남아있었다. 낯선 방문객을 반갑게 맞이하더니 서슴없이 방으로 들어오라 하였다. 좁은 방 안에는 낡은 고서 몇 권과 그분의 구학문을 짐작할 수 있는 한문 글씨 노트가 펼쳐져 있었다. 우리는 거기서 세 시간을 훌쩍 넘겼다. 막상 와보니 보리뿐 아니라 오곡 모두 토종으로 간직하고 계셨다.

　그분의 고향은 이북의 영변 부근 태천이었는데, 위도 39도 중심으로 오르내리는 6·25 전란 폭음이 나날이 심해졌다. 한 번은 남쪽 군이, 한 번은 북쪽 군이 번갈아가면서 마을을 풍비박산 내고 있었다.

　아주 오래전부터 어르신들의 격언처럼 떠돌던 전언, '난이 나면 풍기로 가야 산다'는 말이 정말 현실화가 되고 있었다. 전언에도 불구하고 단순히 고향이라는 이유로 떠나지 못했던 어르신들을 설득하지 못한 그는 자신만이라도 고향을 떠날 결심을 했다.

　그의 집안은 대대로 조선시대 비기인 《정감록》을 신봉한 집안으로 그도 어려서부터 주역을 공부했다. 거기에다가 주역을 넘어 수학에 더욱 정진하여 정역에 정통하게 되었다. 주역은 중국에서 나왔지만, 다시 이 주역의 오류를 바로잡은 사람이 일부 김항이요, 김항은 동학의 시조 최재우와 동문수학하신 분이다. 그가 다시 세운 역이 정역이었다. 그의 정역에서는 후천개벽을 주장한다.

백학경 어르신의 학문은 점점 신념으로 변하기 시작했다. 곧 다가올 그 후천개벽을 기다릴 승지가 필요했다. 신념이 서자 결심 또한 빨라졌다. 그는 승지를 찾아 남쪽으로 내려왔다.

내가 젊었을 때 정역을 공부하다가 너무 힘들어 포기한 적이 있어 어느 정도 말이 통하는지, 아니면 모처럼 자신의 이야기를 들어줄 사람이 와서인지, 그것도 아니면 정말 우리가 떠나야 할 시간을 미리 예지했는지 그의 말이 빨라지기 시작했다.

평생을 공부하신 것을 단시간에 설명하려니 말하는 분이나 듣는 사람이나 답답하긴 마찬가지였다. 백 할아버지는 말을 하다가 답답했는지 공책을 펴놓고 설명을 시작했다. 이 회장님과 유 회장님은 벌써 밖에 나가 내가 말을 끊고 나오기만 기다리며 서성이고 있었다. 그들의 기대에는 아랑곳하지 않고 이야기는 계속됐다.

그가 북을 탈출하여 이상향인 승지와 인연을 맺기 위해 찾은 곳은 미사리를 거쳐 유구 마곡사, 그리고 다시 승지 중의 승지인 풍기였다.

그러니까 《정감록》이라는 비기에는 10승지가 있고, 승지란 세상의 전란을 면하고 편하게 살 수 있는 곳을 말한다. 그리고 신선이 산다는 36동천이라는 큰 동천이 있고, 72개의 소동천이 있는데 이곳도 모두 승지에 속한다. 그곳에서 후천개벽을 기다린다. 그러나 《정감록》비기를 자세히 보면 승지마다 성씨를 가리는데, 불행히도 풍기에는 백 씨가 들어갈 자리가 없었고, 급기야는 백 씨가 들어갈 자리가 있는 이곳 소리동천까지 들어와서야 자리를 잡고 벌써 44년째 후천개벽을 기다리고 있다. 이런 분하고 토종 씨앗이 무슨 연관이 있길래 정역 강의를 이 산중에서 듣고 있지?

후천개벽의 시대가 오면 밭만이 사람을 구하고 밭농사가 주를 이루는 이상향이 온다. 그래서 후천개벽에서 오곡은 쌀이 빠지고 메밀이나 감자, 팥 등이 들어간다. 그는 이사 다닐 때마다 신주 모시듯 밭곡식 종자를 가지고 다녔다 한다. 물론 이북에서 올 때도 피난 봇짐 속에는 오곡이 들어있었다. 따지고 보면 그분은 실상 토종을 지키고자 하는 것이 아니라 후천개벽의 세상에서 심어야 할 곡식을 보존해야 하는 사명이 있었을 뿐이었다. 소라동천의 좁은 밭에는 지금도 골고루 그때 가지고 온 오곡 작물을 심는다.

그분이 처음 이곳에 올 때 가지고 들어온 종자 중에는 오랫동안 집안에서 심던 토종 밀이 있었다. 처음에 그는 마을 사람이 알곡 좋은 밀이 있다 해서 구하여 심었다. 육종한 신품종 밀이었던 듯하다. 그분에게는 그것이 육종이냐 토종이냐는 중요하지 않았다. 후천개벽의 땅에서 더 많은 사람이 먹을 수 있도록 이왕이면 알곡이 큰 종자가 좋겠다는 생각이었다. 농사까지는 잘 지었다.

그런데 문제는 탈곡이었다. 그가 구해온 밀은 알곡은 좋은데, 도리깨질로 잘 털리지 않았다. 육종은 잘 떨어지지 않는 품종과 알곡이 큰 품종을 교배해서 만들었기 때문이다. 본래 토종은 자연의 상태와 가까워 번식 본능으로 바람에도 잘 털리는 쪽으로 진화했다. 그러나 육종은 그 반대였으니 도리깨보다는 기계로 타작하기 좋게 만들었을 것이다.

문제는 그가 농사를 많이 짓는 것이 아니라, 후천개벽의 세상에 가지고 들어갈 씨앗만 있으면 됐으니 소량으로 다품종을 심는다는 것이다. 그렇다 보니 누군가와 품앗이도 할 수 없었고, 기계 주들은 타산이 맞지 않으니 기계로 탈곡을 해주지 않았다. 거기에다가 계곡 바람이 불어와 한 번이라도 비바람이 몰아치면 엎치기 일쑤였다. 엎치면 탈곡하기는 더욱 어려웠다.

어쩔 수 없이 모두 손으로 털어야 했는데, 너무 힘이 들어 그는 궁리 끝에 다시 예전에 심던 밀로 바꾼 것이 지금 밀이라는 것이다. 그 뒤 밀은 농사짓기 편하도록 키 작은 밀만 골라 심었고, 그렇게 지금의 키 작은 밀이 됐다는 것이다. 이후에는 한 번도 밀 종자를 바꾸지 않았다 했다. 그가 다른 토종을 지켜온 이유도 모두 마찬가지였다. 후천 개벽의 땅에 적응할 수 있는 종자를 지키는 것이다.

요즘 토종 밀을 대표하는 것은 진주의 앉은뱅이 밀이다. 우리 박물관에도 토종은 남해에서 수집한 것과 거창에서 수집한 밀 그리고 앉은뱅이 밀이 전부다. 남해의 것은 앉은뱅이 밀이요, 거창은 키 큰 밀이다.

— 그럼 앉은뱅이 밀인가요?

— 응? 우린 그런 거 몰라.

혹시 진주 앉은뱅이 밀일지 몰라 귀 어두운 분에게 몇 번이고 확인했으나 답은 한결같았다. 그분에게는 품종 이름은 별로 중요하지 않았다. 소라동천의 밭에 있는 어떤 것도 정확한 이름은 없었다. 하긴 혼자 심어왔으니 따로 이름이 필요했을까? 그냥 밀이고, 그냥 보리요, 그냥 팥이면 됐다.

아무튼 확실한 것은 올해 다시 심어봐야 알 듯했다. 자꾸 말로 확인하려 하자 자루에서 한 모가치 밀을 꺼낸다. 오늘 여기 소라동천에 찾아온 몫이란다. 밀알을 보니 앉은뱅이 밀과 비슷하다. 그분이 말씀하는 것도 앉은뱅이 밀의 특성과 비슷한데, 종자로 내려온 것이 아니라 선별하여 손에 맞게 개량을 한 밀이라니… 그러나저러나 내년을 기다릴 수밖에 없었다. 이 토종 밀이 내년에는 어떤 모습으로 새싹이 나고 성장할지, 또 어떤 이삭을 내밀지 자못 궁금하다. 어쨌든 지금은 그것은 중요하지 않았다. 그분의 손에 밀이 있다는 것이 중요할 뿐이었다.

토종 보리는 그때까지 탈곡도 하지 않았다. 아니 아예 탈곡을 하지 않을 셈이었다. 나무를 엇갈려 세우고 긴 장대를 올려놓고 그 위에 보릿단을 걸쳐놨다. 이게 보관이란다. 이렇게 놔두면 여름 비바람에 삭고 가을 바삭한 햇빛에 녹아 손에 비벼 뿌리기만 하면 된다고 한다. 자세히 보니 켜켜이 몇 년은 됨직한 보리들이 안에 쌓여있었다. 또 자세히 보니 육모보리도 있고, 네모보리도 있다. 하긴 이분에게 그것이 뭐가 중하겠는가.

백 할아버지가 지금까지 이 토종을 지킨 것은 토종을 지켜 우리 것을 얻자는 것이 아니라 세상이 혼란하여 분탕질되고 개벽할 때 토종이 필요하다는 바로 그분의 신념 때문이라는 것은 확실하다. 혹시나 하고 물었다.

— 아니 왜 토종을 심어요?

146

― 어느 놈의 종자에 주검이 있는지 누가 아나? 살아남을 놈을 심는 게
지.

맞는 얘기다. 그에게 중요한 것은 살아남는 것이다. 살아남아야
후천개벽도 볼 수 있다.

그의 밭에는 그동안 소라동천에서 살아남은 씨들만 자란다. 나대
지 모래 자갈밭과 아래위로 불어오는 계곡의 골풍과 보통 해발 1,000
여 미터의 산들이 바투 붙어 그사이에 비추는 짧은 햇빛으로도 후대
에 남길 수 있는 그런 토종 종자들만이 가을걷이하는 그의 마당에 널
려있다.

요즘은 근력이 빠져 모든 종자를 다 심을 수 없다 한다. 그렇다고
후천개벽을 위한 종자를 포기할 수는 없다. 그래서 생각해낸 것이 종
자의 수명이었다. 보통 씨앗은 상온에서 2년 정도 생명력을 유지한
다. 그래서 그분은 종자를 가려 해를 걸러 심는다. 올해 우리가 세 종
류밖에 수집하지 못한 이유다. 차마 금세라도 다가올지도 모를 후천
개벽의 씨 종자를 모두 가져올 수는 없는 일이었다.

조선의 두유 세모승,
하나가리콩을 지키는 사람들

조선의 두유는 어땠을까? 대충 한여름 갈증 날 때 찬 막걸리보다 더 선호할 정도로 선호도가 높은 음료였던 것 같다. 이걸 마시기 위해 백 리 길을 마다치 않고 달려가 한 모금 마시면 겨드랑이가 으스스할 정도로 시원했으니 그 맛이 오죽했으랴. 한 사발만 마셔도 헐떡증을 가라앉힐 정도였으니 간식으로도 충분했던 조선의 두유였다.

이 조선의 두유는 아마 봉은사 절집에서도 만들었던 모양이다. 절집 스님들이 여름철 보양식으로 단백질 섭취가 필요했을 터, 이 세모승이라는 두유를 만들었는데 맛이 제법이라 사람들에게 보시로 나눠주기도 하고 부처님께 공양도 올리니 그 공덕을 자랑할 만했던 모양이다.

바닷가 가사리에 이기(梨祈)라는 약초(아마 돌배가 아닌가 한다)와 함께 들기름으로 붉고 누리끼리해질 때까지 달달 볶고 끓여 한천으로 만들어 조각조각을 낸다. 하나가리콩을 맷돌에 갈아 눈보다 하얀 콩국을 만드는데, 이때 중요한 것은 물이다. 차 맛은 반이 물맛이라고 할 정도로 물을 가려 차를 끓였는데, 콩국을 만드는 물도 마찬가지다. 물맛이 좋아야 콩국의 맛을 제대로 낼 수 있다. 콩국을 만드는 데는 길가의 평범한 찬 우물이면 족하다는데, 그 단서가 이채롭다. 덕이 있는 길가의 찬 우물이 제격이라는 것이다. 물에 덕이 있다는 것은 공동 우물을 뜻하지 않았을까. 콩국은 나누어 먹어야 제맛이라는 속내가 숨어있다.

이렇게 콩국을 만든 후 소금을 살짝 뿌린 후 마시면 된다. 이게 바로 더위에 지치고 열이 난 비장을 한꺼번에 씻어낼 수 있는 조선의 두유다. 이름 붙이길 세모승, 털 난 중이라는 것이다. 콩알을 보면 중이 머리를 깎은 것과 같은데, 콩깍지를 보면 잔털이 나 있으니 꼭 털이 난 중같이 생긴 콩으로 만든 음료다.

추사 선생이 남긴 「세모승(細毛僧)」이란 시를 보자.

가는 털 총총 돋고 실올 칭칭 감긴 것을 / 細毛蒙茸窠亂絲

산 중이 이기 함께 기름에다 볶아내서 / 山僧膏熬同梨祈

다리 꺾인 솥가에 조각조각 오려내니 / 折脚鐺邊切片片

붉고 누른 그 빛깔은 패유리를 뚫는구나 / 紺黃色透吠琉璃

콩물 타서 국 만들면 눈보다 더 하얗고 / 羹以菽乳白勝雪

소금을 뿌려 두면 배보다 상쾌하네 / 糝之鹽晶快於梨

_《완당전집》, 「세모승(細毛僧)」

사실 이때 쓴 콩이 하나가리콩이라는 것은 억지다. 무슨 콩을 썼는지 알 수도 없거니와 콩국을 만드는 데 반드시 하나가리콩을 써야 한다는 법도 없다.

그런데도 내가 굳이 하나가리콩이라고 우기는 것은 이 음식이 절집 음식이기 때문이다. 절집 음식에서 빠져서는 안 되는 것이 단백질 섭취다. 스님들의 단백질 공급원은 식물성밖에 없는데, 이왕 콩국을 해 먹으려면 단백질이 충분한 하나가리콩이 제격이 아닐까 해서다. 경기도 지역에서 많이 심었다는 홀아비밤콩은 들크진한 당질이 많고 쉽게 물러 밥밑콩으로 쓰이는 등 트임이 있는 약간 납작한 콩인 데 반해서 주로 산간 지역에서 많이 심었다는 하나가리콩은 단백질 함량이 많아 두부나 메주를 쑤는 데 제격이다. 콩이 굵고 모양이 동글동글하다.

그렇게라도 명분을 쌓아 수집 나선 것이 하나가리콩이다. 우리 박물관의 토종 하나가리콩은 대부분 산지에서 수집됐는데, 강원도 접경인 양평 화전민촌이나 강원도 일대 또는 경상도 산중이다. 이번에 우리가 하나가리콩을 찾아 나선 곳은 경북 봉화군 재선면과 소천면 일대의 산골 마을이다. 봉화는 주로 산간지대로 이뤄진 지역으로 지금도 많은 토종을 지켜지고 있다. 지금은 정부에서 씨드볼트를 만들어 토종을 영구 보존하고 있는 곳이기도 하다.

봉화로 가는 길은 참으로 가슴 찡하고 아픈 여정이었다. 지난 6월 지인을 통해 유금자 선생을 소개받으면서 봉화 농민과의 연이 시작됐다. 그녀는 3개월 시한부를 살고 있었다. 처음 만났을 때 그녀는 허약해져 얼굴이 마치 리트머스처럼 파랗게 질려있었다. 우리는 콩이 익을 가을쯤에 갔으면 했지만, 그녀가 조금 서둘러주기를 바랐다. 그러한 급한 마음을 두고도 10월 말에서야 시간을 냈다. 그러니까 그때까지 그녀는 넉 달의 기적을 일으키고 있었다.

우리를 만났을 때 토종에 대한 열정으로 푸른 리트머스가 아침 태양처럼 붉게 타오르고 있었다. 한사코 말렸지만, 그녀는 봉화 토종 수집이 끝날 때까지 우리와 함께했다. 마지막 날 조금 지친다며 우리를 집으로 데려가 차 한 잔을 내주고 방으로 들어가 누울 때까지 초인적인 힘을 발휘했다. 같이 웃고, 같이 걸었다. 같이 찾았다. 무엇이었을까?

이때 그녀에게 소개받은 분이 바로 이상식 회장이었다. 운이 좋았다. 이 회장은 누구 찾아갈 것도 없이 그가 사는 동네 홈안말에 우리를 데리고 들어갔다. 홈처럼 오목하게 생긴 마을이기도 했고, 그 마을을 관통하는 길이 독립운동하는 분들이 지나던 길이라 자부심이 강했다. 마을 구석구석 데리고 다니며 소개했고, 하나가리콩을 심은 밭이 나오면 대수롭지 않게 손으로 가리키었다. 아직은 여물지 않았지만, 가끔 여문 기색이 보이면 따서 주기도 했다. 굳이 애써 찾을 일도 아니었다. 여기저기 심고 있었다.

사족이지만 이유를 설명하자면 이 콩은 화전 할 때부터 심어왔었는데, 더 나은 콩을 보지 못해 지금까지 심고 있다는 것이다. 화전의 꽃은 콩이었다. 콩 중에는 또 하나가리콩이 꽃이었다.

— 그래요? 화전 했던 분들을 만나볼 수 있을까요?

— 그럼!

— 가시죠?

— 뭘 가봐. 바로 내가 화전 했던 사람인데!

이 회장의 학력은 초학이 다였다. 8남매 중 맏형으로 태어나 동생들을 건사하느라 학교에 다니지 못하고, 먹을 것이 없어 화전을 해서 농사를 지었다 했다. 우리는 찻잔을 들고 토방에 앉아 그분의 화전 얘기에 귀 기울였다.

화전을 하려면 우선 산을 정해야 한다. 화전을 먼저 시작한 사람들은 정착해서 계속 농사를 지었기 때문에 점점 깊은 산으로 들어가야 했다. 지금 마을의 산에 낙엽송이나 잣나무가 있는 것을 보면 화전을 했음을 알 수 있다. 1960년대 말 북한 공비들을 막는다고 금지하면서 화전 밭에 낙엽송이나 잣나무를 심었기 때문이다. 땅이 정해지면 경계를 긋고 그 안의 큰 나무들의 껍질을 벗겨 죽인다. 일 년 전부터다. 큰 나무가 죽어 마르기를 기다리다 베어낸다. 이를 두고 화전벌채라고 한다. 이듬해 4월쯤, 잔 나무들을 베어내고 풋장을 베어내어 말린다. 훌륭한 거름 밑천이다. 어느 정도 불길을 잡을 정도로 잔 나무들이 없어지면 서둘러 방화대를 설치하기 위해 널찍한 골을 만들거나 불이 넘지 않게 마른 풀들을 치운다.

이 정도면 준비가 끝이 난다. 5월이다. 제일 긴장된 순간이 온다, 불이 경계를 넘으면 큰 산불로 번진다. 4~5명이 사방을 둘러쌓고 위쪽부터 불을 놓고 반쯤 타 내려오면 아래쪽에서 맞불을 놓는다. 그러면 끝이다. 그리고 비를 기다린다. 빗물에 재가 땅속으로 스며들기를 기다렸다가 땅파기를 시작한다. 곡괭이와 톱이 전부였다. 제일 힘든 작업이었다.

신농씨의 본을받아 에이여라 광이야
이팥밭을 파가지고 에이여라 광이야
누캉먹고 누캉사나 에이여라 광이야
광이농사 잘도된다 에이여라 광이야

아직 완전한 밭이 아니다. 쟁기를 댈 수도 없다. 이를 두고 '부데기'라 불렀다. 이 부데기에는 던지기만 해도 난다는 감자나 옥수수 등을 심었다.

이듬해가 되어야 비로소 화전밭이 되는데, 그곳에는 콩을 심는다. 화전의 꽃이다. 화전의 목표가 이뤄진 것이다. 하나가리콩이 힘을 발휘할 때다. 화전은 그 연한이 짧아 뽑을 수 있을 때 수확을 최대한 뽑아야 하기 때문이다. 하나가리콩이란 한 포기만 갈아도 다부지게 열려 수확량을 담보할 수 있기 때문에 붙여진 이름이다. 화전에는 최적의 콩이었다. 그들은 하나가리콩을 그렇게 지켜왔다. 화전에서 화전으로 하나가리콩은 그들의 곁에서 불만 기다린다.

화전에는 콩과 보리를 이어 심기 한다. 보리를 심고 보리를 베기 전에 보릿골에 콩을 심는다. 이걸 그루 콩이라 불렀고, 보리를 벤 다음 보리끌을 쟁기로 엎어 북을 준다. 풋장을 태운 재거름이 효능을 다해 땅이 척박해지면 메밀을 심는다. 거름을 내기 어려운 땅은 다시 산이 된다.

마찬가지로 봉화 사람은 죽어서 모두 산이 된다. 얼마 지나지 않아 유 선생의 부고가 들려왔다. 슬퍼하지는 않았다. 그녀의 마지막 불꽃을 토종을 찾는 데 살랐으니 기쁘게 영면하셨으리라 믿기 때문이다. 그녀도 산이 됐으리라.

홀아비밤콩은 그리움이다

전화가 왔다. 매우 죄송하고 조심스러운 목소리였다. 그러나 데면데면한 듯하면서도, 본론은 얘기하지 않고 변죽만 울리고 있다는 것을 금방 알아차릴 수 있었다. 이런 일이 흔하기 때문이었다. 벌써 두 번째 전화였다. 씨앗이 필요한 것이다. 박물관은 3월과 7월의 정기 씨 나눔을 제외하고는 일일이 나눔을 하진 못한다. 그럴 때는 그냥 선수 치고 나가는 것이 편하다.

— 무슨 씨가 필요한지 모르지만….

— 잠깐만요. 제 말씀을 먼저 들어주시면 안 될까요?

그렇게 시작하여 듣게 된 사연. 길었다. 그녀는 홀아비밤콩을 애타게 찾는 아비의 소원을 들어주기 위해 전화했다. 조금만 주시면 돌아오는 어버이날 밥 한 끼라도 해드리고 싶다고 했다. 얼마 전 어머니가 돌아가셨는데, 그 어머니가 홀아비밤콩을 그렇게 좋아하셨단다. 아버지가 어머니 생각만 나면 홀아비밤콩 이야기를 하시니 밥 한 끼는 해드리는 것이 도리 아니냐는 것이었다.

효심이 가상하기도 하고 그 사연이 궁금하여 홀아비밤콩 한 줌을 들고 게재에 나선 것이 포천 씨앗 수집 여행이었다. 가는 김에 포천 군내면에서 오랫동안 홀아비밤콩을 지키는 이유신 할머니도 찾아볼 겸, 겸사겸사 옮긴 발걸음이었다.

그런데 어렵게 찾은 이 할머니는 농사는 놓고 지금은 집 앞에 심어놓은 꽃만 가꾸고 계셨다. 몸이 몹시 아프셨을 때 농사를 놓았으니까 벌써 3년이나 됐다고 했다. 당연히 홀아비밤콩의 씨는 이미 잃어버렸다고 했다. 안타까웠다. 10여 년 전에도 마을에서 유일하게 홀아비밤콩을 심으셨던 분이었다.

잊고 있던 콩을 불쑥 찾아온 손님을 두고 숫기 없이 먼 산만 바라보는 이 할머니를 두고 그냥 돌아서 나오기가 짠해서 이왈저왈 한참 동안 이야기하다가 아쉬워하며 내가 돌아서는데 머뭇거리며 할머니가 나를 붙잡는다. 할머니는 혹시나 하고 얘기해준다며 건너편을 가리켰다.

병을 얻어 50여 년을 이어온 종자를 잃는다는 게 서럽고 아쉬워 할머니가 병원에 입원하면서 등 너머 친구 김영환 할머니께 맡겼는데, 혹시 모르니 가보란다. 그동안 자기도 맡겨만 놨지 한 게 없어 미안해 가보지도, 묻지도 못했다는 것이다.

등 너머라 했지만, 자동차로도 한참을 헤매다가 겨우 찾은 김영환 할머니. 내가 충청도에서 왔다니 기다리던 조카사위로 착각하고 반갑게 대청으로 들인다. 조카사위가 아니면 어때! 다리가 불편하고 눈이 어두워 늦게서야 알아챈 할머니는 낯선 우리를 다짜고짜 손을 잡고 들어간 것이다. 사람이 그리웠던 모양이다.

아! 그녀에게서 홀아비밤콩을 찾았다. 할머니는 홀아비밤콩 말고도 여러 콩을 내놨지만, 눈에 들어오지 않았다. 그녀는 친구가 병원에 가고 없는 동안 약속대로 홀아비밤콩을 3년 동안 지켰다. 친구가 얼마나 아끼는지 혹여 맡은 동안 튀기가 나올까 봐 옆에 다른 콩은 심지도 못했다고 한다. 친구가 돌아왔다는 소식은 들었지만, 걸음도 느리고 차편도 잘 모르니 찾아오기만 기다리고 있었다. 이제 돌려줄 때가 왔다고 했다. 주섬주섬 콩을 보자기에 싸기 시작했다. 조그만 봉지는 우리 것이고 큰 보자기는 가는 길에 이유신 친구에게 전해주라는 것이다.

우리는 다시 이유신 할머니께로 다시 갔다. 그 사실을 알리기도 해야 했고, 이렇게 질긴 인연을 가지고 있는 홀아비밤콩의 씨를 50여 년 전 도대체 어디서 구했는지 알고 싶어졌다. 갑자기 홀아비밤콩에 대해 궁금증이 생겼기 때문이었다.

심지도 못할 것 가지고 왔다고 괜스레 타박만 하셨지만, 그 타박 속에 짙은 아쉬움과 친구에 대한 고마움이 함께 배어 나왔다. 그러면서도 씨앗 간수가 먼저인지 박 할머니가 준 비닐봉지를 쏟아 작은 종지에 넣고 나서야 다시 우리 앞에 앉았다.

　― 저기, 벌말의 새마을 지도자 박광태라는 분이 있는데, 거기서 얻었지.
　　내가 젊었을 때는 근동에 많이 심었는데, 그 집 께 유난히 맛이 좋았
　　거든.

그때 종자를 바꿨다. 본래 시어머니가 심던 홀아비밤콩이 있었는데, 박 지도자 댁 콩이 실하고 맛도 좋다고 하여 바꾼 것이다.

그날은 사람 찾느라 군내면 일대의 어지간한 길은 다 다닌 것 같았다. 우리는 주소도 없이 벌말 동네를 다 뒤지며 헤매다 극적으로 길가에서 박광태 할아버지와 만났다. 어디 앉지도 못하고 새마을 도로에 서서 그를 마주했다. 그러나 그는 단호했다.

　― 없어! 근데 당신들은 그 콩이 이쑤? 있으면 나도 좀 주시구랴. 나도
　　눈 빠지게 찾고 있으니까.

벌말 박광태 할아버지는 정말 새마을 지도자였다. 지금은 자식에게 물려주기는 했지만, 버섯 공장을 세워 활발히 활동하고 있었다. 새마을 지도자 시절 한때는 마을 사람들이 잘살 수 있는 일이라면 뭐든지 했다고 했다. 콩도 마찬가지였다. 해방 후 연천 파주 포천지역이 콩 주생산지였고, 특히 연천 파주 지역은 1913년경 일제가 장단 토종을 가지고 육종한 장단 백목이 많이 퍼져있었다. 그렇다고 하더라도 그때만 해도 포천지역에는 홀아비밤콩이 대세였다. 워낙 밥맛이 뛰어났기 때문이다. 그러다가 새마을 운동이 시작되고 잘살아보자는 일념 아래 의욕을 가지고 소득사업에 매달릴 무렵 국내에서 육종한 '대원'이라는 신품종이 마을에 들어왔다.

콩이 주 소득원인 지역인 터라 새마을 지도자인 그는 마을 사람들에게 홀아비밤콩 대신 신품종 심기를 강권하다시피 했다. 콩을 많이 심던 그는 자기가 가지고 있던 홀아비밤콩 종자를 호주머니 먼지 털 듯 필요한 사람들에게 모두 나눠주는 솔선수범도 보였다. 그때 아마 이유신 할머니도 얻어 심지 않았을까 생각한다. 그러자 점점 마을에는 '대원'이 자리를 잡기 시작했고, 소득도 나아졌으니 뿌듯하기 이를 데 없었다고 한다.

— 엠병할! 다른 말을 그렇게 잘 듣지덜.

그는 그래도 그 정도일 줄 몰랐다고 한다. 누군가는 한쪽에 홀아비밤콩을 심고 있으리라 믿었다고 한다. 들 밥을 먹을 때면 어김없이 밥밑콩으로 들어있었으니 '뒤 켠 쪽 밭에는 즈덜 먹을 콩은 심는 줄 알았다'고 한다.

홀아비밤콩은 사람들이 콩바심을 할 때도 기계를 쓰지 않고 앞마당에 널어 꼭 도리깨 짓을 해서 털었다고 한다. 기계로 털면 편하기는 하지만, 혹여 콩 맛까지 털릴까 해서다. 그런데 어느 순간 그 콩이 보이지 않았더란다. 소득은 얻었지만, 밥상머리 밥맛을 잃었다. 그래서 자신도 몇 년 전부터 홀아비밤콩을 찾기 시작했는데 기어코 찾지 못했으니 혹시 찾으면 연락을 달란다.

— 어르신은 왜 홀아비밤콩을 찾는데요?

— 미안해서 그렇지. 마치 내가 없애버린 것 같잖아. 나두 죽을라나 보네. 옛 밥맛을 찾는 거 보니… 요즘은 서울 간 늙은 친구들이 가끔 그 콩을 찾네 그려.

혹시 자신 때문에 홀아비밤콩이 없어진 것은 아닐까 미안해하는 박광태 할아버지에게 콩 몇 알을 드렸다.

— 엥! 이게 왜 댁한테 나와?

놀라는 박 할아버지를 뒤로하고 몇 알 안 되는 콩을 가지고 포천으로 갔다. 전화한 분을 만나기 위해서다. 우리가 도착했을 때는 미리 연락했는지 전 씨 성을 가진 아버지라는 분도 미리 와있었다. 그는 몹시 흥분해있었다. 어버이날 행사장에서 마신 술 한 잔에 벌써 불콰하게 얼굴이 달아올라 있었다.

— 맞어! 이게 홀아비밤콩이지.

뭔, 콩 하나를 보고 이렇게 세 번이나 놀라는지… 처음 겪는 일이었다. 그는 홀아비밤콩이 마치 자신들을 닮았다고 했다. 그들에게는 6·25의 아픔이 있었다. 포천은 6·25 이전과 이후의 경계가 달랐다. 남한에 기대면 북쪽에서 죽이고, 북쪽에 기대면 남쪽에서 죽였다. 남한과 북한 사이에 등이 터진 그곳 사람들, 고래 싸움에 새우 등 터진 꼴이 마치 홀아비밤콩이 등 터진 것과 같았기 때문이었다. 콩의 등 트임은 홀아비밤콩의 특징이었다. 콩도 봤겠다 확인도 했겠다 점잖게 한마디 거든다.

— 그거 다 우리 집에서 퍼진 거여.

— 하하하. 그래요?

그가 그렇게 자신 있게 말하는 것은 할머니 때문이었다. 아니, 그 이전부터 심었다는 것이다. 그 이전에는 동네 사람들이 다 심었는데, 일본 놈들이 장단콩을 만들어 강제로 심게 해서 가져갈 때 홀아비밤콩은 이미 없어졌다는 것이다. 하여간 그때도 자기 할머니는 꿋꿋이 심었단다. 그러면서 독립운동이 별거 있냐는 것이다. '못 배운 사람들이 하는 거야 내 거 지키는 게 독립운동이지. 뭐!' 한다. 옆에 서 있던 따님들이 싱거운 아버지의 허세에 웃었다.

그 후 해방이 되자 다시 콩 바람이 불기 시작했는데, 박광태 할아버지 말대로면 '임자 없는 밭에 돌피 성하듯' 갈아먹을 거 없는 포천 땅에 그냥 무지로 퍼져나갔던 콩이 홀아비밤콩이었다고 했다. 그 씨알이 바로 할머니에게서 나간 것이 아니겠냐고 강변하고 있었다.

전 씨 할아버지의 과장되고 흥분된 이야기를 하는 것이 충분히 이해가 갔다. 그만큼 우리가 가지고 간 홀아비밤콩을 보더니 심장이 쿵쾅댄 것이다.

— 그래, 죽은 아내 생각이 날 때마다 홀아비밤콩이 드시고 싶다면서요?

얼른 드리고 다른 곳으로 수집 가려고 이야기를 서둘렀다. 그러나 그는 말하는 것을 아주 좋아하셨다. 그는 젊은 시절 군대 군무관이었는데, 농사를 짓던 시어머니로부터 받은 종자를 며느리가 이어받아 심기 시작한 콩이 바로 홀아비밤콩이었다. 늙은 시어머니가 유독 밥밑콩으로는 홀아비밤콩을 찾았으니 그럴 만도 했다.

— 그런데 다시 신품종이 들어와 바람이 불자 사람들이 또다시 없앴지. 난 그때 마누라가 왜 그렇게 홀아비밤콩에 매달리나 이해가 가지 않았지. 그렇게 우리 마누라가 근근이 심을 때 사람들에게 많이 나눠줬지. 손이 헤펐거든.

그러다가 어머니가 돌아가시고 군무관을 그만두고 농사일을 시작하면서 가을이 되면 타작 기계를 사서 포천, 연천, 파주 지역으로 콩 타작을 다녔다. 당시 포천지역에 콩 바람이 불어 많은 사람이 신품종을 심기 시작했으니 타작하는 일도 하나의 직업이 되었다. 그리고 삯으로 받은 것도 모두 콩이었다. 그러니 콩이 아쉬울 리 없던 그는 어머니도 돌아가셨으니 부인에게 콩을 그만 심으라 했으나 종자를 팔면 또 어디엔가 숨겨두었다가 심고, 없애면 또 찾아서 심었다 한다. 어머니는 남길 게 없어서 먹성을 유산으로 남기셨나 했단다.

그렇게 하길 십수 년, 아내는 얼마 전 심장마비로 갑자기 세상을 떴다고 한다. 때맞춰 홀아비밤콩도 없어졌다고 한다. 요즘 들어 지독하게 아내가 생각나는데, 그 앞에 꼭 홀아비밤콩이 앞서 생각난다는 것이다. 그러고 보니 어머니가 남긴 것은 먹성이 아니라 달착지근한 품성을 가진 아내와 홀아비밤콩에서 풍기는 맛에서 오는 그리움이었던 것은 아닐까.

— 많이는 못 드리니 이걸 가지고 올해 심었다가 가을에 바심해서 드세요.

뭐. 혹시 알아. 부인이 헤프게 종자를 나눠줄 때 벌말 박광태 할아버지에게 준 콩이 지금 이유순 할머니께 가고, 다시 박영옥 할머니에게로 이어져 박물관으로 왔는지. 그리고 그 콩이 다시 그에게로 간 것이 아닐까 생각하니 어쩌면 홀아비밤콩이 연어를 닮았는지 모른다는 생각이 들어 그에게 기쁜 마음으로 돌려주었다. 그는 지금 그 그리움으로 무엇인가 또 꿈을 꾸고 있었다. 홀아비밤콩을 통해 지역의 특산물을 만드는 꿈을 꾸고 있다는 것이다.

홀아비밤콩. 그 이름에서 오는 뉘앙스 자체가 그리움이다. 콩 이름이 홀아비라니! 대체 이 이름이 어디서 왔을까? 대개 우리 선조들은 씨앗에 이름을 붙일 때는 힌트가 역력하다. 이름 붙이는 이유가 단순했는지, 아니면 후손들이 쉽게 잊을까 봐 부르기 쉬운 이름을 붙였는지. 이름을 들어만 봐도 유추할 수 있는 이름이 대부분이다.

그런데 홀아비밤콩이란 이름은 대체 어디서 왔을까? 토종을 지키는 사람이나 수집을 하는 사람이나 그 이유를 모른다. 누구는 콩대가 두터워 하나만 심으니 그렇게 부른다고 하고, 늦가을 홀아비밤콩이 누렇게 익어갈 때 밑쪽에 달린 콩 꼬투리를 살펴보면 콩이 한 알씩 들어있는 꼬투리가 더러 눈에 띄어 홀아비를 연상시키므로 그렇게 부르게 된 것이라고 하지만 어느 것 하나 그럴듯한 것이 없다. 그러고 보면 쓰나미처럼 몰려오는 신품종 속에서도 꿋꿋이 지켜오다 이유신 할머니가 병 때문에 어쩔 수 없이 잃어버린 홀아비밤콩에는 그저 그 콩을 잃어버린 사람의 외로움만 깃들어있는 것 같았다.

정말 전 씨 할아버지처럼 홀아비가 된 뒤 유독 콩을 좋아하던 아내가 그리워 찾는 콩이라는 의미는 아니겠지?

가마와 함께 시집온 씨앗 세 알

무작정 찾아간 마을이었다. 따뜻한 겨울날 산책 겸 내려갔다가 하루 내내 보령 연지동제의 마을에 깃들었다.

구한 말 민비의 천박한 오행 사상의 나비효과가 엉뚱하게 미친 곳이다. 요즘도 대통령 부부와 모 법사와의 관계가 뜨거운 이슈가 되고 있지만, 구한 말 진령군이란 무당과 뒤엉켜 퍼붓던 민비의 무속은 사실 낯 뜨거워 보기 힘들 정도였다. 사실 일제에 의해 무참히 살해된 국민의 분노를 제외하고는 보잘것없고 쓰잘머리 없는 행태뿐 아니던가.

잠시 이 마을이 민비와 어떤 관계가 있는지 보자. 그래야 마을을 잘 모르는 사람들이 이해할 듯하다. 설화에 가까운 이야기지만 꽤 설득력이 있다.

고종과 결혼을 한 민 씨는 왕비가 되어 힘없는 남편 고종의 정치력을 회복하는 데 주력했다. 그때 한 가지 사실에 주목했는데, 시아버지 흥선이 아버지 남연군 묘를 명당에 이장하여 아들을 왕으로 만들었다는 이야기였다. 이에 민비도 아버지 민치록의 묘를 둘 명당을 찾아 옮기기 시작하는데 자그마치 네 번을 옮겨 다섯 번째 면례하기에 이르니 사람들은 사천오장이라 비웃었다. 그 사천오장 중 마지막이 연지동제 마을의 맞은편 동네인 주포다. 진령군의 권고에 따라 주포에 묘를 쓰니 연지동제 마을은 풍수적으로 보면 안산이요, 물이 돌아

나가는 수구의 역할을 하게 됐다.

　우연인지는 몰라도 아버지를 이장한 뒤 남편인 고종이 정권을 되찾고 민비도 권력을 크게 휘두르게 됐다. 이에 흥선은 민치록의 묘가 명당인 이유를 알아챈다. 바로 남연군의 묘에는 없었던 물이 민치록의 묘에는 풍부한 것이 아닌가? 이 마을은 본래 연꽃이 물 위에 떠 있는 형세를 가지고 있다 하는 연화부수의 또 다른 명당이었다. 바닷물이 들어와 내포를 이루어 어촌을 형성하고 있었다.

　물이란 풍수에서 재물을 뜻하니 민비가 돈을 물 쓰듯 하며 권력을 부리는 게 아닐까 하는 생각에 이르자 흥선군의 촘촘한 대응 수는 바로 이 물을 없애는 것이다. 그냥 없애기에는 명분이 없었는데, 마침내 찾은 명분은 조선 백성들의 식량문제를 해결하기 위해 바다를 메워 땅을 만드는 것이요, 그 적지가 바로 보령 앞뜰이라는 것이다. 그때 만들기 시작한 간척사업이 바로 이곳이요, 그래서 생긴 것이 이 마을 앞뜰이었다.

　상전벽해라는 말은 곧 이 마을을 두고 한 말이다. 이곳은 조선 후기까지도 바다였고, 당시 사람들은 주로 바다에 나가 생활했다. 포구가 안쪽으로 밀고 들어와 모진 해풍의 피해도 적었지만, 바다로 나가는 길이 가까워 뱃사람들에게는 최적의 마을이었다. 이곳 뱃사람들은 사나운 바람에도 바다로 나가는 일을 두려워하지 않았다. 그런데 어느 날 갑자기 바다가 없어진 것이다.

　이 여파는 곳곳에서 나타나게 되는데, 애꿎게도 피해는 고스란히 이 마을 연지동이 떠안는다. 연화부수의 마을에 물이 없어진 것이니 명당이 깨지게 된다. 그때 그것이 아쉬워 바다 한쪽을 남기는데, 그 연못이 바로 지금의 연지동제다. 결국 이 마을 사람들의 삶 터는 없어졌고, 어촌은 농촌으로 바뀌었다. 물론 연지동제는 이때 긴요한 저수지 역할을 한다.

이 과정에서 사람들은 그물 대신 씨앗을 구해야 했다. 대대로 이 마을에서 씨앗을 귀하게 여겨온 이유였다. 사람들은 신을 갈아탔고 신은 신당을 갈아탔다. 마을에 용왕신은 없어지고 대신 목신이 들어왔다. 이곳에 가면 당시 갈아탄 신목이 하나 있는데, 지금도 마을 사람들은 목신제를 지내고 있다. 갑자기 간척지가 되며 농사를 지어야 했던 간척 마을이 사는 상황은 모든 것이 어색할 수밖에 없었다.

사람들은 육답이 되어버린 논에 모를 내는 것에 서툴렀고, 바다의 풍랑은 모질게 버텼지만, 속절없이 불어오는 높새며, 삭풍이며 하는 된 바람이나 작달 비며 장마철 개부심들이 배를 몰아치거나 사람을 비틀거리게 하는 것이 아니라 하염없이 작물을 파고들고 있었다. 더구나 간척지에는 날이 밝으면 소금기가 작물을 타고 올라와 추운 날 유리창에 성에 끼듯 했고, 더운 여름철이면 바싹 달라붙어 하얗게 몸 대를 서로 비벼대고 있었다.

노만 젓던 사람이 괭이를 잡아야 했고, 닻을 내리는 대신 소에게 멍에를 씌워야 했으니 이 마음이 오죽했으랴. 이때부터 이 신목은 마을 사람들의 농사에 관여하게 됐는데, 씨앗이 귀한 이 마을에는 목신제에 삶거나 찐 제물이 아니라 생 씨를 올린 이유였다.

이제 정 할머니 이야기로 돌아가자. 정 할머니는 연지동제를 안고 사시는 분이다. 굳이 이름을 밝히기를 꺼리니 그냥 정 할머니라 부른다.

과년한 딸이 시집을 가야 하는데, 선을 보거나 중매를 서도 자꾸 깨지더니 어느 날 맘에 드는 청년을 만났다. 서글서글하고 멋이 있었는데, 무엇보다 선한 마음이 겉으로 드러나 아내나 친정 식구들에게 잘해줄 인상이어서 선뜻 결혼하는 데 마음을 굳혔다.

　　그런데 하필 그는 농사꾼이었고, 그것도 간척지의 가난한 집안의 청년이었다. 어설픈 농사꾼의 가난한 집안에 딸이 시집가는 것이 못내 안타까워 혼인을 말리던 친정어머니는 딸의 자신감에 하는 수 없이 혼인을 허락했고, 씨 귀한 동네에 시집간다니 씨 종자 서너 되를 시집가는 가마에 패물처럼 실어 보냈다.

　　부랴부랴 간척지에 농사짓다 보니 예쁜 새신부를 곁에 두고도 늘 폐농을 거듭해 씨 종자조차 구하지 못하고 이 마을 저 마을 돌아다니며 씨 종자를 구하는 사람이나, 금지옥엽의 딸이 시집가는데 제대로 된 폐백을 보내지 못하고 씨 종자만을 가마에 슬그머니 밀어 넣은 친정어머니나 가슴이 찢어지기는 매한가지였다.

　　그 마음이 오죽했으랴. 그때 친정어머니가 보낸 것이 서리태, 적팥, 참깨였다 한다. 콩은 단백질, 팥은 부적의 의미, 깨는 그들이 깨소금 냄새 피우며 잘 살길 바라는 의미로 두었을 터. 모두가 어미의 마음이었다.

　　다행히 그녀가 미리 봤듯이 맘씨 좋은 남편은 장모님의 뜻을 잘 받들어 농사에 점차 익숙해지며 형편도 점점 좋아지기 시작했다. 물론 시집올 때 가지고 온 씨앗도 놓치지 않고 잘 지켜왔다. 이제 자식들은 잘 커 버젓한 직장을 가지고 있으니 떵떵거리며 마을회관에서 자랑할 정도가 됐다.

그러다 친정어머니가 돌아가시고 맘씨 좋은 남편도 훌쩍 곁을 떠나자, 팥은 어느샌가 없어지고 말았다. 팥을 잃고 정신이 번쩍 들었는데, 옆집 할머니에게 마찬가지로 똑같이 친정어머니가 시집올 때 주었다는 시금치를 얻어와 그 짝을 채워 텃밭에 심어 허허로운 마음을 달랬다. 한 번도 시금치 씨앗을 채종한 적이 없음에도 씨앗을 잃은 적 없이 자가 번식하고 있어 지금도 그루갈이처럼 겨울을 나고 있다.

사실 우리가 수집을 나갔을 때는 한겨울이었다. 이상하게 마을은 텅 비어있었고, 가끔 만날 수 있는 사람도 거의 근래에 이사 온 사람뿐이었다. 이곳에서 어부를 하던 본토박이는 찾을 수가 없었다. 이곳이 바다였다는 마을의 내력을 아는 사람도 없었고, 농사를 짓는다 해도 대부분이 해방 후에 들어온 경우가 많았다. 이에 수집을 포기할까 생각하고 있는데, 정말 난데없이 멀리 텃밭에 푸릇푸릇한 것이 눈에 띄어 달려가 보니 시금치가 한겨울의 언 땅을 거워하지 않고 싹을 세우고 있었다.

토종이다. 반갑다. 뿔시금치! 잎새만 봐도 뿔시금치인 것을 알 수 있었다. 재미있는 것은 씨앗과 싹에는 꼭 한 가지씩은 닮은 유전자를 가지고 있는데, 뿔시금치는 잎새도 뿔을 달고 나온다. 그래서 무턱대고 들어간 곳이었다. 정 할머니는 자식들에게 욕될 수 있으니 끝까지 이름을 밝히지 않겠노라며 광에 두었던 콩과 참깨를 들고나왔다.

— 다 섞였어!

혼내듯 툴툴거린다. 토종 씨앗 박물관을 한다니까 변명 삼아 자신을 탓하는 것이다. 친정어머니가 가마에 실려 보낸 서리태라 했는데 그 안에는 이미 다른 콩이 많이 섞여 있었다. 아마 대부분 마을에서 심던 토종 콩들이 들어가 있는 것 같았다. 사람 사는 게 다 그렇듯 섞여 사는 게 아니냐는 듯 그래도 깜냥껏 자신만만하게 반격하셨다.

— 필요하면 골라 써!

자신은 이제 어머니도 돌아가시고, 자식들도 나가고 없으니 굳이 가려 심을 이유가 없단다. 그러니 필요하면 우리보고 가서 골라 심으라신다. 그 말이 왜 그리 힘이 없어 보이던지 그럼요 하면서 넙죽 받았다.

농사지을 자식이 없으니 놔두고는 있으나, 친정어머니의 마음만 남은 콩이라도 지키고자 하는 것을 보니 이제는 지켜갈 사람 없는 연지동제 마을의 안타까움이 할머니의 섞인 콩이나마 뒤따라 남아있는 듯했다.

우리는 다시 한번 이제는 생 씨를 제물로 받지 못한 불쌍한 당산목을 찾아보고 연지동제를 한 바퀴 돌아 마을을 빠져나왔다. 지금은 수리 시설이 잘되어있는 연못은 큰 쓸모 없다며 멋쩍은 웃음만 짓던 할머니와 닮아있었다. 친정어머니가 주신 토종 씨앗이 영영 사라지는 것에 대한 정 할머니의 아쉬움은 연지동제 또한 매한가지일 것이다. 정 할머니의 토종 씨앗은 바다가 없어지는 것이 아쉬워 남긴 연지동제의 연못처럼 할머니의 고집 속에 남아있을 뿐이었다.

자연이 지키고 있는
산청에서 온 의성배추

토종 수집은 대부분 농촌 현장을 찾아가서 한다. 그것이 맞다. 직접 시골 골골을 돌아다니다가 문득 누군가 만나 토종을 심는지 알아보거나, 심어놓은 작물을 보고 토종인 듯싶으면 주인을 찾아 그 내력을 알아보는 경우가 대부분이다.

그런데 보령에서의 배추 수집은 좀 남다르다. 박물관을 설립한 지도 어느덧 몇 년, 나를 아는 사람들은 대부분 나의 씨앗에 대한 노후 소일을 잘 알고 있었다. 한담이지만, 박물관을 하는 사람들의 교류는 대개 유물에 관한 이야기가 많다. 좋은 유물이 있으면 소개도 하고 서로 교환하기도 하거나 구입하기도 한다. 물론 소개해주는 사람에게 한턱을 거나하게 내고 박물관에 꼭 필요한 유물을 얻기도 한다.

그런 의미에서 그날 전화는 사실 탐탁지 않았다. 씨앗을 가지고 흥정(?)하는 게 좀 그랬다. 그래도 얼굴도 보고 친교도 할 겸 자리를 함께했다. 그런데 약속한 곳이 비싼 게장을 전문으로 하는 곳에다가 더욱 놀란 것은 네댓 명 정도가 나와 있었던 것이다. 우스운 얘기지만 참으로 많은 자금을 투자하고 어렵게 만난 분이 바로 의성배추로 여겨지는 토종 배추 씨앗을 심고 있는 양 선생이었다.

그분은 농업기술센터를 정년퇴직하신 분이었다. 간장게장을 대충대충 먹고 배추를 심어났다는 그의 산밭으로 향했다. 보령 읍내에서 30분은 족히 갔다.

그가 처음 이 배추를—그는 산청배추라고 불렀다—만난 것은 공직에 있을 무렵, 1984년경이라 했다. 1984년, 이 해는 농촌진흥청에서 안완식 박사를 필두로 전국의 토종을 수집하기 바로 전해였다.

우리나라 토종 수집의 시발점이 되는 농촌진흥청의 토종 수집단을 발족한 해가 1986년이다. 1986년은 우리나라 식량주권과 씨앗 주권에 있어 아주 의미 있는 해다. 안 박사를 비롯한 수집 단원 6명이 전국 농촌지도소 인력 7,000명의 도움을 받아 토종 수집에 전력을 다했다. 그 결과 만 칠백여 점을 수집했다.

이 시작은 매우 중요한 의미를 갖는데, 바로 씨앗 자원에 대한 국제 사회의 움직임과 맞물려 위기와 기회 속에 있던 우리에게 새로운 도약을 하게 했다.

일찍이 세계열강들은 씨앗 유전자원에 대한 중요성을 알고 제국주의 팽창을 통해 식민지화하거나 기회가 있을 때마다 그 나라의 씨앗을 가져갔다. 우리나라에서도 마찬가지였다. 우리나라 씨앗을 맨 처음 탐낸 국가는 러시아였다. 1800년대 말쯤이었다. 청나라의 세력과 일본 세력이 한반도에서 다툴 때, 러시아의 세력이 개입하면서 한때 정권을 잡았을 때일 것이다. 그 후 미국이 조선의 정치를 개입하면서 아마 조미 조약이 체결되며 최혜국 지위를 얻을 무렵이라고 생각이 든다. 이때 미국에서도 우리나라 씨앗을 대거 수집해간다. 일제강점기에 접어들어 일본에서도 뒤늦게 남은 씨앗을 가져간다. 1985년 이전까지 아이러니하게도 우리나라 토종은 다른 나라들이 더 많이 보유하게 된다.

그렇다면 첫 수집단이 발족한 1986년이 왜 중요하느냐? 그것은 바로 국제 사회의 움직임과 관련이 있다. 국제 사회의 유전자원에 관한 논의는 주로 강대국의 이권에 의해 좌지우지됐는데, 특히 1992년 국제 협약은 그 중심에 서 있다.

1992년 이전에는 씨앗 자원을 '인류의 공동 유산'으로 인정했다. 맞는 말이다. 인류 생존에 씨앗 자원은 절대적이었을 터, 어디 한 국가나, 누구 한 개인이 독점할 권리가 없는 것이 맞다. 그러나 그 속내는 다른 곳에 있었다. 이 명분으로 곧 후진국, 우리가 그랬듯이 씨앗의 중요성에 대해 미처 손을 쓸 새가 없는 나라들의 씨앗 자원은 선진국의 입으로 빨려 들어가버렸다. 1992년 즈음, 이미 모든 국가의 씨앗 자원을 손에 넣은 선진국들은 갑자기 돌변한다.

'씨앗 자원은 인류 공동 관심사다'라는 기치 아래 생물다양성 보호라는 명분으로 생물의 멸종 속도를 늦추기 위한 국제 협약을 맺는데, 이것이 '생물다양성협약'이다. 선진국들은 이 멋들어진 수사로 만들어진 협약으로 자원의 개별국가관리를 선언하고 개별적으로 유전자원 보존 활동을 하게 된다.

그러니까 1986년부터 1992년까지, 단 7년 만이 우리에게 주어진 씨앗 유전자원 보존의 기회였다 해도 과언이 아니다. 이 기간에 국내에 남아있는 토종 자원을 수집하는 것뿐 아니라 외국에 나가 있는 우리 토종 자원을 '인류의 공동 유산'이란 명분으로 되찾아오는 작업이 함께 이뤄진다. 우크라이나로, 일본으로, 미국으로 전문가들이 우리 씨앗을 찾으러 나갔다. 만약 이 기간이 없었다면 수많은 우리 토종 자원이 남의 나라 수중에 그냥 잡혀있게 될 뻔했다. 우리에겐 아슬아슬한 씨앗 주권의 아찔한 7년이었다.

그런데 그전이라니, 국가보다 그의 손이 빠른 셈이었다. 그 시기라면 농업기술센터에서는 신품종 보급이 한창이었을 텐데 생뚱맞게 무슨 이유로 토종에 관심을 갖게 됐는지 물었다. 그는 글쎄 하며 갸우뚱거린다. 토종을 찾아보자고 생각한 이유가 무엇인지 오래된 일이라 뚜렷한 기억은 못 했지만, 지금 생각해보면 작목 담당을 하면서 토종 작물에 대한 단순한 호기심 정도였으면 전국에 편지까지 썼을까. 아마 작목 담당자의 사명감이 아니었을까. 아니면 새로 육종해서 내놓은 작물에 대해 어떤 실망을 느끼지 않았을까. 이처럼 말한다면 토종에 관심을 가지는 지금 시기를 위한 말 핑계가 아닐까 하며 웃는다. 그에게 커다란 이슈나 동기가 있었던 것은 아닌 것으로 보이지만, 그럴싸한 핑계를 대도 좋을 정도로 그의 집념만은 대단했다고 본다.

그러나 거기에도 분명한 것 두어 가지가 있었다고 한다. 유독 단맛을 찾아가는 입맛에도 언젠가는 한계가 오리라는 생각이었다. 나이 들어가며 어느덧 뽕짝이 좋아지고, 뽕짝의 흐름으로 걸음걸이의 박자를 맞출 무렵 그의 혀도 옛 맛을 그리워하기 시작했다. 세상 단맛을 쫓아 살다 보니 음식도 어느덧 단맛에 길들여있었는데, 이 세상의 단맛이나 음식의 단맛에 이제는 그 걸음걸이를 쫓아갈 수가 없을 무렵, 그는 옛 맛을 하나씩 기억해내기 시작했다.

향이 강한 대파가 좋았고, 진액이 불쑥 나오는 상추 맛이 생각났다. 당도가 높은 참외보다는 향내가 더 좋은 개구리참외가 기억났고, 고소함이나 아삭함보다는 질기지만 알싸한 배추 맛을 찾았다. 토종만이 가지고 있는 맛이었다. 어머니의 텃밭 맛이었다.

그는 전국의 농촌지도소 작목 담당자에게 일일이 편지를 보냈다.

물밀듯 닥쳐오는 소득 주도 농업 현장에서 오히려 되돌려 옛 맛을 찾는다는 무모함은 주변 사람들 또한 기억하고 있었다.

1980년대가 그랬다. 뭔가 잘살 수 있다는 기대 속에서 수없는 시도를 했다. 그래서 빚을 진 경우가 대부분이었지만, 의욕적으로 농업에 대들었던 것으로 기억한다. 나도 그랬다. 한 해에 수확이 많아지면 이듬해는 더 많은 신품종을 씨앗 상회에서 찾았다. 고추며 수박이며 많은 것이 그때 없어졌다. 토종 참깨 씨를 잃지 않으려고 장마철에 아등바등한 어머니를 핀잔한 나나 양 선생의 지도소 주변 동료들이나 뭐 다를 바가 없었다.

편지를 보내놓고 기다리는 심정이라니. 펜팔 하자고 편지 보내놓고 답장을 기다리는 심정으로 며칠을 기다렸다. 그러나 오지 않았다. 옆자리 동료들이 그의 순진함을 비웃었다. 그리고 며칠, 마침 그때 동료들이 환호성을 쳤다. 비웃었지만, 두 곳에서 답변이 왔다니 놀라운 일은 분명했다. 그때 온 것이 바로 토종 배추와 개구리참외였다. 개구리참외는 성환에서 보내왔고, 배추는 산청에서 왔다.

우리가 간장게장 집을 떠나 그의 산밭 농장을 찾았을 때, 부인 혼자 땀을 흘리며 밭을 가꾸고 있었다. 내가 불러낸 탓일 텐데 매우 친절하다. 찬 음료가 나와 빈손으로 간 손이 부끄러웠다.

— 저거유.

그가 힘없이 말했다. 뭐 이까짓 것 가지고 간장게장까지 사주며 씨를 얻나 하는 투였다. 내 느낌이었다. 웃자고 하는 이야기지만, 속으로는 간장게장값이 꽤 아까웠던 모양이다.

그가 가리킨 곳은 과수원이라기보다는 여러 종류의 과실나무를 무질서하게 심어놓은 농원이었다. 아닌 게 아니라 그곳의 대추나무, 살구나무 등이 모두 토종이었다. 그 과실나무 밑으로 풀보다는 파란 게 지천으로 깔린 걸 보니 배추였다. 그는 성큼성큼 커다란 살구나무 밑으로 가더니 헌 가마니때기를 들췄다.

— 작년에 여기서 씨를 털어서 뿌렸으니 남아있을뀨. 우린 따로 보관 안 혀.

— 흔하다 흔혀! 개성에 왕 씨들 같네 그려.

다들 한마디씩 했다. 가마니를 들추자 그 밑에는 배추씨들이 검불들 속에 시커멓게 쌓여있었다. 같이 온 지인이 한마디 했다. 이런 걸 간장게장까지 사주며 부탁해서 얻어야 하느냐 하는 투였다.

양 선생은 그렇게 어렵게 씨앗을 전해 받았지만, 첫해인가 시험 재배를 하고 그다음 해부터는 심지 못했다. 업무가 바빴던 탓이기도 했다. 그러나 보내준 분의 성의도 있고 그냥 버릴 수 없어 맛을 기억하는 몇몇 농가에게 나누어주고 나머지는 본댁의 산밭에 뿌려놓았다. 나중에 은퇴하면 내려가 소일하며 지낼 땅이었다. 그러나 그것도 바쁘다는 핑계로 거두지 못하고 한 해가 지나갔다.

그런데 이듬해 그곳에 갔을 때 그의 밭에는 놀라운 일이 벌어졌다. 누구도 거두지 않았고, 누구도 씨를 뿌리지 않았는데, 그의 산밭에는 배추가 전해에 뿌린 것보다 많이 나 있었다. 어느 것은 겨울을 난 듯했고, 어느 것은 새싹을 받은 것도 있었다. 더욱 놀라운 것은 개구리참외도 한 무더기 빽빽하게 자라고 있었다는 것이다. 자연 그대로였다. 양 선생은 그 뒤로 씨를 받은 적이 없고, 일부러 심은 적도 없었다고 했다.

— 그 사람들이 씨를 보내주면서 이름을 안 보냈어. 산청에서 왔으니 산청 배추라고 불러. 보령 배추라고 부르기엔 염치 읎잖여. 개구리참외야 온 시상이 다 알고 있는 거고.

살펴보니 배추는 의성배추와 같았다. 개구리참외는 이미 교잡이 심하게 일어나 많은 변화가 있었다. 울퉁불퉁한 면은 거의 매끈해졌고, 배꼽은 없어졌다. 그러면 어떠하랴! 그게 토종이지.

— 이게 제초용이여. 풀 나는 게 싫고, 제초제 하는 게 싫고. 어쩌것어? 배추로 풀을 잡고, 먹고 싶을 때는 먹는 거지. 봄에는 봄똥 나물, 여름에는 물김치, 가을에는 포기김치. 포기김치 담글 것만 조금 손이 가면 돼야. 이따 갈 때 물김치 조금 가지고 가서 맛보셔.

그는 그렇게 벌써 40년째 토종을 보관하고 있었다. 사실 그가 지키는 것이 아니라 자연이 지키고 있지만.

무태짐이 농부가
유쾌하게 지켜온 토종 벗들무

예산지방에는 이런 말이 있다. '원벌리 무 뽑히듯 한다.' 예산 지방 격언이다. 그만큼 예산 원벌리는 무를 많이 심었다. 토종 대평무가 주를 이뤘다. 무 맛이 좋다는 소문이 돌면서 인기가 많아졌기 때문이다.

그런데 어느 날 원벌리 무가 모두 흥농 씨앗에서 육종한 진주 대평무로 바뀌었다. 무 맛이 에미 성도 없고 애비 성이 없다는 소문이 돌았다. 그리고 언제부턴가 그 인기도 사그라지며 무밭은 모두 과수원으로 바뀌었다. 진주 대평무는 무 맛을 평정시켰지만, 땅 맛은 없애버렸다. 땅 맛이 제대로 밴, 원벌리의 토종 무를 찾기로 했다.

내가 찾는 토종 무는 정확히 말해서 대평무가 아니라 벗들무가 맞다. 벗들무는 대평리의 벗들을 중심으로 심던 토종 무였고, 진주 대평무는 벗들무를 기반으로 만든 육종무였다. 대평무의 에미묘가 벗들무였으니 그 또한 벗들무를 찾아 나선 이유였다.

벗들무를 찾는 데는 많은 애로가 있었고, 여로 또한 길었다. 그전까지 진주와의 인연은 많지 않았다. 진주에 대해 알고 있는 거라고는 남강이 있다는 것과 그에 따른 민요가 있다는 정도였다. 억지로 인연을 찾자면 콩 박사 정규화 교수가 야생콩을 키우는 곳이어서, 간 김에 인사도 드릴 겸 찾아뵈러 갔다. 그분과의 만남은 막연함을 기대로 바꿔준 인연이었다.

그렇게 찾아뵌 정 교수에게서 벗들무 이야기를 들을 수 있었다. 벗들무에 대한 정 교수의 기억엔 어머니에 대한 애틋함이 도드라진 그리움이 담뿍 담겨있었다. 정 교수는 대평초등학교를 나왔고, 벗들을 지나 중학교에 다니셨다. 어린 어머니는 장을 돌며 벗들무 씨를 팔아 정 교수의 학비에 보태셨다.

벗들무를 찾아왔다 하니 신이 난 정 교수는 대평초등학교 교가도 보내주셨고, 당시 사진도 보내주셨다. 지금 대평에 남아있는 친구들도 소개해주셨고, 누님도 소개해주시면서 벗들무에 대한 취재를 성심성의껏 도와주셨다. 큰 도움에도 불구하고 첫 번째 방문에는 벗들무를 찾는 데 실패했다. 정확히 얘기하면 벗들무에 대한 기억을 하시는 분들은 많았으나 벗들무를 가지고 있지는 않았다.

그래서 방문한 두 번째, 당연히 다시 대평을 찾을 수밖에 없었다. 단서를 찾기 위해 대평면 소재지부터 찾았다. 그분들은 모두 진주 남강 댐을 만들 때 수몰지가 생기면서 새로 이주한 수몰 지역 분들이었다. 마을은 이미 딸기 하우스 단지로 변해있었고, 벗들은 강에 수몰되어 없어졌다.

마을 입구에 서서 나이가 지긋하다 싶은 사람이 보이면 붙잡고 물어봤다. 벗들무가 어디 갔냐고 하소연이 아닌 하소연을 하길 두 시간은 지난 것 같았다. 점심시간이 지나면 포기할 생각이었다. 휠체어를 탄 할머니가 지나갔다. 마지막일지도 모르겠다는 생각으로 할머니에게 물었다. 귀가 어두운 할머니에게서 뜻밖의 대답이 돌아왔다.

― **종자를 왜 나한테 묻노? 저 집이 종자집인기라.**

토종을 찾는 나로서는 할머니의 진지한 답이 웃겼지만 맞는 말이었다. 아, 그렇지! 두 번이나 찾아왔지만, 그 생각을 하지 못했다. 아마 선입견이 아니었을까. 종자 상회는 대평 마을의 초입에 있었고, 나는 그 맞은편에 지나다니는 사람들을 만나고 있었다. 문득 종자 상회에 들어가 봐야겠다고 생각했다. 그곳엔 젊은 사장이 있었다.

— 대평무 없나요?

다행히 그는 이곳 토박이었다. 뜬금없이 종자 상회에 와서 대평무를 찾는 나에게 되물었다.

— 대평무가 아직 있능교? 벗들무 말하는 기 맞지예?

— 그럼요. 남아있죠. 한 번 생긴 종자가 그렇게 쉽게 없어지진 않거든요. 나는 그것에 희망을 걸고 찾아다니죠.

— 그라예? 남아있어예? 궁금타, 궁금해.

그는 매우 호기심이 많고 적극적이었다. 한번 찾아보자는 심사였는지, 전화기를 들고 예전에 이장을 한 번이라도 했던 노인들에게 뜨신 커피 한잔 마시러 가게로 나오라고 부탁했다. 마침 지나가던 늙은 전 이장님을 불러 세웠다. 그렇게 시작된 이야기, 이때처럼 경상도 분들의 수다가 좋았던 적이 드물다.

참으로 많은 이야기를 했다. 그중에는 무에 대한 기억도 있었지만, 기본적으로 한 뜰에서는 무를 심지 않았다. 여기는 '애밀'이라는 밀을 많이 심었고—사실 애밀이라는 말에 눈이 번쩍 뜨여 그 후에 다시 취재해봤지만, 몇 가지 이상은 듣지 못했다—무는 벗들에서 많이 심었다. 그곳에 가봐야 하지만, 수몰되었으니 지금 남아있는 사람들이라도 찾아봐야 하지 않을까? 지나는 길에 듣기는 들었는지 기억이 가물대는 건지 모르겠단다.

트인 말문에 재미가 들린 경상도 노인들에게는 그 많은 수다 가운데 재빨리 주제를 잡아줘야 원하는 바를 들을 수가 있다.

— 그래서요? 누군가 심고 있지 않을까요?

— 그제. 내도 은젠가 뉜가 심고 있다는 소리는 들어는 봤제.

그들의 수다에 흔들리던 나는 들어는 봤다는 소리에 정신이 번쩍 들었다. 누군가는 심고 있다는 확신이 선 대여섯 명이 모일 때까지 점심을 거른 채 한 시간은 기다렸다. 그런데 뜻밖에 맨 먼저 오신 이장님이 떠드는 소리 속에 자신 없이 말씀하셨다. 아마 멀리서 온 손님에게 확신이 없는 말을 해서는 안 된다 생각했을 게다. 집단 대화의 기억력이었다.

— 그기 당촌에 강 모시기가 벗들무를 아직 심는다는 풍문을 듣긴 했제.

— 당촌이 큰 마을인가요?

— 어디? 마을을 찾기도 힘들기다. 쩌리 가다 쩌리 돌아 산만 넘으면 되는 기라.

그 정도면 집 번지까지 가르쳐준 셈이다. 우리는 당촌에 무작정 찾아갔다. 기껏해야 100호 정도 되겠지. 그러나 당촌이라는 이정표를 보고 우리가 찾은 당촌 마을은 여 나무집이 넘지 않았다. 당촌의 일부였는지는 모른다. 그렇다면 운이 좋았던 것이 분명하다.

당촌은 남강 댐을 막을 때 수몰의 아픔을 조금이라도 줄여볼까 하는 마음으로 남강의 한쪽 끄트머리에 붙어있는 마을이었다. 작은 언덕을 넘으니 남강이 나왔고, 그 아래 벗들이 남강의 물처럼 평평하게 숨어있었다.

깐보고 10여 호를 뒤졌지만, 아무도 벗들무를 심는 사람을 모르고 있었다. 간신히—사람이 안 보여 온 동네를 뒤지고 다녔으니 '간신히'라는 표현이 맞다—그 집을 찾았을 때 집의 앞뜰이나 작은 두둑에 온통 무를 심어놓고 있었다. 그뿐만 아니라 월동초나 시금치, 감자 등 여러 토종을 몇 평 안 되는 텃밭에 심어놓고 있었다. 모두 다 귀한 토종들이었다. 그 댁이 바로 지금부터 이야기할 무태짐이 강종석 선생 댁이다.

방문했을 당시, 강 선생은 댁에 없었다. 막걸리 약속 때문에 마을로 나갔다는 것이다. 품 넓은 아주머니가 계셨지만, 무에 관한 것은 바깥어른이 다 담당하니 기다릴 겸 밭이라도 구경하려면 하라고 종자밭으로 우리를 데리고 갔다.

산모퉁이를 돌아 한참을 가니 500여 평의 넓은 밭에 무 종자가 익어가고 있었다. 찾기 힘든 것치고는 정말 예상외로 많이 심겨있었다. 아주머니는 기념사진도 함께 찍어주시고, 일찍 여문 놈으로 몇 가지 꺾어주기도 했다. 한참을 놀았다. 점잖은 말투였지만, 필요한 한마디도 빼먹지 않고 또박또박 얘기하는 게 시간 가는 줄 모르게 밭에서 보냈다.

그런데 날이 저물어도 강종석 선생은 오지 않았다. 아마 이 시간이면 얼근하게 취해서 돌아오니 만나도 소용없다며 내일 오라 했다. 아쉽지만 그러마 하고 집을 나서는데, 아주머니가 불러 세웠다.

― 은지 오게?

― 언제가 좋을까요?

― 그라지 말고 내일 아침 먹으러 오먼 안 되나?

아침 일찍 일을 나가야 하니 어지간히 일찍 와서는 만나지 못할 것이니 아침이나 같이하잖다. 멀리서 여기까지 왔는데 그냥 보낼 수가 없으니 여섯 시까지 오면 아침을 먹고 얘기는 조금 할 수 있을 것이라 했다.

수집 다니다 보면 과분한 대접을 받을 때가 많다. 뭣인가 주러 온 것도 아닌데, 하물며 얻으러 온 사람들한테 광이며 다락이며 집안 속 곳을 다 보여주면서 종자를 찾아준다. 거기엔 외지인에 대한 경계는 없다. 커피는 물론 때가 되면 밥을 먹고 가라고 소찬이라 창피하다면서 빈 상부터 펼 때가 많다. 씨 하나로 그들의 삶과 때로는 자식들의 인생까지도 뒤섞여 과거의 시간을 열어준다. 참으로 해맑은 소통이다. 박물관이 해마다 두 번씩 나눔을 하는 것도 바로 그들 때문이다.

하루를 진주에서 묵고 그렇게 다음 날 새벽에 찾아가 보니 정말 진수성찬을 차려놨다. 먼 데서 그것도 종씨 아제가 왔는데 이게 뭐 대수냐는 것이다. 나는 그 진수성찬을 앞에 두고 숟가락도 들지 못한 채 '무태짐이 강씨' 이야기를 듣기 시작했다.

당시 무를 지게로 져 나르는 사람을 가리켜 '무태짐이'라 불렀다. 그러니까 사람들은 그를 무태짐이 강씨라고 불렀다. 그의 아버지도 무태짐이었다. 그는 애초에 무를 심어 팔 정도의 땅도 없어 일당 막노동꾼을 했다. 당시엔 가을이 지나면 전국에서 차가 수십 대씩 들어와 무를 실어갔다. 벗들에는 온통 무밭 천지여서 이 작은 동네에 온갖 직업을 가진 사람들이 차고 넘쳤다. 무를 심는 농부, 이를 사는 흥정꾼과 중간상, 흥정꾼보다 앞서서 밭을 누비는 똠방, 도매꾼, 운전기사, 무를 뽑는 일꾼, 무를 나르고 싶는 무태짐이, 숙소, 술집의 작부, 다방과 커피를 나르는 레지 등등 온갖 직업과 사람이 넘쳐나 그 작은 동네에 겨울이면 서울 못지않게 번잡했다. 나중에 조합에서 체계를 잡아 가며 직업이 줄었지만, 무태짐이는 여전히 필요했다. 무태짐이는 땅은 없고 힘만 있는 사람들이 하는 고된 직업이었다.

강종석 선생은 군대에 다녀오기 전까지는 무태짐이는 하지 않겠다고 다짐했다. 아니 키가 작고 몸집이 가늘어 무태짐이는 상상도 못 했지만, 기어이 생활이 그를 무태짐이로 이끌었다. 하나 더! 하나 더 올릴까? 하며 올라가던 무 짐의 높이가 키를 넘더니 나중에는 생활의 무게만큼 무 짐도 커지더라는 그의 말을 들을 때는 아주머니도 안쓰러웠는지 선생의 등을 쓰다듬었다.

그러다가 강 선생의 무릎이 조금씩 고장 나고 힘에 부치면서 무태짐이로서의 소용이 없어질 무렵 마을 어귀 땅을 조금 내어 무를 심기 시작한 것이 지금까지 심게 된 것이다. 땅이 적었으니 무를 팔기보다는 종자를 파는 쪽으로 길을 잡았다. 벗들무가 유명해지자 여기저기에서 무씨를 찾기 시작할 무렵이었다. 차츰차츰 무씨 값이 천정부지로 오르기 시작했다. 사람들이 본격적으로 무씨를 받기 시작했다.

벗들의 무 종자 받는 법은 좀 특이하다. 아마 종자의 변형을 최대한 없애고 씨알 좋은 종자를 받기 위한 수많은 경험에서 온 방법일 것이다. 그것이 벗들무가 퇴화하지 않은 이유였다. 벗들에서는 그것을 에미묘 또는 백이종자라로 부른다.

무는 7월에 파종한다. 11월경 수확이 끝나면 구덩이에 묻어뒀다가 겨울에 판매한다. 이때 제일 실하고 좋은 것을 골라 종자용으로 쓴다. 종다리를 받기 위해 이른 봄에 종자로 남겨뒀던 무를 심는다. 그리고 삿갓 볏짚을 세워 무를 키우면 싹이 나는데, 이를 에미묘 또는 백이종자라 부른 것이다. 그다음 장다리를 세우고 꽃을 받는다. 보리 타작할 무렵인 6월경에 수확하여 2대를 만든다. 이 씨앗을 놔두었다가 이듬해 봄에 대량으로 씨앗 채집용으로 심어 3대를 만들면, 이것을 판매한다.

벗들의 종자 판매는 도매와 소매 두 갈래로 나뉜다. 도매는 수집상이 수집해 판매한다. 당시 큰 수집상이던 김덕룡이라는 분이 있었는데, 한 해에 600여 가마의 종자를 수집했다 하니 그 규모를 짐작할 수 있다. 그리고 소매는 이렇게 대규모 수집상에게 넘기고 남은 것을 인근 장에 내다 파는 것이다. 특히 소농은 주로 소매해서 이득을 더 남겼다. 우리가 만난 정규화 박사의 어머니는 주로 소매하여 자식을 뒷바라지했다고 했다. 이것은 강 선생 댁도 마찬가지였다.

그런데 1972~1973년도에 갑자기 김덕룡 씨가 수집을 멈추더니 대농을 중심으로 한두 집씩 서서히 마을에 무씨가 사라지기 시작했다. 심지 않아서가 아니라, 못 심게 해서였다. 1973년 2월에 발효한 「종묘관리법」 때문이었다. 이 「종묘관리법」은 대평리 농민들이 무씨를 생산하여 파는 것을 불법으로 규정했고, 오직 흥농종묘에서만 생산하게 했다. 흥농종묘는 종자를 생산하여 진주 대평무라는 상표를 만들어 판매했다. 정확히 말해 진주 대평무는 대전, 전주 등 흥농종묘 지사에서 육종한 무씨를 말한다. 벗들무와는 모양도, 맛도 달랐다. 벗들에서 벗들무가 사라지는 데는 얼마 걸리지 않았다. 그러자 얼마 안 가 사람들에게서도 벗들무 맛도 잃게 했다.

이 사실을 강 선생은 늦게 알았다. 다른 사람보다 적게 심어서 벗들에서는 표시가 날 정도의 양도 아니었고, 무태짐이에서 밀려나면서 무심히 농사만 지었다. 커가는 아이들 앞에서 좌고우면할 겨를이 없었다. 무 종자 파는 거야 소매로도 팔 수 있는 양이었고, 적은 양은 수집상에 주는 것보다 마을로 돌아다니며 소량을 사가는 도매상이 값을 더 쳐줬으니 그런 사정을 알 길이 없었는데, 이장이 찾아와 「종묘관리법」을 설명해주고서야 알게 됐다.

「종묘관리법」이 우스꽝스러운 족보를 만들었다. 본래 종자를 만들었던 농민들이 생산, 판매하면 불법이고, 농민이 만든 벗들 종자를 가져가 종묘사에서 육종을 해서 진주 대평무라 이름 붙이면 합법이 되었다. 게다가 남강 댐이 들어섰다. 엎친 데 덮친 격으로 벗들 마을도 없어졌다. 벗들이 없어지자 그냥 화단 삼아 놔두었다.

무태짐이 노릇은 무릎을 다쳐 더 이상 못하고, 겨우 시작한 종자 무 판매는 「종묘관리법」 때문에 못 하게 되며 강 선생은 낙심이 컸다. 찾아오던 도매상도 점점 없어지자 무밭에는 사람들 따라 고구마를 심다가 딸기로 바꿔 심었다. 문제는 딸기 농사는 5월이면 모두 끝이 나고, 가을 쌀이 나오기까지 다른 돈벌이가 필요하단 것이었다. 진주에 나가 생활했던 아이들 학비가 필요했고, 가난은 벗어나지 못했다.

그러다가 그에게 우연찮은 광경이 눈에 띈다. 그의 눈에 벗들무에 대한 향수가 있는 사람들이 종자를 구하러 다니는 모습이 들어왔다. 벗들무 맛을 아는 사람들이 알음알음 찾아왔다가 씨를 구하지 못하고 돌아가는 모습이었다.

진주 대평무를 흥농에서 육종을 했으나, 벗들무가 가지고 있는 특유의 맛을 흉내낼 수 있었다면 씨가 그렇게 퍼져 나갔는데 유독 벗들에서 나는 벗들무만이 사람들의 입맛을 사로잡았을까?

토종이란 그렇다. 지역성이 강하다. 그 지역에서 만나는 여러 기후나 토양 등 자연조건과 어우러져 특유의 맛을 내는 것이다. 진주 대평무는 육종을 통하여 보편성은 확보했을지 모르겠으나 벗들에서 나는 특수성은 잡을 수 없었다. 생각이 여기에 이르자 그는 집 앞뜰에 핀 무꽃을 물끄러미 쳐다봤다.

— 미련한 사람 같으니….

마침 농한기 때 벌이가 필요했는데, 강종석 선생은 다락을 뒤져 팔다 남은 종자를 찾아내 무를 심고, 이듬해 에미묘를 길러 장다리를 세워 꽃을 다시 올렸다. 그의 밭에는 백색의 무꽃으로 넘실거렸다. 이미 끝난 판이었지만, 강종석 선생의 벗들무는 그것이 시작이었다.

딸기 농사가 끝날 무렵 돈이 될 무씨를 수확했다. 쏠쏠했다. 그러자 사람들이 다시 따라서 심기 시작했다. 그러나 어느 해 6, 7월 장마에 널었던 씨앗이 썩어나가는 것을 보고 사람들은 다시 그만두었다. 수확한 무 씨를 10여 일 정도 말려야 했는데, 장마철 변덕스러운 날씨에 매우 번거로웠다. 결정적으로 그런 수고로움보다는 소득이 맘에 차지 않았다. 결국 지금은 그만 남았다. 다행인 것은 해마다 토종을 찾는 사람들이 꾸준히 늘어 지금까지 지킬 수 있었다고 한다.

인터뷰하는 내내 부인은 그의 옛 기억이 안쓰러운지 왜소하게 굽은 등을 연신 쓰다듬는다.

— 장하지. 이 등치 좀 보소.

부인을 닮아 자식들은 똑똑하여 사회에서 제대로 한 자리 잡고 있다지만, 그의 벗들무 심기는 좀처럼 멈출 것 같지 않았다.

집성촌에서 지켜낸 씨, 성환개구리참외

우리나라 집성촌은 대대가 15세기를 전후해서 형성된다. 조선의 대내외 정세가 불안정할 때 자신들을 보호할 대체 조직으로 집안들을 모아 안정감을 찾기 위한 목적이 컸다. 이 집성촌의 특징은 대개 유전적인 대물림을 기본으로 완벽한 상하 계급구조를 완성하여 친척끼리 협동하여 역경을 이겨내기도 하고, 집성촌 내에서는 근 인척간의 경쟁이 불필요하게 만들었다. 그들은 '우리', '우리 집안'이라는 것에 큰 자부심과 자긍심을 느꼈다. 친인척 간의 편애는 인지상정, 서로 돕고 사는 상부상조의 사회로 시너지를 가져왔다. 그러다 보니 자연히 집단은 보수적일 수밖에 없었다.

그렇다면 집성촌과 토종 씨앗은 무슨 연관이 있을까? 바로 그 보수성에 기인한다. 씨앗 수집을 하다 보면 집성촌에서 토종을 지켜온 경우를 가끔 볼 수 있다. 특히 집안과 연관이 있는 것이라면 더욱 그렇다.

무더운 여름에 성환 매주리를 찾았다. 현재 성환에서 개구리참외를 심고 있는 분이 있었다. 지승근 선생 부부다. 그는 우리를 집이 아닌 비닐하우스 농막으로 이끌었다. 그곳은 그들 부부의 반 생활공간이었다. 지승근 선생은 이 마을 토박이로 지금까지 개구리참외로 소득을 올리기 위해 끊임없이 개구리참외의 특성을 살려 농사짓고 계신 유일한 분이었다. 그분을 통해 성환참외의 내력을 찾아 들어갈 수밖에 없었다. 지 선생이 누군가를 지목하고, 또 그분은 누군가를 지목하고, 몇 번의 퇴짜, 몇 번의 거절을 거쳤다.

— 인제 와서 그게 뭐가 중한디요?

— 뭐를 믿고 뭐를 버릴 건디요?

— 씰데 없는 얘기 아니요.

— 난 아무것도 모르오!

내가 이름과 나이를 온전하게 알아낸 분은 오직 지승근 선생뿐이었다. 말해도 믿지 않을 것을 짐작하고 있었고, 말해봐야 알아주지도 않을 것이고, 듣고 보면 모든 것이 부질없을 것이라는 얘기였다. 토종 씨앗 이야기를 들으려고 만주에서 제주도까지 다녀봤지만, 이곳처럼 거절당한 곳도 없었고, 이곳처럼 포기하지 않은 곳도 없었다.

정설이라고 보기에는 그 논거가 약간 부족하지만, 성환에 개구리참외가 들어온 것은 아마 1880년대 중국의 하마스라는 참외가 평택항을 통해 들어왔다는 설과 1930년대 일제의 조선의 토지농산조사 보고서에 의하면 일본인들의 교배종이라는 설 등이 있으나 전자가 사진을 비교하며 설명한 것으로 보아 훨씬 설득력이 있어 보인다.

그리고 이것 또한 정설이 아닐지 모르지만, 지금까지 성환에서 개구리참외가 이어져 오고, 한때 개구리참외의 주산지 중 하나였던 매주리에 개구리참외를 처음 들여왔던 사람은 정○영 옹이었던 것으로 보인다. 많은 사람을 거쳐 인터뷰하면서 직계 집안 중 한 분이 어렵게 그 말씀을 전했다. 그분 말씀을 토대로 작성하면 이렇다.

매주리의 개구리참외를 설명하려면 정관용 옹을 빼놓을 수는 없다. 정관용 옹은 청주 정씨 중의 한 분이다. 쭉 매주리에서 자리 잡고 살아온 집안이었다. 매주리는 오래된 청주 정씨의 집성촌이다. 청주 정씨가 이 마을로 입향하여 집성촌을 이루게 된 때가 조선 후기 1800년대다.

정관용 옹의 할아버지인 정○영 옹이 이 마을에 살피듬이 좋은 개구리 참외를 들여온 것은 아마 1880년대쯤이었을 것으로 보인다. 들여온 경로나 이유는 확실하지는 않으나, 아마 중국의 하마스라는 참외가 당시 평택항을 통해 들어와 심기 시작하면서 1번 국도를 통해 아랫지방으로 조금씩 퍼져갈 무렵 밖의 일을 보러 자주 나가던 정○영 옹은 맛도 좋고 향도 좋은, 더구나 육질도 풍부한 참외를 보고 집안들의 식용을 위해 들여왔을 것으로 보인다. 모든 과일이 귀한 때였으니 집안의 보배나 다름없었고, 그 자부심도 대단했으리라 보인다. 다른 지방으로 퍼져나간 하마스 참외는 현지 토양이나 기후에 적응하지 못하고 퇴락했으나 유독 매주리에 들어온 참외만이 집안의 보호 아래 잘 자라 보배가 되었다.

그 후 참외는 점차 집안을 넘어 마을로 퍼졌고, 이내 이웃 마을로까지 퍼져나갔다. 식재 마을도 늘어가고, 특히 성환의 토질과 궁합이 잘 맞아 품질이 뛰어난 성환참외가 전국적으로 알려지기 시작하면서 1대 부흥기를 맞게 된다. 1920년대 경이다. 집안뿐 아니라 마을을 먹여 살렸다. 이때 이름을 얻은 것이 바로 성환개구리참외다. 당연히 모양을 본떠 이름 지었다. 색깔도 그렇고 생김새도 등허리가 울퉁불퉁한 것이 영락없는 개구리 모양이다. 언뜻 넝쿨에 가려지면 개구리로 착각하기 일쑤다.

아마 외국에서 처음 들여와서 그 이름을 얻는 데는 꽤 많은 시간이 걸렸을 것이다. 작물이 외지로부터 들어와 이름을 얻으려면 우선 그 지역의 문화와 동화되어야 한다. 많은 사람이 맛이나 재배에 동의 해야 하고 우리 것이라는 확신이 들어야 이름을 붙이게 된다. 개구리 참외는 들여온 지 얼마 되지 않아 맛도 맛이려니와 찾는 사람들이 많 아 그 확산이 놀라웠고, 이에 그 참외를 성환참외 또는 개구리참외라 부르고 누구는 성환개구리참외라 부르기 시작했다. 그렇게 하마스 에서 개구리참외라는 토종 이름이 붙고, 성환이라는 지명을 앞세우 면서 지역 토종으로 자리 잡게 된다. 이런 개구리참외의 첫 번성기는 1930년대까지 이어진다.

이 마을은 1번 국도와 접해있었는데, 도로 주변에 원두막을 짓고 판매했다. 참외도 참외였지만, 신작로 양쪽으로 들어선 그 원두막이 참으로 볼만했다고 한다. 장관이었다고 한다. 나중에 다시 한번 개구 리참외 전성기가 돌아올 때, 마을에서는 원두막을 재현하려 했지만 그때만은 못했다고 이구동성으로 얘기한다.

원두막은 각자 고안해낸 디자인으로 독창성이 발휘됐다. 워낙 많 으니 한 번이라도 눈에 더 띄려면 하는 수 없었다. 평범하면 그날 떨 이까지 감수하며 제일 늦게 집에 돌아가야 했다. 옆 사람이 평지붕을 하면 둥근 지붕으로 맞섰고, 재질도 밀 댓 짚에서 보릿짚, 볏짚까지 각양각색이었다. 옆 사람이 늘어놓고 팔면 기계체조 하듯이 아슬아 슬하게 쌓아놓고 팔았다. 대신 엄격한 것은 가격이었다. 미리 마을 내 규로 정해놓은 크기에 따라 맞춰놓았다. 이것만 빼면 파는 것은 수완 이었다. 매일 장이 섰다. 각자가 숱하게 맛에 대해 홍보했지만, 맛 차 이는 없었다. 가끔 소리 큰 게 맛을 좌우하긴 했지만, 대세를 좌우하진 못했다.

　이러한 장관이 끝나면 여름도 끝나 가을로 이어졌고, 마을에서는 마을 잔치로 이어졌다. 술과 떡, 노래. 모든 게 풍성했지만, 참외만큼은 시든 넝쿨에서 따온 설익어 쭈글쭈글한 개구리참외가 그들 잔칫상에 올랐다. 누가 더 쭈글쭈글한 것을 가지고 나오냐가 그해 농사를 판가름했다. 이 모습을 보며 모두 웃었다.

　이 부흥기가 해방 후까지 이어져 오다가 1960년대에 이르러 '나이론 참외'인—껍질이 나일론처럼 매끈해서 붙여진 이름인데, 개구리참외의 껍질과 비교해보면 그 이름의 유래가 이해가 간다—'춘향'이라는 단맛이 강한 육종 참외가 나오면서 시들해지기 시작했다. 그 뒤 은천 등 노랑 참외가 나오면서, 참외는 노랗다는 이미지를 강하게 심기면서 성환개구리참외는 급격하게 쇠퇴기를 맞이한다. 마을에서도 한 집 두 집 참외를 심지 않게 되고 다른 소득 작물에 매달리면서 참외는 더 따뜻한 지방으로 내려가 단맛이 한층 강해졌고, 성환개구리참외의 명성은 없어지게 된다. 급기야는 마을에서 개구리참외를 버렸다.

　거의 80여 년은 마을을 지켜온 참외였지만, 없어지는 것은 순식간이었다. 그렇다고 집안에서조차 버릴 수는 없었다.

　— 억울하지. 억울하지 않겠나? 동네를 먹여 살린 게 얼만데?

　그 억울함에 손자인 정관용 옹이 겨우 한두 포기 심었다. 그는 이 참외가 자기 조상이 마을로 들어와 한때 마을의 소득 작물이 되었다는 자부심이 강했다. 어쩌면 집안 어르신의 유지를 받드는 것이 도리라고 생각했을지도 모른다. 유달리 개구리참외에 대한 애정이 강했다. 집착이라고 할 정도로 종자를 보관했고, 해마다 텃밭의 한구석을 개구리참외로 채웠다.

그러다가 나이론 참외가 들어오면서 교잡이 염려되어 아예 격리를 해버렸다. 그게 개구리참외가 텃밭에서 집안으로 들어온 계기였다. 다시 정씨 집안의 참외가 됐다. 이렇게까지 하는 모습은 자손들에게 강렬하게 각인됐으니 인터뷰를 요청할 때마다 퇴짜와 거절을 되풀이한 이유이기도 했다.

마을 사람들도 가끔 옛 명성이 그립거나 그 맛이 그리울 때는 한두 포기 얻어 심어 먹으며 추억을 되새기곤 했지만, 곧 잊었다. 그래서 모두 개구리참외가 없어졌다고 생각했다.

그렇게 20여 년이 지났다. 1980년대가 다가오자 마을 사람들은 그 그리움에 지치기 시작했다. 사무치기 시작했다. 한쪽에서는 명성이 그리웠고, 한쪽에서는 막연한 그리움을 느꼈다. 1980년대 초였다.

이때 나선 분들이 바로 지금까지 성환에서 개구리참외를 심어오고 있는 지승근 선생을 비롯한 새마을 지도자 정재택, 오중경 씨 등 원예작목반이었다. 시설 하우스의 여름 비수기 소득 작물의 개발이라는 명분이었지만, 기실 그들이 노린 것은 바로 마을 공동체의 복원이었다.

1980년대에 들어 급격하게 무너지는 농촌과 소멸하는 농촌 문화를 바로 지키자는 게 그들의 속내였다. 개구리참외는 마을 문화의 중심이었고, 마을 음식의 중심이었다. 마을의 놀이는 흥에 겨웠고, 두레를 잇는 품앗이를 되살아나게 하자는 게 그들의 목적이었다. 15~16가구가 모였다. 이때 정관용 옹이 기꺼이 다시 종자를 내주었다. 그동안 20여 년 동안 홀로 지켜온 보람이 있었다. 그는 다시 매주리의 부흥을 꿈꿨다. 개구리참외의 부흥은 그 집안에 대한 염치요, 체면이라 생각했던 분이었기에 가능한 일이었다.

다시 개구리참외로부터 마을의 부흥이 시작됐다. 돈과 활기가 넘쳐났다. 전국에서 참외를 가지러 오는 차들이 줄이 섰고, 원두막은 훨씬 세련되게 지어졌다. 아낙과 아이들은 원두막을 짓고 참외를 팔기 위해 1번 국도로 나갔다. 다시 1번 국도 양쪽에 원두막이 하나둘 세워지면서 진풍경이 벌어졌다. 마을 문화도 바뀌었다. 한쪽에서는 전통을 이었고, 한쪽에선 현대적 감각을 도입하여 콩쿠르 대회를 열며 마을 사람들의 사기를 진작시켰다. 이때는 얼마나 고마웠던지 제사상에도 개구리참외가 올라갔다.

그것도 잠시, 이번에는 금싸라기 참외에 밀렸다. 종자 이름도 이름이거니와 색깔, 맛, 모양, 모든 것이 변해버린 사람들의 취향을 따라갈 수 없었다. 울퉁불퉁한 모양, 식감을 떨어트리는 색, 특히 당도라는 '부룩스' 개념이 과일에 도입되기 시작하면서 견딜 수가 없었다. 그사이 도매상들은 사람들의 입맛과 선별 기준을 바꿔놓았다. 1번가의 원두막은 하나둘 없어지고, 씨앗은 유전자원 센터의 냉동고에 갇혀버렸다.

그러나 이번에는 정관용 옹 같은 분이 계시지 않았다. 자제분은 일찍 죽어 그 뜻을 이어받지 못했고, 손자들은 대처로 나가 땅과는 멀어지며 집성촌의 의미도 점점 쇠퇴해가고 있었으니 함께 지킬 씨도 없어지게 된 것이다. 그 후 지승근 선생이 기술 센터를 통해 종자를 분양받아 지금에 이르고 있다.

설렘이 세 번이면 그것은 사랑이 된다,
이육사고추

첫 번째 설렘, 이육사란 이름 그 자체에 대하여. 이육사고추가 내게 다가온 설렘을 느낀 건 토종 씨앗 박물관 설립을 마치고 미처 수집하지 못한 씨앗을 추가 수집할 때였다. 마침 여러 가지 고추씨를 기부받아 씨앗을 정리하다가 우연히 발견한 고추가 바로 이육사고추였다. 이육사? 그런 고추가 있어? 순간 얼마나 설레던지…. 나는 이육사고추 씨를 처음 만났을 때 어쩌면 당연히 시인 이육사를 생각했다.

이육사! 이름만 들어도 설레는 이름이 아니던가? 그와 시대를 함께하지는 못했지만, 그의 삶을 통해 우러러봄이 온통으로 한꺼번에 밀려왔던 이름이 바로 이육사였다. 이육사고추의 이름으로 인한 설레는 경험이 결코 나에게만 있었던 충격은 아니었을 것으로 생각한다.

내가 알고 있는 이육사란 이름은 시인 이육사가 유일했다. 그리고 그 이름을 듣자마자 참으로 아전인수 격으로 시인 이육사와 연관지어 생각하기 시작했다. 혹시 그분이 가지고 있던 고추는 아니었을까? 아니면 그 동네에서 찾아낸 토종일까? 그것도 아니면 일제가 고춧가루 고문할 때 쓰인 고추인가? 어쨌든 나는 시인 이육사와 연관됐을 것이란 것에 어떤 의심도 하지 않았다. 그렇지 않고서야 이육사란 이름이 흔한 이름이 아닐진대 그런 이름을 지을 리 없지 않은가? 그러니 나의 상상을 탓하지 않았으면 좋겠다. 나의 이런 섣부른 판단이 굳어지기도 전에 두 번째 설렘이 다가왔다.

두 번째 설렘, 2640번과 수인번호의 데자뷔. 씨앗에 대한 전문 상식이 없이 시작한 박물관 설립, 이 부분에 있어서는 기회가 있으면 씨앗 보존 운동을 오래전부터 해오신 안완식 박사를 비롯한 선배들에게 사과하려고 했으니 이 자리를 빌려서 해야겠다. 내가 씨앗 박물관을 설립하고자 할 때는 사실 토종 씨앗 자원 보존에 대한 소명감보다는 씨앗 유물 보존의 관점에서 시작한 것이었다. 박물관이란 정체성의 관점에서 시작하다 보니 선배들에게 여러 가지 사과할 일이 생겼다. 그중 특히 덜컥 박물관을 설립하고 대표성은 갖췄는데, 씨앗에 대한 전문지식 미달이 가장 죄송했다. 이육사고추도 그 가운데 하나다.

두 번째 설렘은 첫 번째 설렘이 있고 한참 후 이육사가 2640이란 농촌진흥청 고정 종 넘버라는 것을 들었을 때였다. 물론 내 무식한 씨앗 상식에 대한 탄로이기도 했지만, 그 부끄러움보다는 설렘이 앞섰다. 2640이란 넘버를 가진 씨앗을 그렇다면 이육사라고 부른 사람들은 또 누구인가? 시인 이육사가 독립운동을 하다가 감옥에 갇히고 받은 수인번호 264번을 독립운동에 대한 떳떳함과 자신감으로 자신의 호로 지었다는 것은 세상이 다 아는 사실이다. 그 당당함과 대견함처럼 씨앗에 이름을 붙이는 데 머뭇거림 없었던 사람들이 자신들이 씨앗 독립운동을 하고 있다는 것을 알고나 있었는지 모르겠다. 한때 토종 운동을 하는 사람들을 가리켜 씨앗 독립운동가라 부른 적이 있다. 그 우연에 또 한 번 설렘을 느꼈다.

세 번째 설렘, 이육사고추가 지금도 그곳에 남아있다니…. 세 번째 설렘은 아직 이육사고추가 남아있다는 소식을 접했을 때다. 충북 산외에서 아직도 이어오고 있는 사람이 있다는 소식에 심쿵! 무작정 답사길에 올랐다. 박물관은 현재 농촌진흥청 고정 종인 2640고추와 산외에서 심던 이육사고추를 모두 가지고 있다. 그렇다면 고정 종 이육사고추와 산외 이육사고추가 차이가 있단 말인가? 물론 그렇다. 그 차이가 바로 토종의 정체성이기도 하다.

우리가 산외에 도착한 것은 2022년 정월 초나흘이었으니 설 연휴 끝이었다. 조금 있으면 고추 파종 준비를 할 시기이기도 했지만, 맘이 급해 빨리 만나보고 싶었던 것도 사실이었다.

점심이 지나서야 산외면 산대리에 도착했다. 마을은 길고 좁았다. 농토라고는 산을 살짝 늘려놓은 좁고 짧게 내려앉은 산허리뿐이었다. 이 산허리에 좁은 곳은 집이 들어섰고, 조금이라도 넓은 곳은 농토를 만들었다. 그나마 냇가를 중심으로 깊은 산골짜기에서 내려오는 여울로 생긴 퇴적물이 만든 논이 겨우 쌀을 공급하는 삿갓배미가 전부인 마을이었다. 이 길을 몇 번 왔다 갔다 하면서 겨우 마을 사람을 만나 고추 이야기를 들었다.

— 벌써 원재 쩍 얘긴디….

지금에 와서야 찾느냐는 것이다. 고개를 절레절레 내돌리고 휑하니 돌아섰다. 하지 못한 말이나 있다는 듯이 뒤돌아보더니 그러잖아도 속상한 사람에게 한마디 보탠다.

— 지금 누가 그런 걸 심누. 장에 나가면 천지가 좋은 씨가 널렸는디. 종 잣값이 아까울 때 얘기여!

또 저만치 가더니 도와준답시고 돌아와 한마디 더 한다.

— 지금은 고춘 안 심어. 사과로 배꼈어!"

194

이 마을은 문화 유 씨의 집성촌이었다. 집성촌이 씨앗에 미치는 영향은 매우 긍정적이다. 좋은 씨는 나누고, 더 좋은 씨를 만들기 위해 서로 교환하거나 농가 육종에 대한 정보를 공유한다. 집안이라는 특별한 유대감이 있기 때문이다. 이육사고추도 마찬가지였다. 그러나 지금 마을에서는 집성촌도 무너졌고, 아무도 고추를 심고 있지 않았다. 먹으려고 심는 분들이 가끔 있었지만, 그마저도 거의 없어졌고, 지금은 모두 장에서 모종을 사다 심고 있다 했다.

잘못 전해진 소식을 듣고 설레는 마음으로 찾아온 나로서는 실망이 컸다. 밭에까지 찾아가 이육사고추 농가 육종에 자긍심을 가졌다는 유 선생도 만났다. 그분도 마찬가지였다. 지금은 사과 농사를 짓고 있었다.

— 그려? 누가 가지고 있댜? 몰르겄디. 있다면 저쪽 초입에 사는 아재 아닐라나?

사실 이 마지막 말을 듣지 못했다면 포기하고 그냥 돌아섰을지도 모른다. 세 분을 만났는데 모두 같은 답이었고, 한 분만이 우릴 그곳에 한동안 머물게 했다.

그러던 중 간신히 마을 분의 추측 속에 있는 유 선생의 아재 유 선생을 만날 수 있었다. 출타했다 돌아오는 길이었는지 한참 문을 두드리는데, 강아지들이 먼저 와서 꼬리를 내둘렀다. 강아지들도 주인을 닮아 매우 친절했다. 뒷문으로 우리를 인도했고 뒤이어 유 선생이 우리를 발견했다.

나이 들어 늦게 기독교로 귀의한 탓에 한참 동안 간증을 듣고 나서야 고추에 대한 인터뷰가 시작됐다.

2640고추가 산대로 들어온 과정은 분명하지 않다. 처음 도입한 유 선생도 이웃 마을 모 씨가 소개해줘 도입했다고 한다. 처음 산대에 들어온 이육사고추는 대과종이었다. 아마 농촌진흥청 고정 종일 가능성이 높다. 이런 2640고추가 지역 종으로 되기까지는 험난한 길(?)을 걷게 된다.

이렇게 지인의 우연한 추천으로 산대로 들어오는데, 이것은 아주 운이 좋은 예다. 왜냐하면 이 고추가 문화 유 씨들이 사는 집성촌으로 들어왔기 때문이다. 그것도 부지런한 유 선생에게 왔다는 것은 더 행운이었다.

그는 매우 가난했다. 그러나 그는 매우 성실했고, 농사 아니면 살길이 없던 사람이어서 꾸준한 노력만이 소득을 올릴 수 있다는 신념이 강한 사람이었다. 그들이 얼마나 돈에 목말랐는지를 인터뷰한 당시 상황을 보면 알 수 있다.

— 내가 집을 나간 이유도 배가 고파서 나갔고, 내가 다시 집으로 들어온 이유도 바로 배가 고파서였어. 그러니 맨날 술이었지. 술 지랄이라도 해야 다음 날을 견뎠어. 그러다가 늦장가 가고 나서는 마누라한테 화풀이했지. 아니 마누라가 내가 가난한 데 보태준 게 있어? 빼간 게 있어? 지랄이지. 술 깨면 맨날 선돈 갚다가 판 났지.

조선에서 신분제가 해체된 후, 일제 강점기를 지나면서 경제의 재분배가 제대로 이뤄지지 않은 채 그대로 세습되었다. 이때 가난한 사람들이 겨울을 날 돈이 없어 명년에 그 집에서 일하겠노라 약속하고 미리 돈을 받은 게 일종의 노동 고리대금 개념의 선돈이다. 선돈이 얼마나 무서우냐 하면, 돈을 대준 집에서 언제, 어떻게 부르든지 일을 해줘야 했고, 그 품값도 대충 알아서 쳐줬다. 머슴이면 일 년 내내 새 경이라도 받으며 쉬는 날이라도 있지, 이것은 하루 일당으로 그 집의 일 머슴이나 다름없었다.

— 그러는 상황에 담배가 들어온 겨. 생각혀봐. 이 좁은 땅에서 돈이 되는 게 있다는 게 어떤 기분인지. 환장했지. 일 년 농사 잘 지면 선돈을 쓰지 않아도 겨울을 날 수 있능 겨. 그러다가 담배보다 더 좋은 돈을 벌 수 있는 게 고추라는 거지. 고추를 심으면 선돈을 안 쓰는 것이 아니라 돈을 모을 수 있다잖아. 처음에는 무조건 고추라면 다 심었어. 그게 진짜 재래종이지. 이때 이육사공 고추가 내 손에 들어온 겨. 누군지는 확실하지는 않아. 나는 건달 비스무리한 그놈한테 받았응께.

고추가 아주 크고 수량이 많았다. 2640고추였다. 그는 이것을 성실한 조카에게 맨 먼저 알렸다. 돈을 벌 수 있는 고추니 다른 누구보다 조카에게 알려 함께 가난에서 벗어나는 게 맞는 일이었다.

이 고추가 산대에서 몇 년에 걸쳐 그들의 손을 거치면서 말리기 쉽고 수량이 많은 품종으로 자연 육종이 되었고, 식재가 일반화되면서 그들은 이 고추를 이육사고추라 이름 붙여 불렀다. 그러니까 처음 들어온 대과 종 2640고추와는 다른 고추가 탄생한 것이다.

실제 2640고추의 첫 출현은 1953년으로 거슬러 올라간다. 1953년 재래종에서 계통 분리하여 육성한 고추가 2640으로 진흥청의 고정 종 넘버가 붙여진 것이다. 그 뒤 1968년에 이르러 우량종으로 육성되어 농가에 보급하기에 이른다.

그러나 이 2640고추는 농가에 보급되면서 자연 교배되었고, 농가의 필요에 따라 선발 고정되었다. 그렇게 전혀 다른 고추로 발전되어왔다. 처음 이 마을에 2640고추가 들어올 때는 청룡초가 함께 들어온 것으로 추측된다. 그 고추가 산대로 들어오면서 마을 환경과 맞아떨어졌다. 여기에 좋은 고추를 생산하고자 하는 농가 육종가들의 노력이 보태지면서 2640고추와는 전혀 다른 이육사고추가 탄생한 것이다.

본래 2640고추는 신미가 약하나 숙기가 빠르고 맵지 않은 풋고추용으로 선발된 재래종이었다. 과형은 크고 과피가 두꺼워 건 고추로 말리는 데는 한계가 있어 사람들이 기피하는 고추였다. 이에 사람들은 숙기가 빠른 본래의 2640고추를 조금씩 건초용으로 변형하기 시작했다. 건 고추를 선호한 이유는 고춧값이 크게 오르면서 소득에 영향을 미쳤기 때문이었다. 사람들은 마르고, 매운 고추를 선발하고자했다. 마침 이 마을은 그때까지 담배가 주 소득원이어서 마을 사람 대부분이 담배 건조장을 가지고 있었다. 담배 건조장을 이용하여 고추를 말리게 되니 고춧가루를 내는 상인들에게는 최상의 상품이 되었다. 이로써 고추가 소득 작물로 부상하게 되는데, 이때 또 한 가지 선한 영향력을 발휘하는 것이 집성촌의 특성이었다.

이때부터 본격적으로 자신들의 환경과 소득을 올릴 수 있는 조건을 가진 고추를 얻기 위해 조카 삼촌 간에 농가 육종에 들어간다. 이때 개입한 고추가 바로 청룡 고추다. 이런 과정을 거치면서 크기가 가지만 하고 착과성이 떨어졌던 2640고추는 점차 크기는 적당히 작아지고 착과성이 좋아져 '이육사고추'로 재탄생하게 된다.

이 작업은 약 30여 년에 걸쳐 이뤄진다. 그러나 아이러니하게도 이러한 소득을 좇는 아주 외진 산골 마을의 소득 주도성의 작목 바꾸기는 여전히 진행 중이며, 그 과정에서 주 소득 작물이 사과로 바뀌면서 이육사고추도 자연스럽게 사라지게 되었다.

이제 그곳에는 이육사고추가 없지만, 아직도 그는 이육사고추를 이야기하면 마치 영웅담을 이야기하듯 신이 나고 생기가 돈다. 혼자 사는 집에 그의 영웅담만 남아 마을 사람들의 입에 오르내린다.

— 고추로 먹고살 만하게 된 겨!

후일담이지만, 이 청룡 고추는 산대에서 고정된 이육사고추와 만나 또다시 몽탁 고추를 탄생시킨다.

그러니까 청룡초와 이육사, 몽탁 고추는 형제지간이랄까? 이 삼형제 고추는 신품종의 육성과 함께 사라지게 되는데 결정적인 원인은 탄저병이었다. 고추 재배 면적이 작을 때는 탄저병이 심하지 않았지만, 그 면적이 늘면 늘수록 탄저병이 성하기 시작했다. 이 세 고추는 유독 탄저병에 약했는데, 하필 고추 수확이 한창일 때 탄저병이 걸려 농사를 버리게 되었다.

그래도 그가 마지막까지 이육사고추를 놓지 못한 이유는 풋고추 맛이 일품이기 때문이다. 그것은 본디 풋고추용으로 고정된 고추의 목적으로 돌아가고 있었다. 어쩌면 이육사고추의 시작은 인간이 돈을 따라 풋고추용을 건고추용으로 바꾸면서 생긴 사건으로 다시 2640고추로 돌아가는 것이 맞을지도 모른다.

— 누가 뭐래도 우리는 그 고추로 먹고살게 된 겨! 그 중심에 이육사가 있구. 오디 한번 볼 참이여?

그는 배배 꼬인 고추 꼬투리 한 개를 성경 책장에서 꺼내더니 흐린 불빛이 퍼져있는 형광 등불 아래 비춰본다. 그가 흔들자 달그락거리며 씨가 한쪽으로 몰리고 그의 청춘이 기운 노쇠한 찡그린 눈도 한쪽으로 쏠리기 시작했다.

― 박물관 한댔지? 가져가!

말은 안 했지만, '이건 내 청춘을 주는 거니께. 워디 박물관에 내 청춘도 보관해둬 봐'라는 듯이 이육사고추를 내밀었다. 그리고 마지막 설렘을 고추를 받는 내 손의 떨림으로 느낄 수 있었다.

지독한 농사꾼을 만나
정체성을 바꿔버린 매꼬지상추

상추, 남아있는 나의 상추에 대한 기억은 어릴 때뿐이었고, 그것도 대부분 여름이다. 특히 늦장마 철의 그 기억은 더욱 특별하다. 엄니는 여름철에 반찬 없는 밥상을 푸짐하게 하는 법을 알고 계셨다. 밥상 위에는 커다란 사기그릇에 보리밥 한 그릇과 담근 지 얼마 되지 않은 막장에 고추장을 섞어 만든 느적거리는 양념장, 그리고 소쿠리에 가득한 상추쌈이 전부였지만, 매우 푸짐했다. 막 씻은 상추에는 물기가 자르르 윤기가 흐르고 상추 꽁다리에는 흰 진물이 쑥 튀어나왔다. 우리는 이 물기가 가득한 상추를 한 개 들고 한지를 바른 방문에 휘익 뿌린다. 그러면 마치 비 오듯이 후드득 하며 소리가 요란하게 난다. 비로소 이 소리를 들으면 먹기도 전에 입안에 침이 고인다. 이렇게 소리까지 한몫하는 게 상추다. 먼저 침을 꿀떡 삼키고는 막장을 한 숟가락 떠올리고 보리밥을 더 크게 올려 입안 가득히 집어넣어 우적우적 씹으면 쌉쌀한 고소함이 퍼지고, 나는 비로소 여름이 가는가 보다 실감한다. 이것이 상추에 대한 나의 추억이다. 긴 장마에도 살아남은 상추가 있던 어느 해 여름에 말이다.

상추는 여름 장마를 견디기 무척 힘들다. 아무래도 잎이 연한 데다가, 특히 습기에 약해 쉽게 썩는다. 대부분의 상추는 장마가 끝나면 썩어서 까만 흔적만 줄기를 감고 있다. 그런데 여름 장마에도 썩지 않고 가을 추대가 강한 상추가 있었다. 바로 매꼬지상추다. '있었다'라고 한 것은 지금은 없어졌다는 것이다.

상추의 육종이 본격화된 1990년대 이전까지 상추는 다른 품종에 비해 육종이 진행되지 않아 그나마 지방 재래종이 곳곳에서 면면히 이어져 오고 있었다. 안동 꽃상추가 그랬고, 은평 오그리기 상추, 개성 꽃상추 등이 그랬다. 특히 논산의 매꼬지상추는 농가와 상인, 소비자가 모두 선호해 그 이름을 날렸다. 그러나 이런 지방 재래종 상추들은 육종이 본격화되면서 그 유명세만 남기고 점차 사라지기 시작했다. 매꼬지상추도 마찬가지였지만, 매꼬지상추는 좀 다른 경로를 겪는다. 그나마 제일 오랫동안 농가의 사랑을 받으며 심겨온 것이 매꼬지상추였다.

상추씨는 남아있으려니 생각도 하지 않았다. 다만 없어진 것이 안타까워 얘기라도 듣자고 찾은 논산 매화마을, 그래서 겨울이 다 갈 무렵 마을을 찾았다.

마침 마을회관에는 어른들이 많이 나와 계셨다. 언제부터인가 수집을 나갈 때마다 마을에 들어서면 마을회관을 찾는다. 이상한 것이 농가를 찾거나 지나는 농민에게 씨앗 수집하러 나왔다고 하면 왠지 모를 경계가 사뭇 느껴지는데, 마을회관에 가면 아주 너그러워진다. 그곳엔 수십 년을 함께 살아온 마실 집단의 뒷배가 있어서일까. 뒷배를 가진 자의 너그러움과 관대함을 느낄 수 있는 곳이 마을회관이다.

— 매꼬지상추 찾으러 와쓔.

말끝이 이어지기도 전에 고스톱판에서 한 분이 벌떡 일어난다. 충청도에서는 충청도 말이 친교를 늘릴 수 있다. 믿음은 사투리가 찐할수록 더 커진다. 첫 만남의 몇 단계는 건너뛸 수 있다.

— 어, 지대로 찾았구먼. 잘 왔네. 그랴, 뭘 알고 싶은디?

우선 각종 매체나 연구자들에게 인터뷰를 통해서 매꼬지상추에 대한 정보를 알려준 분들의 생존 소식을 물었다. 워낙 오래됐기 때문이었다. 다행히 대부분 살아 계셨다. 그런데 뜻밖의 답이 돌아왔다. 그분들을 찾아 인터뷰하겠다는 내 의도와는 전혀 다른 방향의 대답이었다.

— 어, 거기 갈 것 읍슈. 이 양반이 다 아릉께.

그분은 기세가 당당하고 떳떳해 보였고, 마을 사람들도 모두 동의하고 있었다. 그렇게 해서 뽑혀 나오신 분이 바로 매꼬지상추라는 이름을 명명하고, 상품화에 앞장섰던 당시 작목반장이었다. 지금도 이장을 보고 계신 김재금 선생이다.

매꼬지상추가 마을에 들어온 과정은 이 동네 사는 이필재 씨의 어머니가 70~80년 전 시집간 따님네 동네에서 들여오면서 시작되었다고 알려져 있었다.

— 뭔 소리여? 장난하나? 그건 첨 듣는 얘긴디. 생각혀 봐. 그렇다면 매꼬지상추가 왜 매꼬지상추것어? 그 동네 상추지. 매꼬지는 여기가 유일햐.

— 그건 그 사람 얘기고….

— 맞어. 그 얘긴 이장 얘기가 맞네.

내가 알고 간 사실을 아무도 인정하지 않았다. 내가 생각을 바꿀까 봐 이장님이 숨 가쁘게 얘기를 이어갔다.

— 모르는 소리여. 첨부터 매꼬지가 들어왔것어? 그건 우리가 맹근 거여. 우리 집에서 좋은 거 골라 심다가 남을 주고, 남이 좋은 것을 골라

심다가 우리 주고…. 그러다 보니 왔다 갔다 좋은 것만 남은 겨. 지가 들여왔다는 건 다 쓰잘데기없는 얘기여. 그래서 억울한 거지. 우리가 맹근 걸 뺏겨버렸으니. 하긴 우리가 버린 거지만….

사실 그 날 처음부터 회관에서 이구동성으로 터져 나온 말들은 안타까움과 억울함을 호소하는 소리와 제 발등을 찍었다는 자조 섞인 소리였다. 그 이야기는 뒤에 하기로 하고, 누군가 한 소리 한다. 그 말이 모두를 진정시켰다.

― 그려도 그건 선물 아니었남? 안 그려?

선물, 그럴지도 모른다.

여름만 되면 농가와 상추의 전쟁이 벌어진다. 이 약한 상추 따위가 인간과 전쟁이라니! 언뜻 생각하면 식물과 농가는 공생관계 같지만, 조금만 더 들여다보면 그 둘은 서로 다른 목적을 가지고 있다. 서로 단번에 꺾어보리라 맘먹는다지만, 만만치 않다는 걸 한 해만 지나면 알 수 있다.

상추의 입장에서는 빨리 꽃을 피워 열매를 맺는 것이 우선이고 그들의 세계에선 장마가 오기 전에 이를 예측하고 고동을 빨리 올리는 것이 우수종이다. 그러나 농가의 입장에서는 고동은 나오지 않고 가급적 늦게 꽃을 피워 잎을 따 먹을 게 많을수록 좋다. 그렇다 보니 상추는 꽃을 빨리 피우려고 발버둥 친다. 기회만 닿으면 대공을 내밀고 꽃봉오리를 만들어버린다. 반면에 농가는 농가대로 가급적 꽃이 늦게 피게끔 온갖 방법을 동원하며 안간힘을 쓴다. 차광막도 치고, 온도를 낮추는 등 별의별 일을 다 하지만, 그 전쟁의 승리자는 늘 상추다. 그럴 수밖에 없는 것이 인간이 자연을 지배한다는 둥, 자연을 정복한다는 둥 떠벌리지만, 자연에 승리한 적은 한 번도 없기 때문이다.

그렇다고 인간이 포기를 한다? 인간의 식욕에 대한 인내심은 참으로 대단하다. 결국 농가가 꾀라고 내놓은 것이 일찍 고동을 내미는 놈은 아예 싹을 잘라버리고 식물 입장에서는 무녀리 종자인 늦게 피는 놈만 우대하며 씨앗을 받는 것이다. 그렇게 수백 년 아니 수천 년을 이어왔을지도 모른다. 인간이 상추 하나 이기기 위해 수천 년이나 걸렸다. 뜨거운 여름에 상추 맛이 제일이라는 것을 안 인간의 기대는 결국 우수 종을 이어가려던 식물의 기대와 목표를 무너트리고 새로운 종을 찾았다면서 환호성을 지른다. 참으로 지루한 승리다. 결국 상추의 입장에서 보면 우수 종은 사라지고, 인간이 우대한 무녀리가 우세 종이 되어 농가를 만족시킨다.

그러나 어쨌든 식물도 종자를 번식시킨 것이니 무리하지 않고 대세를 따를 수밖에. 이것이 매꼬지상추가 재래 고정 종이 된 과정이다. 매꼬지상추 연구자들에 의하면 매꼬지상추가 농가 육종되기 시작한 것은 외래 상추가 도입되기 시작한 1900년대 이전부터라고 한다. 매꼬지상추의 육종은 그렇게 선물처럼 그들에게 왔다. 이때까지는 선물이었다. 그렇다면 결국은 누구의 승리였을까? 결론적으로 모두 패자가 됐다.

그러다가 매화마을 상추가 처음으로 세상 밖으로 나간 것은 1970년대 말 즈음이었다. 첫 선물의 시작이었다. 아마 변이종이 고정 종으로 바뀌고도 70~80년은 된 듯싶다. 그리고 보면 첫 인터뷰한 사실에 신빙성도 간다.

김 선생이 논산으로 경운기를 끌고 두어 시간 걸려 장거리를 싣고 나갈 때 그 속에 상추도 있었다. 그해는 상추 풍년이라 먹고 남은 것이 유독 많았다. 그는 그때를 이렇게 기억한다.

　— 새벽이면 마누라를 뒤에 태우고 나갔지. 처음에는 다른 장짐에 섞어 나갔는데, 사 먹었던 사람들이 요 상추만 찾는 겨. 요게 시작이었지. 요 상추가 쌉쌀한 게 예전에 먹어봤던 상추 맛을 기억하는 사람들은 요게 딱 그 맛이거든. 찐 맛이지. 그러니께 자꾸 찾는 사람들이 많아져 결국 우리 장짐의 전부가 상추 아닌가베.

　김 선생 말대로 매화마을 상추는 생각지 않게 제법 쏠쏠하게 잘 팔렸다. 맛이 있다는 소문이 나기 시작하면서 일명 떼서 되파는 장돌뱅이 아주머니들 속에서 제법 인기도 좋았다. 여름 장마가 깊은 데도 그의 경운기에는 항상 상추가 실려 나왔다. 장돌뱅이 아주머니들은 서로 상추를 받기 위해 경쟁했다. 당연히 값이 뛰었고, 김 선생은 매화마을 상추가 장마에도 유일하게 고동이 나오지 않아 살아남는다는 것을 뒤늦게 알게 되었다. 아니, 다른 상추들은 장마에 살아남지 못한다는 사실을 알게 된 것이다. 그들에겐 아무렇지도 않은 일이 사실 대단한 일이었던 거다.

　그는 놀랐지만 진정했고, 긴장됐지만 침착했다. 장에 나가는 일을 중단하고 먹기 위해 심은 마을의 상추들을 모았다. 대전으로 나갔다. 상인들은 이 놀라운 소식을 감추고 값은 조금만 올린 채 상품만 더 요구했다. 그렇지만 주머니 안의 송곳을 감출 수는 없는 법, 그들의 상추는 금세 소문이 나 다른 상인들이 탐을 내면서 값은 천정부지로 올랐다. 그도 그럴 수밖에 없는 것이 시장에 남아있는 상추란 매화마을 상추밖에 없었기 때문이다.

─ 그때부터 우리 상추가 특수하다는 걸 알았지. 근디 한 가지 더 있어. 어느 해 장마가 졌는디 여름 상추는 장마와 추대가 제일 무섭거든, 장마는 썩음병을 몰고 오고, 추대는 딸 만하면 꽃대궁이 올라와 끝나거든. 추대는 강하다는 걸 알았는디 그해 장마가 대단했는디 다른 지역은 썩음병으로 싹 쓸었는디 요것은 쌩쌩한겨. 고때 알았지.

이듬해부터 이 유일함의 가치에 그들은 더 침착했다. 생산보다 씨앗 지킴의 성격이 더 강했던 작목반을 구성하고 어떻게 종자를 지킬 것인가를 상의했다. 주변에서 조언해주는 모든 방법을 다 썼다. 종자 등록을 시도하기도 했다. 그러나 그것은 벽이었다. 「종자산업법」에 막힌 것이다. 농가 육종은 인정해주지 않았다. 그것은 대평 벗들무의 경우와 비슷했다.

그들은 그저 상표 의장등록을 한 것이 전부였다. 이때 붙인 이름이 바로 매꼬지상추였다. 매화마을을 사람들이 매꼬지 마을로 불렀는데, 이 마을의 이름을 붙인 것이다. 재미있는 것은 상추가 첫 잎이 나며 차례차례 잎사귀를 젖혀 겹치기 시작하면 마치 매화가 피는 듯한 모습과도 닮았다고 했다. 그러나 그들이 지키고자 했던 종자는 상표로는 지킬 수 없었다. 이 상품 등록은 오히려 매꼬지상추를 세상에 더 알리는 꼴이 돼버렸다.

여기에다 그들의 얘기대로 전하면 기막힐 일이 벌어졌다. 그때 마침 나서기 좋아하는 조합장이 매꼬지상추를 세상에 알렸다. 신문, 방송할 것 없이 외부인을 마을로 불러들였다. 마을 사람들은 그가 정치적 욕심 때문에 매꼬지상추를 이용했다고 분개했다. 그리고 그것 때문에 망했다고 이구동성으로 말했다. 유명해서 망했다는 웃지 못할 일이 벌어졌다.

　　― 안 그려? 근본을 알아야 혀. 쬐금 팔리고 돈이 된당께 조합장이 나선
　　　겨. 정치 욕심이 있었지. 저를 내세워 우릴 죽인 겨.

　　― 그려, 그건 맞어. 그렇게만 안 혔어도 이게 그렇게 유맹해져 씨앗 구
　　　할라고 난리를 쳤것남? 우리끼리 살살 팔아먹었으면 오래갔을 건디.

　　― 결국은 자랑하다 다 뺏긴 겨. 누가 자랑해달라 했능가베. 자랑은 지들
　　　이 허고 뺏긴 건 우리 아닌 게 벼? 왜들 지랄하고 방송이다, 신문이다,
　　　들이대고 난리 친 겨? 난 그게 지금도 이해가 안 가. 우리가 팔아먹지
　　　를 뭇했어? 값을 지대로 받지 뭇했어? 지가 왜 상관이냐구.

　― 맞어 그게 마을을 죽였지.

　　갑자기 세상에 매꼬지상추가 알려지면서 이 상추를 심고자 하는
사람들이 줄을 섰다. 마을 사람들은 다급해졌다. 눈물겨운 씨앗 유출
을 막기 위한 노력이 시작됐다.

　　처음에는 잘 됐다. 계획 생산했고, 종자를 받을 무렵이면 종자용
상추의 개수를 세어가며 공급 조절을 했고, 씨앗을 훔치러 오는 사람
들이 많아 돌아가면서 야간 경비를 서가며 씨앗 유출을 막았다. 그렇
게 몇 해는 버텼다.

　　― 그러다가 마을 사람들이 하우스에 재배하기 시작한 겨.

　　― 1988년도 수해는 대단했지. 다들 세도로 물 구경 가고 난리 폈지. 그
　　　때 우리는 꼼짝하지 못했어. 상추 따느라고. 엄청났지. 부르는 게 값
　　　이었어.

　　― 한 해 논 다섯 마지기를 샀어. 누구든 돈 빌리러 왔으면 좋겠능 겨. 그
　　　맛을 알어? 흐흐.

— 애들 학비도 다 매꼬지에서 나왔어.

모두 돈 번 이야기를 듣다 보니 마을에서 씨를 지켜야 했던 이유와 지킬 수 없었던 이유를 동시에 알 수 있었다. 막을 수는 없었다. 씨앗이 밖으로 유출되는 것은 어쩔 수 없었다. 자루 주둥이를 막았지만, 밑에서 새는 것을 막을 수 없었다.

이들에게는 기회였는지 모른다. 상추를 따 돈을 벌고, 수확이 끝나니 종자가 돈이 된다는 것은 분명 기회였다. 당시 종자를 몰래 팔아먹은 할머니도 함께 인터뷰해주셨다. 할머니의 멋쩍은 웃음과 함께.

— 별 수 있남? 먹고는 살아야지, 상추씨가 돈이 된다는디 눈이 뒤집혔지. 마을 사람한티는 지금도 미안허지. 근디 나만 그란 거는 아녀.

지금은 아무도 탓하지 않았다. 아마 누구라도 그랬을지 모른다.

— 그 뒤로는 끝났어. 씨는 퍼졌지. 당연히 가격 경쟁력이 떨어지니까 끝났지. 그러니께 와르르 무너지는 겨. 정이 떨어진 거지. 이자는 심어 먹지도 안혀. 종자 회사에서 무더기로 나오잖여. 그것뿐인가? 인자 상추는 마트에 가서 사다 먹어. 기가 막힐 일이지.

— 용케 고것이 우리 마을에 들어앉아 펭생 우리 것이 될 줄 알았지. 남의 물건이 될 줄은 몰랐던 겨.

그렇게 그들의 아쉬움을 뒤로하고 인터뷰를 마치며 물었다.

— 지금도 심고 있나요?

아무도 대답이 없다. 충청도 사람들이 그렇다. 한참이 흘렀다.

— 뭘 물어. 저 양반은 지금도 심어 먹응께 거기 가자고 혀 봐.

— 흐흐흐 나는 심고 있긴 허지.

김 선생이었다.

회관의 인터뷰가 끝나고 겨울을 나고 있는 상추를 보기 위해 김 선생 댁의 뒤꼍에 갔다. 외양간을 짓고 남은 귀퉁이에 비닐이 덮여있었다. 비닐을 걷자 아직 싹이 파란 상추가 얼굴을 내밀었다. 매화꽃처럼 잎사귀를 바짝 벌리고 우리를 맞이했다. 한 평이나 될까? 그 유명했던 매꼬지상추가 이제는 한 평 남짓한 땅에서 연명하고 있었다.

— 이 마을이 왜 매화마을인지 알어? 이 마을에 들어오면 모두 매화를 담는다고 혀서 그려. 상추도 그렇고 사람도 그렇고…. 다 매화잖여.

이것이 마지막 남은 매꼬지상추일지도 모른다는 생각을 했다. 마을 사람들 모두 돈이 되지 않는 매꼬지상추를 버렸고, 이제는 상추를 마트에서 사다 먹는다.

— 에구, 나라도 심어야지. 시작도 내가 했응께 끝도 내가 내야지. 시작도 여기였어. 달라진 것은 읎지. 아직은 아녀. 내가 살아있잖여.

그것은 아쉬움이었다. 그리고 그는 또 다른 부활을 기다리고 있었다. 그는 삽을 찾더니 한 삽 번쩍 뜬다.

— 이왕 여기까지 왔으니 가지고 가봐, 죽을랑가는 운에 맺기고….

나는 이 상추를 가지고 와서 우리 집 하우스에 심어놓고 고동이 올라오기만 기다리고 있다. 꽃을 볼 수 있을까?

그리고 봄이 왔다. 그러나 우리가 가지고 온 상추는 끝내 싹을 올리지 못하고 죽었다. 겨울철에 뿌리를 건드려 상했던 것 같았다. 그런데 뜻밖의 편지가 한 통 왔다. 김 선생이었다. '죽었을겨. 아마.' 그리고 한 조막만큼의 상추씨. 매꼬지상추였다.

만리포 사랑,
백도라지에 공들인 자식 사랑

대부분 씨앗 수집은 목표 지향적이다. 이번에는 과연 무슨 씨앗을 만날지 기대를 가지고 떠나지만, 분명히 목표가 있다. 한 마을, 때로는 여러 마을을 돌며 만난 농부들의 삶과 그들이 심은 씨앗의 이야기를 듣고, 그 씨앗을 수집한다. 그리고 그들의 문화와 만나는 분명한 목표가 있다. 그 목표에 따라 수집의 만족도가 좌우되기도 한다.

그러나 지금 소개하려는 백도라지는 그런 경우가 아니다. 도라지는 우리나라가 원산지인 자생초 식물이다. 자생초본식물이 식용산채로 바뀐 경우다 보니 육종도 거의 이뤄지지 않았다. 물론 근래 육종 보급되면서 지금은 빠른 속도로 퍼져나가 육종 기간 불과 30여 년 만에 재배 면적을 지배한 작물이기도 하다.

작년 7, 8월경쯤으로 기억된다. 이때는 한여름이라 씨앗 수집에 적절한 시기는 아니었다. 직업병일까? 우연히 길을 가다가 우리가 발길을 멈춘 것은 단지 밭이 온통 하얘서였다. 저게 뭐지 하면서 되돌아가보니 분명 도라지밭이었다. 신기한 것은 도라지밭이면 보라색 도라지가 함께 있어야 할 텐데, 그곳에는 보라색 도라지는 한 개도 보이지 않았다. 신기한 일이었다. 이런 경우는 보지 못했다. 심심산천에는 백도라지만 있는지 모르지만, 누군가 의도적으로 심지 않았으면 있을 수 없는 일이란 생각에 주인을 찾게 됐다. 그렇게 뜻밖에 만난 분이 바로 이정 선생이었다. 이정 선생은 평소 친분이 있던 분이었다.

도대체 보라색 도라지는 어딜 갔는지 물었다. 혹시 민간요법 하느냐고 물었다. 아니면 약으로 쓰는지도 물었다. 그러나 그의 답은 엉뚱했고, 우리의 귀를 쫑긋하게 했다.

— 글쎄요. 어떻게 들릴지 모르겠지만, 백도라지는 아버지의 유품이나
　마찬가지지요.

— 유품요?

그렇게 해서 백도라지 이야기가 시작됐는데, 태안의 만리포까지 갈 줄은 몰랐다.

태안은 그의 가난한 고향이었다. 산 하나만 넘으면 희망이 넘치는 만리포 항. 내겐 익숙한 유행가 노래가 먼저다. '똑딱선 기적 소리 젊은 꿈을 싣고서 갈매기 노래하는 만리포~'라는 노랫가락이 있는 마을, 모항.

그렇게 희망이 가까이 있었던 것인 걸 그들은 왜 몰랐을까? 산만 넘으면 젊은이들의 꿈이 펼칠 수 있었는데, 왜 그들은 그렇게 가난하게 살았을까 모를 일이다. 지금도 과거 매우 가난한 마을이었음을 짐작게 하는 여러 가지 기물들이 곳곳에 남아있다.

언뜻 생각하기엔 바다를 끼고 있으니 두메산골과는 거리가 먼 듯하지만, 이곳은 분명히 두메산골이었다. 바다는 가까웠지만, 산을 넘지 않고는 밖으로 통하는 길이 없었다. 그러나 사람들은 바다로 나갈 때는 산을 넘지 않았다.

마을로 들어오려면 태안에서 만리포로 가는 길에서 갈라져 좁은 산길을 타고 아주 오랫동안 와야 했다. 그들은 그 길로 돌아서 바다로 나갔다. 들어오는 길은 모두 바다로 향해 있었지만, 한쪽은 바다로 나

갔고 한쪽은 산을 마주해야 했다. 그 끝에 저수지가 있는 마을, 모항이다. 그런 곳에서 태어난 이정 선생.

그렇게 바다를 등지고 마을이 들어앉아 있으니 먹고사는 것도 바다와는 상관없는 농업이 주였다. 그 산이 그들에겐 진산이었고, 세상과의 경계였다. 아주 오랫동안 뱃놈이 되지 않으려는 발버둥 끝에 모인 산이었기에 심정적으로는 더 높은 산이었다. 그 바다를 등지고 있는 나지막한 산에 도라지가 지천으로 폈고, 그 도라지보다 잔대는 더 많았다고 그는 기억했다. 뭐든 흔하면 천하고 없으면 귀한 법이다. 우리가 도착했을 때는 산은 물론이고 밭에조차 도라지 하나 보이지 않았다. 이정 선생의 옛집을 가리키는 손끝에는 오래된 추억만이 무성했다. 이 마을에서는 이미 도라지가 귀한 작물이 되어있었다.

— 저곳이 전부 백도라지 밭이었죠.

물론 아직도 백도라지가 있을 거라고는 누구도 예상하지 않고 왔다. 심심산천에 백도라지를 캐러 다니고, 추석 명절 음식에는 마루에 앉아 도라지 껍질을 벗기는 손이 늦은 시누이가 남아있지 않은 이상 백도라지를 기대하지는 않았다.

아버지 이야기 듣기에는 이곳이 좋겠다 싶어 천리포 수목원 원장님도 만나볼 겸 이정 선생이 특별히 고향을 찾을 때를 맞춰 함께 왔다. 우리는 백도라지 밭이 보이는 그의 옛집 언저리 그루터기에 앉았다. 집 앞 커다란 나무가 거추장스러워질 무렵부터 마을이 변하기 시작했고, 그것이 변화라 하여 속절없이 토종 씨앗도 함께 없어졌다.

— 아버님은 왜 그렇게 백도라지를 고집했대요?

— 그게 다 나 때문이었죠.

— 아, 네. 짐작은 했습니다만, 한번 들려주시죠?

이정 선생에게는 형제가 둘이었다. 형은 항상 건강했지만, 이정 선생은 그렇지 못했다. 늘 병을 달고 살다 보니 어느 날 항아리손님이 찾아왔다. 당시 어린 이정 선생에게는 살아서는 맛보지 못한 아픔이었다. 오죽했으면 백 일 동안 기침하는 병이라 하여 백일해라는 이름을 붙였을까? 변변한 약 한 재 짓지 못하는 가정형편, 오직 참고 기다리는 것이 전부였을 때 아버지가 기다리다 못해 나섰다. 어디선가 항아리손님에게는 도라지가 특효라는 소리를 듣곤, 그것이 당신이 알고 있는 상식과 부합하자 낫게 할 수 있다는 확신으로 발걸음을 재촉한 것이다.

아버지는 지천으로 깔린 산에 가서 도라지를 찾았다. 그러나 항아리손님은 생각만큼 쉽게 낫지 않았다. 나중에서야 깨달은 사실은, 그냥 도라지가 아니라 백도라지여야 한다는 것이었다. 구체적이지 않은 소문이 화근이었다. 뒤늦게 알았을 때 아버지가 그렇게 쌍욕을 허공에 퍼붓더라는 것이다. 그것은 자신에게 하는 소리였다. 아버지는 다시 도라지를 찾아 나섰다. 그런데 어디 산에서 백도라지를 찾기가 쉬운 일인가? 곳곳이 보라색이요, 혹시나 백도라지는 없는 것이 아닌가 하는 의심을 하며 산속을 헤매며 하루 나가야 겨우 몇 뿌리씩만을 캐왔다.

이것을 주변에서 구하기 쉬운 산 아래 뽕나무껍질, 텃밭의 생강, 뒤꼍의 모과 등을 넣어 달여 먹였다. 그게 우연인지 정성인지, 그것도 아니면 백 일이 지나 자연스럽게 나은 건지는 몰라도 이정 선생에게 찾아온 항아리손님은 찾아올 때처럼 빠르게 가버렸다.

그 뒤부터 아버지는 민간요법에 상관없이 백도라지 효능에 대해 신봉했다. 농부들이 토종을 지키는 이유 중에는 맛의 습관에 따르는 경우가 많다. 길들여진 습관이 고정됐기 때문이다. 이것이 가끔은 신념으로 굳어지게 되는데, 우리 어머니에게는 100살이 넘도록 지혈제로는 달개비 잎을 쓴다. 여물을 썰다가 작두에 손가락이 반쯤 잘렸을 때도 달개비를 으깨서 뭉텅 얹어놓고 헝겊으로 둘둘 말면 끝이다. 신기한 것은 한 사나흘 지나면 생살이 돋기 시작하면서 아문다는 것이다. 언젠가 우겨서 억지로 병원 가서 꿰맸더니 오랫동안 손을 쓰지 못한다고 원망을 듣기까지 했으니 어머니의 지혈에 대한 신념은 달개비뿐이었다.

당연히 이정 선생의 부친에게는 항아리손님에는 반드시 백도라지라야 했다. 백일해(百日咳)에 왜 백(白)도라지만이 특효가 되는지는 이정 선생도 모른다. 어쩌면 백(百)과 백(白)의 발음에서 오는 징크스 같은 것이 아버지의 삶에 작용했을지도 모른다.

그러나 항아리손님에 신다 만 삶은 미투리가 좋다고 먹은 것이나, 죽순이 맛있다니 대나무 평상을 삶아 먹은 것이나 신념에서 굳어지긴 매한가지다. 이분에게는 항아리손님에는 백도라지, 오직 백도라지가 명약이었을 뿐이다. 그 신념은 아버지가 살아있는 동안은 지켜졌다.

부친께서는 그 후부터는 일일이 산에 가지 않기 위해 백도라지를 직접 재배하기로 맘을 먹었다. 그런데 백도라지 꽃을 찾아 표시했다가 그것만 씨를 받아 뿌렸는데, 이듬해 보니 온통 밭에는 보라색 꽃이 만발했다. 겨우 건진 흰 꽃은 반쯤. 그는 보라색 꽃을 모두 꺾어내고 흰 꽃만 남겨 씨를 받아 다시 이듬해 씨를 뿌렸다. 신기한 것은 그래도 이듬해 보라색 꽃이 피었다는 것이다. 그렇게 그는 그 후 한참을 도라지밭에서 보라색 꽃을 꺾어내며 백도라지 씨를 가려냈다. 그렇게 몇 년, 드디어 꿈의 백도라지 밭이 되었다.

그 뒤 항아리손님도 더 이상 찾아오지 않았고, 이정 선생은 대처로 공부하러 떠났다. 그러나 부친의 작업은 끝나지 않았다. 이제는 어머니를 위해 심은 백도라지였다. 그의 신념의 영역이 넓어진 것이다. 아들이 대처로 나가자 천식과 기침이 잦았던 어머니를 위해 백도라지를 심었다. 그렇게 몇 년을 간호하다가 먼저 어머니가 돌아가시자 곧바로 뒤따라 돌아가신 아버지. 그가 남긴 것은 오직 백도라지 씨뿐이었다.

이야기가 다 끝나자 이정 선생이 오래된 그루터기에서 일어났다. 아버지 생각이 나는지 구둣발로 그루터기를 툭툭 두어 번 치더니 "이젠 가시죠" 한다. 유품이라는 말이 그제야 이해가 됐다.

이정 선생은 비록 농사는 짓지 않지만, 지금도 마을 텃밭을 얻어 백도라지 씨를 심고, 8월이 되면 아버지처럼 어김없이 보라색 꽃봉오리를 솎아내어 백도라지 씨를 받는다.

이정 선생은 도라지를 별이라 생각한다. 그가 말하는 아버지가 바로 별이었기 때문이다. 그런데 정말 도라지를 자세히 보면 별이 세 개다. 꽃봉오리도 별이요, 꽃도 또한 별이다. 그리고 나중에 씨앗을 받아 파란 도화지에 흩뿌려놓으면 곧 은하수가 된다. 이정 선생에게는 별만큼 그리운 도라지다. 도라지는 꽃이 일품이라 도라지꽃이 필무렵이면 이정 선생에게는 그리움이 함께 피어올라오는 꽃이기도 하다. 그러나 이제 아버지는 돌아가시고 단지 도라지만 가까이 있을 뿐, 그의 그리움은 별만큼 멀리 있다.

그래도 도라지가 곁에 있으니 어디냐는 이정 선생, 그는 여전히 아버지의 백도라지를 심고 불쑥불쑥 튀어나오는 보라색 꽃을 솎아내며 아버지를 닮아가고 있다.

애오라지 정선의 삶,
김종복 할아버지의 감미콩

이번 수집은 특별한 의미를 가지고 출발한 여정이었다. 백네 살의 어머니를 여의고 어머니의 빈자리에 일상의 갈피를 잡지 못하는 날이 이어지자 이제 일상으로 돌아가고자 마음을 다잡고 출발했다. 더구나 박물관이 어머니로부터 얻은 지혜였으니 어머니의 뜻도 이러했으리라 믿었다.

우리가 찾은 곳은 정선 동곡리, 이리 깊은 골짜기까지 왜, 뭣 하러 사람들이 찾아 들어왔을까? 라는 생각이 들 정도로 깊은 골짜기 마을이었다. 강을 따라 20리, 그리고 다시 산을 따라 20리를 가서야 만날 수 있었던 분이 바로 김종복 할아버지였다. 그의 집은 동곡리의 끝, 해발 670m가 훌쩍 넘는 곳이었다. 그분에게서 얻은 감미콩. 오늘은 그분의 삶과 떼려야 뗄 수 없는 감미콩 이야기다.

그가 감미콩을 처음 만난 때는 30대 초반이었다. 그는 본래 정선 여탄이 고향이었다. 그곳에 집안이 대대로 터를 잡고 살고 있었다. 가난이 가난임을 모르며 지내온 그들이었다. 지금은 세끼를 먹어야 하루가 간다고 하지만, 그들은 밥은 있을 때 먹는 줄만 알았다. 또 밥은 부모가 해주는 것이 아니라 알아서 들이고 산에 나가서 찾아 먹는 것인 줄만 알았다. 혹여 산속에서 먹을 것을 찾지 못해 밥 달라고 해봐야 어머니는 먼 산만 바라볼 뿐이었다. 그래서 배고픔은 늘 그들에게 있어 견딜 만한, 참고 넘어갈 만한 두통 같은 아픔이라 여겼다.

그 아픔이 아버지로부터, 또는 할아버지로부터 온 줄은 까맣게 몰랐다. 그것을 안 것은 그가 초등학교를 졸업하면서였는데, 부잣집 애들은 가방을 메었지만, 자신은 지게를 메야 하면서부터다. 그가 기억하기로 아버지는 매우 게을렀다고 한다. 아버지의 게으름이 자신의 게으름을 각성시켰고, 지게 다리를 끌고 죽기보다 싫은 농사일을 시작한 것은 겨우 열다섯 살이었다.

땅 한 평이 없었으니 그때부터 시작된 품팔이는 끝이 보이지 않았다. 땅을 가지고 싶었지만, 가질 수가 없었다. 그가 농사지을 땅을 가질 방법은 화전뿐이었다. 화전을 하는 어른들에게 산에 불 놓는 법을 가르쳐달라고 졸랐다. 그러나 그들이 가르쳐준 것은 하천 나대지 땅에 조나 뿌리면서 힘이 붙을 때까지 기다리라는 말뿐이었다. 그나마 그가 품팔이해서 처음으로 곡식을 심은 것은 어른들이 가르쳐준 대로 겨우 하천가에 나대지 땅을 얻어 조를 심은 것이었다.

내 것이라니, 내 곡식이라니! 그는 그 첫 수확을 지금까지 잊지 못하고 있었다. 그때부터 내 것에 대한 기쁨을 알았으니 내 것을 만드는 일에 평생 바쳤다.

그때부터 시작한 일이었다. 하루 세 시간 이상은 자지 않았다는 그였다. 일을 손에서 놓지 않았다. 그 이후로 세 시간 이상을 잔 것은 늙어 몸이 고장 나 병원에 입원했을 때가 처음이라 했다.

― 뭣 때문에 그렇게 일을 하셨데요?

― 애 때문이지. 우리 큰애가 엄마라는 말보다 밥이라는 말을 먼저 배웠어. 이놈이 얼마나 배고픈지 눈만 뜨면 "밥, 밥" 해대지, 입만 떼면 "배고파, 배고파", 이 말을 달고 살았어. 지금도 그 목소리가 들리면

자다가도 벌떡 일어나 일터로 나가. 먹을 거라고는 콩죽도 없어 콩갱이로 연명했어.

강원도 속담에 '외할머니 콩죽에 잔뼈 굵는다'라는 말이 있듯이 그의 인생은 콩죽과 콩갱이로 시작되었다. 콩죽은 들어봤지만, 콩갱이는 들어보지 못해 신기해하며 여러 말을 물어보는데 막내아들이 불쑥 나왔다. 아마 방에서 우리 얘기를 듣고 있었던 모양이다.

— 하이고, 우리 아버지 원풀이 하시네.

방에 들어가 있던 막내아들이 방문을 열고 나오면서 모처럼 아버지 인생을 한없이 푸는 모습이 찡했던지 아버지를 위로하고 불쑥 부엌으로 들어갔다.

그가 처음으로 자신의 땅을 마련한 곳이 바로 이곳, 동곡이었다. 그가 어른들로부터 화전을 배운 것은 허벅지에 제법 살이 불어난, 군을 제대하고 난 뒤였다. 그는 겁 없이 곧장 3,000여 평의 산에 불을 질렀다. 그에게 농사지을 땅이 생긴 것이다. 그렇게 얻은 화전 땅에 조와 메밀, 콩을 심으면서 배는 곯지 않았다고 한다.

— 언제부터 감미콩을 심기 시작했나요?

사실은 내가 평창에 약속이 있어서 여느 때와는 달리 조금 서두르고 있었다. 그런데도 그는 참으로 할 말이 많았다. 그 시절, 그때 사람들이 모두 배고팠고 가난했다는 말로는 위로받을 수 없다고 했다.

그는 자식이 천재임을 알았을 때 모든 것을 바쳤다. 아무리 먹고살 게 없어도 천재 아이를 둔 부모는 가르치려고 노력했다고 한다. 그렇게 어렵게 구한 땅도 팔았고, 번 돈 모조리 모아 부인과 함께 서울로 올려보냈다.

그러나 당신은 그러지 못했다. 그분은 스스로 IQ가 150이 넘는다고 자신했다. 그러지 않아도 됐는데, 그것을 증명하기 위해 애썼다. 한문을 스승 없이 1년 만에 문리를 터득했고, 지금까지 한문으로 일기를 쓰고 있다는 것이다. 그는 방에 들어가 평생 써온 한문 일기장을 주섬주섬 내오더니 펼쳐 보였다. 농사를 처음 시작할 때는 하루 네 시간을 자려고 맘먹었지만, 한문 공부를 했으니 세 시간밖에 자지 못한 이유가 거기 있었다.

아들 이야기에, 당신 이야기에 한참을 이야기하더니 생각이 났는지 다시 감미콩 이야기를 했다. 감미콩으로 주제가 돌아온 것이 다행이라 생각했지만, 한편으로 그의 삶에서 그 인생 이야기들이 빠지면 무슨 의미가 있겠나 싶어 모두 기록했다.

— 그러니까 그때 내가 여탄에서 이리로 이사 오면서 얻은 콩이니까 50년은 넘지 않았을까? 지금 내 나이가 일흔일곱이니까.

그가 화전을 시작한 후부터 식량은 물론 약간의 돈이 모이기 시작했다. 또 약초를 심으면서 돈이 생기자 1973년도에는 동곡에 자신의 첫 땅을 구할 수 있었다.

그는 자신의 땅에 콩을 심기로 하고, 수확량이 많다는 콩 종자를 찾아 덕송 사람에게 비싸게 구했다. 그러나 막상 콩이 들어오고 자세히 살펴보니 여러 콩이 섞인 잡콩이었다. 덕송 사람이 그를 속여 판 콩은 마을에서 난 이 콩 저 콩 닥치는 대로 모은 것이었다. 화를 내며 반환을 요구했으나 막무가내였다. 콩은 다 같은 콩이라는 게 그의 변명이었다. 덧붙이길 콩죽 맛은 기가 막힌다는 것이었다.

그 말에 또 속는 셈 치고 이왕 자식들에게 콩죽으로 먹일 바에야 먹을 것이라도 맛있는 콩을 심어보자는 심사였다. 그런데 콩이 섞여 있으니 어느 콩이 맛이 있는지 알 수 없어 하는 수 없이 콩을 선별하기 시작했다. 크게는 모두 세 종류였다. 그렇게 선별한 콩을 경상도, 경기도, 강원도 출신 사람들에게 콩죽을 쑤어 맛을 선보였다. 그런데 뜻밖에도 그들은 한결같이 콩죽 맛이 기가 막힌 콩을 하나 가리켰다. 눈까지 까매서 시장성이 전혀 없는 콩으로 쑨 콩죽이었다.

이렇게 달곰한 콩죽은 처음이라는 반응이 나왔다. 죽을 쑤어 아이들에게 내놨다. 처음에는 또 콩죽이냐며 주뼛대며 조금 먹어보더니 맛있다고 허겁지겁 한 그릇을 뚝딱 비웠다.

그는 콩을 판 덕송 사람에게 콩 이름을 물었더니, 덕송에서 오랫동안 심어온 메주를 쑤는 콩인데, 그냥 잔콩으로 불릴 뿐 그도 정확한 이름은 모른다고 했다. 그래서 그는 '맛이 달다'는 뜻으로 감미(甘味)콩이라 이름을 붙여 심기 시작했다. 감미콩은 그가 붙여준 이름이었다. 그가 한문 배운 턱을 톡톡히 했다. 이렇게 그는 감미콩을 처음 만났다.

그는 작년에는 서리가 일찍 와서 '투데기'를 많이 써서 콩이 실하지 않다며 감미콩을 내놨다. 아닌 게 아니라 마치 나물콩처럼 작았다.

— 나물콩 아닌가요?

— 아니오, 장콩이오. 나와 한평생을 함께하며 메주 쑤고 콩죽, 콩갱이를 해 먹는 콩이라오.

눈이 까맣게 점을 찍고 있었다. 마치 눈까메기콩인 듯 착각할 뻔했지만, 또 눈까메기콩과는 달랐다.

맛이 단 감미콩이라 이름 붙여진 잔콩은 덕송에서 대대로 내려오다가 대부분 없어졌다. 한때는 동곡리에서도 그가 퍼트려 모두 감미콩을 심었지만, 메주를 쑤는 집이 줄어들면서 이제 이 집 말고는 감미콩을 심는 집도 없었다.

그렇게 우연히 찾아낸 콩에 이름을 붙이고 심어오길 50여 년, 그는 한 번도 종을 바꾸지 않을 정도로 감미콩에 만족했다.

이야기가 끝나갈 무렵, 부엌에 들어갔던 아들이 웬 상을 하나 들고나와 내 앞에 놓았다.

― 콩갱이라요.

그는 아버지가 풀어놓은 인생 이야기를 처음으로 들어 짠했는지 부엌으로 들어가 콩갱이를 끓여 내온 것이었다. 콩갱이 한 그릇에 간장 한 종지 그리고 물 한잔이 다였지만, 나는 콩갱이에 들어있는 그분의 삶을 맛볼 수 있었다. 간 콩과 쌀, 그리고 백김치가 다였던 단순한 콩갱이와 그의 단순한 농부의 삶이 겹쳐왔다.

그날, 김종복 할아버지의 이야기는 다 들을 수밖에 없었고, 결국 평창의 약속은 늦을 수밖에 없었다.

너와 지붕에서 지켜낸
백두산 최 씨 일가의 대파 이야기

　백두산으로의 답사는 두 가지 이유에서 이뤄졌다. 하나는 이상향을 품고 떠났던 우리 민족의 만주 지역 이주사를 쓰고 싶었던 이유도 있었고, 또 다른 이유는 격동의 아픔과 80여 년의 세월을 지내고도 혹시 남아있을지 모를 토종 씨앗 때문이었다.

　나는 차량 기사 겸 안내인을 대동하여 백두산 아래 첫 마을 내두산으로 향했다. 그는 말이 많았지만 아는 것도 많았고, 특히 지리에 밝았다. 항일 유격대의 경로, 항일 전투의 세세한 내용까지 모두 꿰고 있는 연변 조선 자치족 작가였다. 그의 도움으로 골골 우리 민족들이 살고 있는 마을을 답사할 수 있었다.

　내두산은 백두산의 젖이라 일컫는 두 개의 높은 봉우리를 말한다. 그 아래에 마을이 형성됐는데, 백두산 아래 첫 마을, 내두산 촌으로 우리 민족이 30여 호 살고 있었다.

　그들은 모두 가슴 아픈 사연의 주인공들이었다. 이곳으로 들어온 이주민의 경로는 두 가지였는데, 하나는 1900년을 전후로 조선의 학정과 배고픔 때문에 마침 청나라의 봉금도 해제되자 만주 지역의 옥토가 탐나 자진해서 넘어온 사람들이었다. 우리가 잘 알고 있는 시인 윤동주 집안이 그런 경우였다. 만주에 가면 조가 허리를 두를 정도로 땅이 비옥하고, 넓이가 하루에 걸어서 돌아오기 힘들 정도의 땅이 있다는 말을 듣고 국경을 넘은 사람들이었다. 그러나 내두산으로 들어와 정착한 그들은 1925년 이후 37년까지 일제의 만주 지역 토벌 작전으로 이미 죽었거나 다른 곳으로 떠났다.

또 하나는 지금의 내두산 주민들의 경우로, 1937년 일제의 강제 이주 전략에 의해 조선 각지에서 온 경우다. 이곳에는 주로 청주 지역에서 온 사람들이 많았다. 그들은 대대로 지금까지 이곳에서 터를 잡고 살아오고 있었다.

그러나 내가 도착했을 때는 이미 내두산 마을은 관광지로 변해있어 중국의 동북공정에 의한 역사 선전장이 되어 김일성의 내두산 항일 전투까지 지우고 있었다. 그리고 농사도 이미 소득 작물에 매달리고 있어 팔뚝만 한 육종 옥수수가 전부였고, 그나마 약간의 식량 거리 작물도 배두산 아랫도시인 이도백하 씨앗 상회에서 사 온 것이었다. 거기도 우리 농촌 사정과 비슷하여 젊은이들은 이미 떠났고, 남은 땅은 휴경지로 변해 이제는 다시 원시림으로 돌아가고 있었다. 백두산의 깊은 산골이니 토종이 남아있을지 모른다는 생각은 착각이었다.

이틀에 걸쳐 마을에서 경작하는 모든 땅을 둘러봤지만, 더 이상 기대할 것은 없었다. 마을 촌장과 서기의 주선으로 마을 사람들에게 밥을 내게 되어 사람들이 거의 모였을 때도 토종 씨앗에 관해 물었지만, 찾을 수는 없었다. 같이 간 연변 작가도 실망했는지 나를 데리고 내두산을 떠나 주변의 여러 조선족 마을을 다녔지만 허사였다.

그러다가 사흘째 되는 날, 나는 1935년 일제의 만주토벌 작전에 맞선 마지막 항일 전투가 벌어졌다는 현장을 둘러보고, 일제들의 토벌 진입로를 살피러 마을을 벗어나 내두산 아랫마을까지 갔다. 그곳은 이미 조선족들은 대부분 떠났고, 한족들이나 만주족들이 그 자리를 대신 차지하고 있었다.

안내 작가에 따르면 길을 가다 보면 집 모양만 보아도 한족인지, 조선족인지 알 수 있다 했다. 조선족은 팔작지붕을 짓고, 한족은 맞배지붕으로 짓는다는 것이었다. 그렇게 지나다가 우연히 정말로 백두산에서도 보기 힘든 너와집을 발견하고 반가워 그 집에 들렀다. 물론 팔작지붕이라 조선족임을 예상했다.

두 칸짜리 너와집이었다. 지금은 옆에 신식 집을 지어서 그곳은 창고로만 사용했지만, 예전에 방으로 사용했던 흔적들이 여기저기 남아있었다. 우리는 신기하게 남아있는 너와집을 구경하며 돌아보다가 깜짝 놀랐다.

너와 지붕 위에 대파가 자라고 있었기 때문이었다. '오! 이거 봐라.' 그러고 보니 밭에는 고추가 자라고 있었다. 그들은 특이하게 고추를 씨뿌림 하고 촘촘히 심었다. 나는 얼른 차에 돌아가 혹시 몰라 준비해둔 작은 선물을 가지고 와 주인을 찾았다.

늙은 아비를 모시고 있는 주인은 아주 초췌했다. 깎지 않은 수염 탓도 있었겠지만, 얼굴 하관이 꾀죄죄했다. 거기에다 목소리까지 가늘어 매우 피곤해 보였다.

— 남한에서 왔는데요.

— 일 업소.

단호했다. 안내 작가가 다시 나를 소개하느라 애썼다. 이해하는지는 몰라도 씨앗 박물관을 소개했고, 백두산 이야기를 쓰기 위해 찾아온 유명한(?) 작가라고도 소개했지만, 여전히 퉁명스러웠다. 그는 본능적으로 남한에서 왔다는 사람에 대해 처음부터 살근거리지는 않았다. 나중에 안 일이지만, 그는 조국에 대한 감정이 좋지 않았다. 어차피 자신들을 속인 것이 조국이라는 생각이 많았다.

그의 할아버지는 만주 땅으로 속아서 이주했다. 그리고 그의 아들은 조선에 가면 돈을 벌어올 수 있다고 하여 뒷돈까지 주며 돈 벌러 갔다가 죽도록 일하고 사기를 당해 돈 한 푼 받지 못하고 쫓겨왔으니 조국에 대한 감정이 좋을 리 없었다.

― 아이고, 죄송합니다.

그런 사기꾼이 한 하늘 아래 산다는 것이 내가 죄송할 일인지는 몰라도, 조국이 한 일을 왜 내가 사과해야 하는지 몰라도, 또 역사가 한 일을 왜 내가 죄송한지 몰라도 괜스레 미안한 감정이 울컥하여 나는 백배 사과했다. 징용에서 죽을 고비를 넘기며 도망 나온 아버지 아니었으면 나도 처지가 같았으리라는 생각 때문이었을까.

사과도 있었지만, 그와 동병상련을 앓고 있는 안내 작가의 도움으로 간신히 말문이 트이기 시작했다.

― 내래 최기성이래요.

내두산 마을에서도 느낀 것이지만, 그들은 한이 많은 만큼 할 말도 많고 감성도 풍성했다. 그동안은 그것이 아주 쪼끔 거슬리기는 했지만, 이분에게는 도움이 컸다.

옆에서 햇빛만 쫓아서 돌아앉던 최 선생이 조금씩 말문을 열기 시작했다. 백 년을 이야기해야 하니 해 걸음이 천천히 가기만 바라야 했다.

일제는 재만주 조선인 토벌이 끝나자 그곳에 새로운 사람들을 채우기 위해 강제 이주를 추진한다.

그의 할아버지는 만주에 그들이 찾는 이상향이 있다는 일제의 선전에 따라 강제로 고향을 버린 청주 사람 중 한 분이었다. 듣기로는 청주의 한 고을에서 작은 서당을 했던 분이라 했다. 그러니까 당시로는 지식인이었던 모양이다. 그때 최 선생의 아버지도 함께 따라나섰다.

추운 겨울, 기차에서 내려 한 달 이상 걸어 겨우 도착한 곳이 이곳 내두산이었다. 할아버지는 그때 종자를 종류별로 많게는 한 말 이상, 적게는 됫박을 채울 정도로 가지고 왔다 한다. 그때 이곳에 심기 위해 가지고 들어온 씨앗이 조와 고추, 대파, 볍씨 등이었다. 그 힘든 여정에서도 지킨 씨앗은 배분받을 넓은 땅이 있다는 희망의 크기였다. 그 희망으로 굶으면서 배 움켜쥐고 지킨 눈물의 종자였다.

미국 원주민인 체로키 부족이 1883년 미국인들에게 쫓겨나면서 '눈물의 길'을 따라 역사적인 행진을 할 때, 새로운 고향으로 떠나면서도 자신들의 토종 콩을 가지고 갔듯이 우리 민족이 일제에 의해 강제로 만주로 떠날 때 품고 있던 종자들은 그들에게 유일한 희망이었는지 모른다. 그들은 많은 종자를 품고 눈물의 길을 따라 이곳까지 왔다. 추위와 싸우고 배고픔은 참으면서 봄을 기다렸다.

그렇게 봄이 왔지만 넓은 땅 중에 대부분이 개간되지 않은 땅이었고, 그나마도 중국인 소유였다. 일부는 화전을 시작했고, 일부는 중국인들에게 임대해놓은 땅만 바라보고 있을 수밖에 다른 도리가 없었다. 일제가 약속한 식량은 하나도 주지 않은 바람에 풀뿌리로 연명하다가 겨우 배가 고파 죽을 지경이 돼서야 가지고 온 종자를 야금야금 조서 먹었는데, 그러면서도 이듬해 중국인에게 임대받은 땅에 심을 정도의 씨만은 꼭 남겼단다. 햇빛만 쫓던 최기성 선생이 다시 돌아섰다.

— 이 말 들어보겠소? 당신들은 모르겠꾸마. 우리 아바이 얘기잖소!

— 뭘 말입니까?

— 할아배가 볍씨를 가지고 왔는데 이듬해 보니 심을 논이 없재비. 그래서 어째겠쑤? 쓸데없으이 마지막으로 니밥을 해 먹었지비, 그게 그렇게 맛이 있었구마. 그 니밥이 을매나 맛있었는지 모르우. 정신없이 멕어댔지. 배가 불러 이제 됐다 싶어 옆을 봤는데 할아배가 울고 있더란 말이우다. 난 지금도 그 얘기를 하던 아바이 모습을 잊을 수가 없소!

그러나 그보다 일제의 조선인 토벌 이후 들어온 사람들이라고 같은 민족에게 손가락질받으며 고립된 생활을 해야 했던 것이 더 힘들었다고 한다. 그때 중국인들에게 진 빚 때문에 그들은 해방이 되고서도 조국에 돌아갈 수 없었다고 한다.

— 이보라우! 이보라우!

최기성 선생은 다급하게 부인을 부르는 것으로 취해있던 자신을 감정을 추슬렀다. 그는 이미 내가 무엇을 원하는 사람인지 알았다는 듯이 이야기 사이사이 부인을 불러댔다. 씨앗을 가지고 나오라는 것이다. 부인은 고추, 수박, 참외의 씨앗을 내놨다.

고추는 본래 할아버지가 가지고 온 씨앗이고, 수박과 참외는 북한을 드나들 때 가지고 온 것들이라 했다. 그래도 지금까지 지켜준 것이 고맙다고 하자,

— 그럴 것 아니오. 지킨 것이 아니라 돈이 없어 종자를 사지 못해 그러오. 지금이라도 돈이 있으면 이도백하에 내려가서 좋은 씨래 구해 심

229

재. 아이 그렇소?

그러니까 그가 그동안 할아버지 소유의 씨 종자를 보관 이유는 돈이 없기 때문이란다. 돈이 없음을 반가워라도 해야 하는가? 조선에서 돈을 떼먹은 사기꾼이 생각났다. 그래, 돈 떼먹은 사기꾼 네놈 때문에 내가 씨앗을 구하는구나. 기막힐 일이다. 그러나 그 말이 빈말인 것을 나는 안다. 내게 씨앗을 건네며 애써 붉은 눈시울을 감추지 않는다. 씨앗 고르는 손이 그의 거친 호흡만큼 바쁘게 움직인다. 그 씨앗에는 그들 이주 100년사 담겨 있었고, 해방돼도 고향으로 돌아가지 갈 수 없었던 그들의 애환이 서려 있었다.

경상도 청도에 가면 '귀향초'라는 조선고추가 있다. 마찬가지로 만주 이주할 때 가지고 갔던 고추였는데, 지금까지 어머니가 고이 간직하고 있었다. 그러던 중 마침 딸이 한국으로 시집오게 된다. 그러나 어머니가 몸이 안 좋아 사위가 장모를 한국으로 모셔 오는데, 이때 그 어머니가 고집을 피우며 가지고 돌아온 고추를 토종 수집단이 찾아 고향으로 돌아온 귀향초라고 이름 붙였다. 그 어머니가 지키고자 했던 귀향초의 마음이나 최기성 선생이 지키고자 했던 마음이 무에 다를 것이 있겠나!

아무 말도 이어갈 수가 없었다. 한참을 그가 씨앗 고르는 모습만 쳐다보다가 말을 건넸다. 내가 너와집에 관해 묻자 그곳이 그들의 신혼 방이었다고 했다. 두 칸 집에서 한 칸은 아버지가 살았고, 한 칸은 장가든 그들에게 내준 방이었다 했다.

— 에미나이가 부끄러워 아도 마이 못 나았소.

그가 농담으로 붉은 눈시울을 닦았다. 그 뒤 다시 한참이나 그 말을 이어갔다. 나는 그 말보다는 대파에 관심이 있음을 말했다.

— 왜, 너와 지붕에 있는 대파 씨는 없나요?

— 아, 그거이 말도 마오. 이제 하마 이제는 그곳에 그냥 놔두오.

그러니까 언젠가 그도 대파 씨를 잃어버렸다는 것이다. 할아버지가 가지고 온 씨를 그러잖아도 자꾸 잃어버려 한숨이 큰데 대파 씨까지 잃어버렸으니 마누라만 닦달했다는 것이다. 아마 지금의 새집을 짓고 너와집의 이삿짐을 옮기는 과정에서 하필 대파 씨 봉투가 없어진 듯하다. 그것을 대파 파종할 때 알았으니 다시 너와집을 뒤지고 살림살이를 다 꺼내봐도 찾을 수가 없어 포기하고 말았단다.

그런데 늦봄이 되자 너와 지붕에서 파릇파릇 송곳처럼 판자를 뚫고 나오는 것이 자세히 보니 대파더란다. 그러니까 너와 지붕이 나무였는데, 오래되어도 갈지 않았기에 그것이 썩어 부토가 만들어졌고, 그 위에 대파 씨가 날아와 몇 년이고 나고 자라면서 지붕 위를 꽉 채운 것이었다.

그 뒤부터는 대파 씨는 따로 받아놓지 않고 지붕에서 몇 알 떼어내어 종자로 쓰고 나머지는 지붕 위에 보관해둔다는 것이다. 그래서 그들의 대파 종자 보관소는 바로 너와 지붕 위가 되었다. 다들 헐고 새로 지으라고 한다지만 대파 때문에 헐지 못한다며 이제는 제법 너스레까지 떨고 있었다.

— 너와가 마누라보다 낫제우. 아이 그러쏘?

대파가 그 지붕 위에 있는 한 너와 지붕은 무너지지 않을 것이고, 또한 최 선생이 있는 한 그의 대파는 그곳에서 너와 지붕을 잘 지키고 있을 것이다.

조국을 싫어했지만, 그래도 조국 사람 만나니 반갑다며 친절하게 맞아준 백두산 아래 최기성 선생. 차마 함께 사진을 찍자는 것이 미안해 그냥 나오자 그래도 사진은 찍어야 할 것 아니냐며 조선을 다녀온 후 더 쭈그러든 아들을 나오라고 해서 억지로라도 사진을 찍어주었다.

그리고 내 가방에는 다시 백 년 만에 그들이 가지고 갔던 고추와 대파 씨, 북한 수박과 참외 씨가 가지런히 놓인 채 조국으로 갈 채비를 하고 있었다.

지못미, 돌산갓 뒤에 숨어버린 토종 곰보갓

돌산을 돌산대교를 통해서 들어가려면 섬 하나를 거치는데, 바로 장군도이다. 일제가 조선을 강탈하면서 여수에 들여온 것이 있는데, 바로 갓 종자와 벚꽃이다. 갓 종자는 해양성 기후가 일본과 비슷한 돌산도에 심겼고, 벚꽃은 장군도에 심겼다. 이들이 일제의 상징인 벚꽃을 장군도에 심은 것은 아마 이 섬이 조선시대에 왜적을 물리치기 위해 연산군 때의 무장 이량이 축제한 '방왜축제비(防倭築堤碑)'가 있던 곳이었기 때문이었으리라. 왜적들이야 이량 장군뿐 아니라 이순신 장군을 비롯한 조선의 해군에게는 워낙 심한 컴플렉스가 있었으니 차제에 그동안 당했던 자존심을 세우려 했을 거다. 이유야 어쨌든 지금은 벚꽃 명소로 알려져 봄이면 행락객들이 넘쳐나니 꽃은 꽃이요, 침략은 침략이니 행락객들의 답청을 탓할 일은 아니다.

이 장군도를 지나면 비로소 갓의 명소인 돌산에 들어간다. 그러나 지금 돌산도에는 토종 갓은 없고 돌산갓만 있다. 사실 토종이란 것도 일본인들이 가지고 들어온 것이 토착화한 것이지만, 그렇다고 토종이 아닌 것은 아니다. 왜냐하면 돌산갓이 1916년경에 돌산도에 들어오면서, 일본인들에게는 절임 용도로 쓰였지만, 돌산 사람들에게는 다른 용도로 쓰이면서 그들의 생활에 스미기 시작했는데, 그것이 바로 갓김치였다. 물론 조선에도 갓이 있었지만, 돌산갓과는 다르다.

익히 얘기했지만, 외래종이 유입되고 토종화되면서 지역의 문화와 결합하면서 토착화되면 그것은 비로소 '우리 것'이 된다. 같은 절임 식품이라고 해도 중국의 파오차이, 독일의 자우어크라우트, 유럽 지역의 피클, 일본의 스게모노, 만주의 '수안차이(酸菜)'에는 각각 그들의 고유한 문화가 듬뿍 담겨있다. 아무리 일본이 '기무치'라 하고, 중국이 '파오차이(泡菜)'라 하면서 우리 김치를 자기 것으로 만들려 해도 그것이 흉내 내기일 뿐인 것은 바로 그들이 흉내 낼 수 없는 우리만의 문화가 있기 때문이다. 일본인에게 앞치마를 두르고 맨손으로 양념을 저었던 손으로 맛을 보게 한들 그 모습에서 우리 아낙네들이 이웃과 모여 김치를 담그는 모습이 연상될까? 어림없는 일이다.

나는 '돌산갓' 하면 여수가 고향이셨던 장모님 생각이 제일 먼저 떠오른다. 결혼 후 처음 처가에 갔을 때 밥상 위에는 돌산갓으로 만든 갓김치가 있었다. 충청도에서 태어난 나로서는 돌산갓은 생소한 맛이었지만, 맛이 어떠냐는 장모님의 물음에는 맛있다고 할 수밖에 없었다. 그 후 장모님은 맛있게(?) 먹는 사위를 위해 계속 갓김치를 보내주셨다. 그렇게 먹다 보니 어느덧 갓김치에 푹 빠지게 되었다.

일제 강점기 시대의 돌산에서도 갓김치를 일본인들과 다르게 담가 먹었는지는 알 수 없다. 아무튼 그들이 돌산에서 떠나고, 재배 갓을 더 이상 생산하지 않게 되자 돌산 우두리 세구지 마을의 돌담 밑에는 작고 투박한 빨간 갓이 나기 시작했다. 잎의 폭은 좁고 앞뒷면에 잔가시가 털처럼 나 있는 데다가 잎줄기는 가늘고 길며 작은 바람에도 흔들거리는 갓이었다. 사람들은 이 갓을 '곰보갓'이라 불렀다. 맛은 쏘는 맛이 강해 여간 매운 게 아니었다. 일본인들이 재배했던 갓이 퇴화했다기보다는 이미 돌산의 자연생태와 토양에 적응하며 변화된 갓이었다.

절편보다는 갓이라며 조선의 한량들은 이 톡 쏘는 맛을 즐겼다. 밍밍한 일본 갓 맛만 보다가 이 곰보갓의 맵고 톡 쏘는 맛을 보았을 때, 안주인 몰래 품는 갓김치 종처럼 생경했을까. 그것이 이미 조선 때부터 심어왔던 개자(芥子), 《산림경제》의 산개침채(山芥沈菜), 즉 산갓이 돌산에 흘러들어온 것인지는 모르지만, 돌산 사람들은 이 톡 쏘는 맛에 점차 매료되기 시작했다. 삶이 고된 뱃사람들에게는 일을 마치고 돌아와 석양빛에 어울리는 탁자에 앉아 얼큰한 막걸리와 회 한 점에 어울리는 푸성귀로 곰보갓을 찾은 것이다.

이것이 돌산갓의 유래지라고 우기는 세구지 마을 사람 이야기다. 아직 쌀쌀한 기운이 남아있는 봄날에, 입춘 절에는 매운맛이 나는 갓, 당귀, 미나리 등의 다섯 가지 나물을 겨자즙에 무친 오신채를 나눠 먹으며 인생의 쓴맛을 미리 맛본다는데, 나는 먹지도 못하고 수집의 쓴맛을 보게 한 세구지 마을이다.

돌산갓의 유래지라 알려진 돌산읍 세구지 마을, 배고픈 소가 멋모르고 돌산갓을 뜯어 먹다가 그 매운맛에 놀라 머리를 돌려버린 와우산을 끼고 있는 세구지 마을을 찾았다. 지금은 마치 경지 정리된 논처럼 반듯반듯하게 구역이 나뉜 도시가 돼버렸지만, 한쪽 구석에 그나마 남아있는 농사 채가 소 불알처럼 매달려 덜렁이고 있었다. 이마저 반가워해야 할지···. 도시가 된 지금의 세구지 마을에는 아주 낡고 오래된 문에 갓김치를 판다는 종이가 붙은 가게만 있을 뿐, 갓에 대한 다른 어떤 흔적도 찾을 수 없었다.

그리고 허탈한 마음으로 찾은 곳이 돌산의 진산인 서덕리 승월마을이었다. 이곳은 지금의 돌산갓을 있게 한 지역 중의 한 곳이다. 운 좋게 1994년도에 이장을 한 분을 만날 수 있었다. 그러니까 돌산갓의 두 번째 변화가 시작되는데, 그때가 바로 돌산대교가 완성된 1994년 이었다.

그전까지는 갓김치는 돌산 사람들만 꾸역꾸역 담가 먹었다. 섬 이었으니 외지와 단절되어있었고, 굳이 외지인들도 이곳에 들어오지 않았으니 갓김치 맛이 밖으로 나갈 리 없었다. 어찌 보면 오래 묵혀 시큼하고 톡 쏘는 섬 맛이 나는 갓김치를 내보이기가 부끄러웠는지 모른다. 섬마을로 땅이 많지 않고 그렇잖아도 소득이 부족한 그들에겐 갓에게 땅을 내줄 여력은 없었다. 그러나 그들이 심지 않아도 다행히 담 밑에 해마다 나는 갓으로 여전히 갓김치를 담글 수가 있었다. 집마다 바람막이 돌담장을 쳐놨으니 그마저 넉넉한 땅이라고 담장 밑 한 뼘 땅에서 자란 갓은 한 집의 김치로는 부족함이 없었다.

이들에게는 맛을 보려는 성급함도 없었다. 이장을 했던 주선호 어르신을 만났을 때 그는 이런 말을 했다.

― 갓김치 맛이야 묵은 김치맛이 제일이제.

맞다. 갓 김치는 묵혀야 제맛이다.

1994년 돌산대교가 완성되고 사람들에게 신비의 섬 길이 열렸다. 그러자 사람들이 밀려 들어오고 그들이 묵은 갓 김치 맛에 흠뻑 빠져 버렸다. 돌담 밑에서 웅크리고 있던 갓, 갓으로도 김치를 담가 먹는 사람들도 있냐는 바다 건너 사람들의 비아냥거림 속에서 누군가에게 내보이기 창피했던 갓김치가 돈이 된다니! 돌산이 뒤집혔다.

그러자 관에서는 대량생산을 권고했고, 승월리, 서기리 일대에 재배단지가 들어섰다. 공급을 맞추고 보편적인 도시인들의 입맛에 맞추기 위해 잎은 배추 잎처럼 크고 맛은 일본 갓을 닮은 새로운 종이 개발되어 농가에 보급됐고 이것이 지금의 돌산갓이 되었다.

— 종이 중요하냐, 담그는 솜씨가 중요하지. 안 그려?

그러나 그건 순전히 변명이었다. 서로 자기가 알고 있던 갓김치 맛에 대한 품평이 이어지고 어느새 입맛을 다시기 시작했다. 지금은 없어진 '잊지 못할 지랄 염병할 맛'에 대해 열변을 토하던 이장님이 한 말씀 하셨다.

— 아따, 이 선상들 덕분에 맛을 찾았네 그랴.

갓 씨를 잃어버리자 갓 맛을 찾아버린 승월리 어르신들. 그동안 갓 맛에 대해 생각하지도 않고 도시인들 입맛에 맞춘 갓김치 맛이 진짜 그 맛인지 알고 지냈는데, 우리랑 옛날이야기 하며 갓김치를 떠올리다 보니 잃어버렸던 진짜 갓김치 맛을 찾았다는 것이다. 재래종인 곰보갓으로 담근 김치의 묵은 맛은 당할 자가 없으나, 요즘 사람들은 사람이나 김치나 묵은 것을 싫어하니 그 맛을 볼 수가 없단다.

— 지금은 읎지라, 읎어! 누가 담그야? 한번 생각해보씨요.

— 아니제, 그, 아줌씨가 있제. 거기 한번 가보소. 아니 날 따라오소. 데 불고 갈텡께!

그나마 얼마 전까지만 해도 그 토종 갓김치를 담가 드셨다는 아주머니를 찾았다.

— 아지매도 읎소?

— 돈한티 물렸지라. 그러니 워쩌겠소? 땅한티 맽겨야지. 이태 전에 버려부렸소.

사실 아주머니가 일부러 버린 것은 아니다. 잎이 넓고 윤택한 육종 갓이 들어오자 교잡이 잘 되는 갓으로써는 양으로 이길 수가 없었다. 담 밑의 재래 갓은 갓대로 점차 교잡되어 재래 돌산 갓의 세련미도 없어지고, 농가는 농가대로 교배종 갓 종자가 비싸니 한 번 심어 적어도 세 해 정도는 종자를 받아 뿌려야 했는데 오히려 담 밑의 재래 갓 씨가 방해를 하니 보이는 대로 뽑아버릴 수밖에 없었다. 지금도 돌산도의 길가나 돌담 밑에는 교잡된 갓들이 피고 지고 있다.

　　어딘가 바람이 타지 않는 곳에는 '뿔건갓'이 있을 테니 찾아봐서 씨를 받아 보낼 테니 걱정하지 말란다. 그러나 아직 소식이 없다. 아주머니의 넋두리가 사실이기를 바라며 오늘도 기다린다.

　　— 어디 씨 말리기가 쉽간디?

지못미, 자광벼
마지막 토종 벼의 이삭 한 터럭

　김포는 비행기를 타러 간 것 말고는 초행길이었다. 내게 남아있는 김포에 대한 작은 단서를 찾기 위해 어릴 적 기억으로 거슬러 올라갔다.

　우리 마을 집성촌이 무너지기 시작한 무렵이었다. 나이 지긋한 집안 형님 중의 한 분은 자식이 문전옥답을 팔아 김포에서 사업을 시작하여 성공을 거두자, 부모를 모신다 해서 고향을 떠나게 되었는데 웬일인지 자주 고향을 드나들었다. 그러면서도 그분은 모든 말에 "내가 사는 김포에는~"이라는 말을 붙이고 다녔다. 주로 자랑한다고 하는 이야기였지만, 그 속내를 눈치챈 사람들의 핀잔에 말꼬리를 흐리곤 했다. "아 이 사람아! 그러면 다시 내려와!" 그의 눈에는 늘 진하고 되직한 눈물이 눌려있었고, 그의 말속에는 견디기 힘든 그리움의 역설이 들어있다는 것을 마을 사람들은 안 것이다. 이렇게 농부들은 가끔 너무 힘들다는 이야기를 역설하곤 한다.

　— 난 아녀. 할 말이 없어!

　퉁명스러운 부정이었다. 김포에서 가장 늦게까지 자광벼를 심었다는 권 선생님과의 연결은 꽤 힘들었다. 처음에는 전화를 받지 않았다. 그러다가 어렵게 통화했지만, 자광벼 심었던 권 선생님을 찾아뵙고 싶다고 하자 단칼에 자광벼를 모른다고 잡아떼셨고, 몇 번의 시도 끝에 겨우 실마리를 찾을 수 있는 대답으로 나온 것이 바로 이런 퉁명스러운 부정이었다.

일단 김포로 향했다. 이미 그분이 아니라고 발뺌도 하고, 지금은 자광벼를 심지 않는다는 것도 알고 있었지만, 찾아뵙고 싶었다. 그 퉁명스러운 부정 속에서 느낄 수 있었던 보이지 않는 아쉬움이 나의 감정선을 건드리기도 했고, 그렇게 힘들게 지켜오던 유일한 토종 벼를 놓은 까닭에 대한 궁금증이 컸다.

지금 우리나라에는 토종 벼를 심는 분들이 많다. 많이 남아있는 것이 아니라 '많다'고 표현한 것은 지금 심고 있는 분들은 대부분이 유전자원센터에서 분양받아 새롭게 농사를 짓고 있는 분들이기 때문이다. 토종 벼를 지켜온 분들이라기보다는 토종 벼를 찾아내 선보이는 분들이다.

긴 시간을 달려 전화 속에서 들린 퉁명스러움에 대비해 한껏 몸을 낮추고 그분을 찾았다.

— 잘못 찾아왔다니까. 할 말도 없어!

할 말이 많다는 것을 이내 눈치챘다. 그런데 막상 도착하니 내외분이 마당까지 나와 환하게 맞이해주셨고, 우리는 오히려 그런 환대에 당황할 정도였다. 미리 전화했을 때는 할 말 없다며 잡아뗐지만, 생면부지의 우리를 만나더니 악수한 손의 방향이 벌써 2층 거실로 향했으니 역시 그 말은 할 말 많다는 역설이었던 것이다.

무엇을 물을지 알고 있다는 듯이 긴 시간을 쭈욱 이야기해주셨고, 나는 미리 준비해간 질문지는 펴보지도 못했다. 빠트리거나 부족한 것은 안주인께서 보충해주었고, 탁자에 수북이 쌓인 그들이 모은 자료스크랩은 그분들의 말을 충분히 뒷받침하고도 남았다.

자광벼가 그분 집으로 들어온 것은 정확히는 알 수 없지만, 조선 후기 정도였을 것으로 추정된다. 본래 이 자광벼의 주산지는 중국에 갔던 사신들이 들여와서 심었다는 곳인 통진면 들미, 밀다리 혹은 들미다리로 불리는 곳이었다. 권 선생의 선조들께서도 그곳에서 벼를 가져와 심었다. 이곳 쌀은 붉어 특이하기도 했지만, 밥맛이 좋아 임금님의 진상품으로 올리게 됐다고 한다. 그렇게 점차 마을로 번지기 시작하여 이곳 하성 석탄이 밀다리보다 더 오랜 시간 심어오게 되었다.

그러니까 자광벼의 주산지는 원래 통진 밀다리였다. 이곳 쌀은 민요로도 불렸을 정도니 꽤 유명했던 모양이다. 그중 <전원사시가>의 가을 타작 소리 한 가락 들어보면 이렇다.

뜰나무에 바람 소리 아침에 살펴보니 창밖에 오동잎이 금정에 떨어졌다 소상강 외기러기 해천에 높이 뜨니 어느 곳 손님 내는 귀장이 바빴는고 벽간의 귀뚜라미 베 짜라 재촉하니 어느 곳 지어미는 게으른 잠 깨었는고 밤사이 서리방에 백곡이 익었거든 청약립 녹사의로 뜰 앞에 나아가니 산야에 황운이요 곳곳이 타작이라 희희한 농부들은 황계백주 손에 들고 소매를 이끌어서 궐하에 이르기를 성대 태평하여 시화세풍하니 이것이 뉘 덕인고 우리 임금 덕이로다 토고를 두드리며 격양가 부르시니 강구의 늙은인가 도당씨 백성인가 삼 대의 성화를 오늘날 다시 본다 구준에 대취하니 여공에 불들러서 먼 데 타작 먼저하고 가까운 데 나중하니 밀다리 좋은 벼와 정금벼 보리며 사발벼 대추벼가 정실한 곡품이오 낭려함 입미로다 서직

두태 다 거두고 화맥 숙맥 다들이니 즐용 같은 내 곡식을 어디다가 다 쌓으리 천창만상 넣고 남아 뜰앞에 노적하고 함포고복하여 태평가 부르리라 찰기장 좋은 술을 치쾽에 가득 부어 공언이 어디런고 만수를 부르리라 전주의 일을 맞고 일신이 한가하니 앞내에 고기 낚아 양친이나 하오리라.

또한 경기민요 <풍등가>에도 '김포통진 밀다리'로 등장하는데, 이 밀다리가 지금의 통진면 동을산리 들미다. 들미는 대개가 들뫼에서 왔다고 보는 경우도 있고, 달뫼에서 왔다고 보는 경우도 있다. 달뫼로 보는 경우는 들미를 월곶 부근이라 이야기하고, 들뫼로 보는 경우에는 들미를 지금의 통진면 동을산리 들미라 이야기한다.

지금도 동을산리에 가면 기러기 한 마리가 너른 들에 내려앉아 목을 길게 늘어 빼고 곡식을 쪼는 모습의 산이 주변 공장에 파먹혔지만, 어렴풋이 남아있다. 공장들이 들어서기 전까지만 해도 낮은 산이지만, 넓은 평야에 돌출하여 드러났으니 돌출한 산이라는 이름의 돌뫼가 됐고, 돌뫼가 돌미로, 그리고 들미로 마을 이름이 바뀌어나간 듯하다. 아마 후에 정식 마을 이름이 밀다리였던 모양이다. 그래서 이곳에서 나는 자광미를 밀다리쌀이라고 불렀다.

자광벼가 김포 통진평야에 2,000여 년 동안 쌀의 주산지로 오랫동안 남아있었다는 것은 놀랄 일도 아니다. 통진평야는 김포의 대표적인 넓은 평야 중의 하나다. 김포에는 곶과 곶으로 이어지며 펼쳐진 월곶평야, 군무의 기러기 떼가 장관인 낙안 홍도평야, 바다에서 가장 뒤로 밀려나 있다 하여 붙여진 후평리평야, 그리고 통진평야 등 바다와 강물이 만나 이뤄낸 평야가 네 곳이 있다. '강인 듯 강이 아닌 강 같은 바다'를 끼고 있는 곳이 바로 김포의 평야다.

이 네 곳의 평야는 멀리 소백산에서 흘러온 한강과 임진강이 만나 다시 한강이 되어 조선역사의 최악의 치욕을 안고 있는 강화해협을 거쳐 바다로 흐른다. 바닷물은 한강을 따라 거슬러 오르다가 임진강과 한강으로 갈라져 오르내리며 곳곳에 평야를 만들었다. 그중에도 통진평야는 사람들이 살기에 적합하여 아주 오래전부터 사람들이 정착하며 살았는데, 이를 증명하는 것이 이 통진면 가현리 일대 이탄층에서 발굴된 탄화미다. 이런 탄화미는 아주 오래전부터 이곳에서 벼를 재배했다는 증거이면서, 우리나라에 '벼'가 도입되고 정착한 곳이 통진면이었다는 사실을 보여주기도 한다.

우리나라에 벼가 들어온 시기를 어림잡아 2,000년 전으로 봤을 때, 이때부터 심기 시작했던 수많은 벼 중에 끝까지 살아남은 것이 바로 자광벼다.

그런데 우리나라 토종 벼가 없어지기 시작하면서 이곳의 밀다리 쌀도 없어지게 된다. 우리나라 토종 쌀은 다른 토종과는 조금 다른 양상을 띠면서 없어진다.

일제 치하에서 인공방조제가 만들어지고 배후습지가 모두 전답으로 바뀌면서 이곳의 쌀 수탈이 가속화되었다. 이때 쌀 증산을 위해 일본 다수확 품종이 들어오고 토종 벼의 1차 소멸의 단계를 겪는다. 이러한 소용돌이 속에서도 살아남은 자광벼는 이승만 대통령의 밥상에도 오르면서 근근이 지켜지다가 2차 소멸 단계에 접어든다. 그것은 바로 쌀 증산의 혁혁한 공을 세운 통일 벼가 나오면서였다. 이때 급격히 없어지게 된다.

그래도 권 선생의 아버지께서는 임금님께 진상하던 쌀이라는 자부심과 조상들께서 심어온 벼라는 이유로 끝까지 자광벼를 지키게 된다. 자광벼는 다른 토종 벼도 마찬가지로 비옥한 토질을 원하지만, 화학비료나 다른 비료를 줄 경우 수확할 벼가 없을 정도로 키도 크고 도복이 잘돼서 다수확을 위한 신농법으로는 심기 어려운 종자였다. 이웃 논에서 비료 준 물이라도 터놓으면 웃자라서 무름병에 도열병으로 견딜 수가 없었다.

마을 사람들이 하나둘 신농법에 취해 자광벼를 종자 방에서 내놓기 시작했을 때도 붙잡고 있던 자광벼였다. 500여 평의 고집이었다. 신품종의 회오리 속에서도 500여 평의 고집은 계속되었다. 희귀한 쌀에 대한 호기심으로 판로도 적당했고, 그의 자부심을 지킬 수 있는 면적으로도 적당했다. 한 마지기에 두 섬 정도 나왔다 하니 쌀 다섯 가마 정도는 생산할 수 있었다. 물론 한 마지기에 네댓 섬이 나오는 신품종에는 그 수확이 반도 안 됐다.

한때는 인기도 있었다. 왜정 때는 그렇다 치고 해방 후 이승만 대통령한테도 진상했고, 박정희 정권 때는 경기도 지사가 선물하기 위해 해마다 꼭 대여섯 가마씩 가져가곤 했으니 그땐 전성기였다. 그동안 지켜온 세월에 대한 보상을 받는 듯싶었다.

그때까지만 해도 집안을 중심으로 몇몇 가호가 자광벼를 심고 있었다. 그러나 워낙 재배가 까다롭고 힘들어 마을 사람들 하나둘씩 자광벼를 포기했고, 급기야는 권 선생 혼자 남게 되었다. 그만 심을까 고민했지만, 200년의 고민이었기에 쉽게 결정 내리지 않고 미루고 있을 때 그의 고뇌를 없앨 일이 벌어졌다.

그에게 작은 변화가 찾아온 것은 다시 이 벼가 세상에서 주목하기 시작하면서부터다. 세상이 자광벼에 주목하자 농촌지도소에서는 종자 반출을 금지했고, 김포 특산품으로 만들고자 했다. 그리고 보조금을 지급하기 시작했다. 지역 특산물로 만들기 위해 정책적 지원이 시작됐다. 영농조합이 만들어지고 사람들이 모여들었다. 그는 기꺼이 종자 방을 열었다. 외롭지 않았다. 이제 혼자 지키지 않아도 된다는 안도감도 있었고, 기대감도 있었다. 신문에서 방송에서 취재가 열을 올렸다.

그러나 수지타산이 맞지 않았다. 소비자들의 폭은 사실 그가 스스로 판매와 생산을 조절하며 심던 500평이 전부였다. 알은 잘았지만, 한 알 한 알 윤기가 자르르 흘렀다. 향은 구수하고, 맛은 달짝지근했다. 차지되 찐득대지 않는 경쾌한 찰기가 입안에 쩍쩍 붙는다고 품평 문구를 넣었으나, 그것은 박정희 대통령이 통일벼를 개발케 한 뒤에 시식품평회를 할 때 누군가가 유일하게 '맛있다'라고 적은 것과 같은 이야기였다. 그 정도로 현대인의 입맛에 맞지는 않았다. 토종 벼의 밥맛은 대체로 쌀밥 먹기 어려운 시절의 맛을 대변할 뿐이다. 당연히 소비자들은 품평 문구에 현혹되지 않았다.

소비자들이 찾지 않자 모였던 사람들이 자광벼를 쉽게 버리기 시작했다. 그러는 중 그는 늙어버렸고, 몸은 성치 않아 빈 종자 방을 자광벼로 다시 채울 수 없었다. 이렇게 유일하게 지켜졌던 토종 벼가 사라지게 된다.

— 그때 없어지길 잘했지 뭐. 안 그랬으면 내가 버려야 했잖아, 이젠 가!

그는 가라더니 또 마당까지 배웅하였다. 그리곤 못내 아쉬운지 광을 뒤지고 다락을 찾아보더니 이것저것 두어 되박을 챙겨주신다. 처음 전화할 때 들렸던 퉁명스러움은 찾아볼 수 없었다.

— 박물관에 말도 기록해주나? 우리가 그래도 지키려고 했었다는 것만
   은 기록해줘.

— 나중에 자광쌀 가지고 한번 올게요.

— 그럼 우리야 고맙지. 지켜준다니 고맙지. 난 미안하고….

그의 말을 듣고 보니 그까짓 거 뭐하러 찾어, 라는 퉁명스런 말투 속에는 또한 그리움과 미안함의 역설이 배여 있었다.

그 말이 처음에는 뻗대는 것 같았지만, 나는 이내 알아들었다. 그건 미안함이었다. 자광벼를 지키지 못해 미안했고, 조상이 하던 일을 지키지 못해 미안할 뿐이었다. 그리고 그리움이었다. 그리고 이제는 농사를 짓지 못해 더 이상 심지 못하는 안타까움도 있었다. 뭐, 혼자 미안할 일은 아니었다만 그는 그랬던 사람이었다.

자광벼를 보면 지금의 토종 열풍의 앞날을 보는 듯해서 또한 씁쓸하다. 토종을 지키는 것은 트렌드가 아니라 고집과 신념이어야 하는데….

지못미, 순채
끝내 지켜내지 못한 예산의 순채

— 지성이면 감천? 그럴 거면 나는 백번이고 지성을 다 했을 것이다.

이 말은 내 말이 아니고 권 선생이 탄식처럼 쏟아낸 말이다. 그런데 나는 정말 지성이면 감천이라고 어느 날, 권 선생과 연락이 닿았다. 예산에 순채를 기르던 분이 있다는 소식을 듣고 수소문하기 시작한 지 몇 달째 되던 날이었다.

순채는 잘 모르는 사람들이 많다. 순채는 연의 사촌쯤 되는 어항마름과의 수생식물이다. 줄기에 젤리 같은 점액질이 덮여있어 잡으면 미꾸라지처럼 잘 빠져나간다. 중국 고사에서 모든 복잡하고 바쁜 벼슬 생활에 염증을 느낀 선비들이 고향에 내려가고 싶은 욕망 속에 있는 꿈의 음식이었다. 맛이 대단하다고는 하나 그것은 아마 귀한 분들 입맛에만 그랬는지, 일반 서민들은 구황식물 정도로 쓰였다.

먼저 귀한 분들 이야기하자면 연산군의 입맛이 단연 돋보인다. 순채를 좋아한 나머지 각 지역에 벼슬직을 걸어놓고 진상품을 올리게 한다. 그런데 이놈의 순채라는 게 여름 음식인 데다가 얼마나 빨리 상하는지 궁궐에 도착하기 전에 썩어버리는 것이다. 연산군의 진노가 하늘을 찌르고 벼슬이 댕강댕강 바람 앞의 촛불이라, 대신 군현에서는 상하지 않은 채 진상할 수만 있으면 출세의 지름길이 되었으니 온갖 기발한 방법을 동원했다고 한다.

군왕이 이러했으니 신하인들 어땠으랴. 기록에 의하면 당대 최고의 미식가였던 영조 사위 홍현주는 정다산의 여유당 집에서 농어와 함께 순채를 먹고는 감탄했다 하고, 성호 이익은 신선의 맛이라 감탄하고, 목은 이색도 순채를 사랑하는 사람 중의 하나였다.

앞서간 사람들의 순채 사랑을 모를 리 없던 추사 선생 또한 순채 맛에 깊이 감동했다는데, 아마 그 맛과 함께 순채에 나타나는 낙향에 대한 꿈이 정겹게 다가왔을지도 모른다. 그런데 과천에는 순채가 없었던 모양이다. 다산의 동생인 정학연이 사는 양주의 여유당에 순채가 있다는 소식을 듣고 그렇게 반가울 수가 없었다. 더구나 그곳에는 순채와 궁합이 제일 잘 어울리는 농어까지 있다고 하니 이보다 더 좋을 수는 없었다. 선생은 노구를 이끌고 배를 타고 양주까지 당도하여 기어이 순채를 먹을 정도로 좋아했다.

그러나 이런 순채도 서민의 입장에서 보면 잘해야 여름 보양식 정도였다. 흔한 게 연못이고, 연못에 가면 아무 곳이나 널려있는 게 순채였다. 입맛을 잃었을 때 물김치, 죽, 된장찌개 정도로 특별식을 해 먹는 정도였을까. 질펀한 연못을 들어갈 거라면 미꾸라지를 잡아 추어탕을 끓여 먹지 미끈거리고 느적대는 순채를 따 호록호록 마실까. 진상품이 아니면 대접받을 만한 위치에 있질 못했다.

순채는 딱 일본인이 좋아할 음식이었다. 이런 순채를 일본인들이 가만 놔둘 리 없었다. 일제 강점기를 지나며 유난히 순채를 좋아하던 일본인들이 싹쓸이해가기 시작하면서 또 한 번 귀한 대접을 받았다. 돈이 소나기처럼 쏟아지기 시작했다. 그런데 어느 날, 소나기 쏟아지는 날 번개 없어지듯 순식간에 순채가 없어졌다.

박물관에서 순채를 찾기 시작했다. 예산의 토종 자생식물이기 때문이었다. 예전에는 논에서 재배할 정도로 순채가 흔했다. 당시에는 논에 제초제를 사용하지 않았기 때문이다. 예산에서 순채를 마지막으로 본 때는 1980년대였다. 삽교읍 작은 방죽에 순채를 심어 일본으로 수출했었다.

예산 지방, 특히 오가 삽교 지역은 예로부터 방죽이 많았다. 이 지역이 넓은 들인 데다가 산이 낮아 물이 없고 특히 냇가가 전답보다 낮아 논에 물을 댈 수 없어 방죽에 농사를 의존할 수밖에 없었다. 한편 방죽을 만들면 농사 채가 줄어 이 또한 고민이었기에 이로 인한 송사도 빈번히 벌어졌다. 이런 고민을 해결한 지혜가 방죽에 수생식물을 가꾸는 것이었다. 그 대표적인 수생식물들은 연이나 마름들이었다. 그리고 순채였다.

순채는 이곳에서 자생했다. 순채는 청청한 곳이 아니면 살 수 없고, 특히 금속물질에는 살 수 없는 식물이다. 순채의 자생 조건은 청청 지역, 황토물이 최적의 조건이었는데, 바로 효림리 방죽이 그런 곳이었다. 그 방죽은 지금의 예당저수지가 생기기 전까지는 그 마을의 요긴한 수원지였다. 그러나 삽교로 가는 큰길 옆에 있던 효림리 방죽이 지금은 흔적도 없이 사라졌다. 심지어는 방죽이었다는 것을 짐작할 수 있는 것조차 아무것도 없었다. 당연히 순채도 없어졌다.

수소문했지만, 순채를 심은 사람이 누군지 아는 사람도 없었다. 그래도 찾아야 했다. 내가 알 수 있는 사람, 그리고 건너서 알 수 있는 사람까지 동원해 호구조사를 해서 겨우 누구인지 알아냈다. 문제는 그 사람이 만나주지 않는다는 것이다. 아니 만날 필요가 없다는 대답만 돌아왔다. 그렇게 2년 정도 흘렀을까. 다시 연락을 해봤지만 여전히 답이 없었다.

그런 중간중간에 순채를 찾아 전국을 헤맸다. 제주 한라산 생태 숲, 제천 의림지, 김제 벽골제, 고성까지 돌아다녔다. 한 뿌리라도 분양받을 수 있을까 하고 다녔지만 허사였다.

그런데 어느 날, 다른 날과 다름없이 큰 기대 없이 건 전화가 연결되었다. 사모님이 전화를 받은 것이었다. 이게 지성이면 감천이 아니겠는가? 그렇게 인터뷰를 어렵게 권영덕(가명, 1939년생 82세) 선생을 만났다. 카메라를 가지고 갔으나 어림도 없었다. 워낙 손사래를 쳐 사실은 이름을 밝히는 것도 죄송스럽다.

권 선생은 평생을 공직으로 사신 부인과 지금까지 정정한 기운을 가지고 계셨다. 삽교가 고향이고 어려서부터 태권도를 한 풍채가 그대로 남아있었다. 그는 대학교를 졸업하고 태권도 사범을 하고 있을 무렵, 외국에 사범으로 나갈 기회가 있었지만, 결혼할 사모님이 외국 가는 것을 싫어하여 좋은 기회를 스스로 놓아버린 순정파이기도 했다.

권 선생과 순채의 만남은 아주 우연이었다. 친구 중에 순채 무역을 하던 사람이 있었다. 그는 순채 생산지인 김제에서 순채를 채취해서 무역업을 했는데, 예산에 자생한 순채가 있다는 것을 알고는 권 선생에게 접근했다. 예산 순채가 다른 지역보다 품질이 좋아 자신도 이곳 순채를 무역하고 싶다며 도와달라는 것이었다. 예산의 순채는 이미 전라도 사람들이 선점하고 있었다. 그들은 방죽을 값싸게 세 얻어 중개인에게 팔고 있었는데, 마침 그들에게 임대료 문제가 생기자 권 선생에게 그것을 하라고 권하면서부터 인연을 맺기 시작했다.

방죽 주인과 협상하에 겁도 없이 쌀 100짝 정도의 임대료를 주고 그 사업을 시작하게 된다. 나중에는 임대료 때문에 견딜 수가 없어 방죽을 직접 인수하기도 했다.

순채의 모양은 잎새는 숟가락만 한 타원형에 초록색, 줄기는 갈색이다. 잎에 우무 같은 끈적이는 물체가 붙어있다. 그 잎이 성냥개비만 하고 잎이 돌돌 말릴 때 채집한다. 이때 반드시 쇠 도구가 아닌 손톱으로 따야 한다. 나무배를 타고 방죽을 돌아다니며 5월부터 7월까지 채취했다. 한때 순채 채집하는 아녀자들이 20여 명에 이르기까지 했다. 수출할 때는 순채를 삶아서 빙초산에 타서 일차 보관하여 일본 고베 지역으로 보냈다. 순채 사업은 순조로운 듯 보였다.

그러던 중에 방죽 위쪽으로 헬기장이 들어선다는 소식이 전해졌다. 이때부터 두 부부의 외로운 사투가 시작됐다. 순채는 환경에 매우 민감하다. 특히 쇠하고는 상극이라 순을 딸 때조차 칼을 대지 않고 손으로 따는데, 쇠붙이를 다루는 헬기장이 들어선다는 것은 순채를 죽이는 일이고, 순채에 전 재산을 바친 그들을 죽이는 일이었다. 같이 싸워줄 동지들도 없었다. 그들이 믿고 기댈 곳은 행정밖에 없었다. 그러나 행정은 그들의 하소연을 외면했다. 차라리 헬기장의 퇴수구라도 돌려 내달라고 건의했지만, 물길은 위에서 아래로 흐른다는 이유로 거부됐다.

결국은 헬기장이 들어섰고, 쇳물이 들어오자마자 순채는 예상한 대로 하루아침에 뿌리까지 삭아버렸다. 순채가 자생하는 다른 곳을 찾아 헤맸지만, 그것은 절망에 기댄 쓸모없는 몸부림이었을 뿐이었다. 결국 두 부부는 절망마저 포기하고 말았다.

오랜 사투의 끝이었고, 이 사투가 소득 없이 끝날 무렵, 부부에게는 사람 기피증이 생기기 시작했다. 지칠 대로 지친 고된 정신을 겨우 이끌고 하느님을 찾았다.

　그렇게 없어진 예산의 순채였다. 사모님은 지금도 순채, 아니 행정에 실망을 많이 느끼고 있었다. 그래서 순채를 찾는다는 우리에게 불친절하셨는데, 그 마음은 알고도 남았다. 오랜 인터뷰를 마치고 집을 나오는데, 사모님이 우리를 붙잡았다. 차를 내올 테니 마시고 가라 하신다. 그리고 사모님이 차를 내오신 쟁반에는 작은 박카스 병 하나가 함께 올려져 있었다.

　— 우리가 마지막으로 손을 뗄 때 남긴 순채여.

　사모님은 40년이 훌쩍 넘긴 순채를 나눠주시었다. 그분들이 주신 순채 병에는 두 분의 인생뿐 아니라 기쁨, 억울, 원망, 한 등이 담겨있었다.

추신.
고마워요, 순채

　원고를 거칠게 마치고 출판사에 올려보낸 뒤 며칠 쉬고 오자는 생각으로 충북 제천으로 여행을 떠났다. 국민연금으로 살자고 맘먹고 시작한 박물관이었는데, 마침 국민연금에서 운영하는 호텔이 많은 할인 혜택을 준다니 이용해보자는 심사였다.

　제천으로 가는 중간에 잠시 지인도 만나고 중앙탑도 볼 겸 충주에 들렀다. 한두 가운데 둘러보고 차 한잔 마시다가 우연히 순채 이야기가 나왔다. 그날 화제는 제천에 가니 예전에 순채가 자생했었다는 의림지도 볼 것이라는 이야기에서부터 시작됐다.

　사실 예산에서 순채를 지켜주지 못해 미안한 마음으로 어디든 순채를 지키는 곳이 있으면 찾아볼 생각으로 순채 자생지를 찾아다녔었다. 물론 의림지도 갔었는데, 당시에는 의림지 자생지가 홍수에 의해 멸실 됐다는 소식을 들었고, 순채 음식을 하는 곳이 있는데 그곳에서는 중국산 순채를 쓴다는 것만 확인했었다.

　그렇게 3년은 찾아다닌 것 같다. 제주에서 김제, 상주까지. 드디어 제주, 고성에 자생하고 있다는 것을 알았지만, 둘 다 모두 저수지 한 가운데에 있어 사진 말고는 확인할 수는 없었다. 순채가 멸종위기 생물 2급의 보호종으로 희귀식물이 되다 보니 철저한 보호 아래 민간인 접근이 어려운 곳에 있었다.

　그런데 충주의 지인께서 제천 관광을 추천하는 과정에서 슬쩍 순채 이야기를 흘렸는데, 그 순채가 제천의 한 초등학교 연못에 자생한다는 이야기를 언젠가 들었다는 것이다. 그러더니 곧바로 제천에 사는 몇몇 분을 통해서 초등학교에 자생하고 있다는 것을 확인해 주었다. 우리는 그 이야기를 듣자마자 여행을 멈췄다.

팔자는 팔자다!

순채를 찾아 순채 원고를 쓰려고 그렇게 찾아다녔는데, 원고를 마감하고 나니 순채가 자생하는 곳이 지척에 있었다니, 한달음에 제천 소재의 홍광초등학교를 찾았다.

학생들이 주변에 놀고 있었다. 물어보기 위해 접근했다. 그런데 그들은 아주 대수롭지 않게 순채 이야기를 한참이나 해주었다. 그들은 학교에서 순채가 지켜지는 것이 뭐 대수냐는 듯했다. 그냥 '학교 연못에 연꽃이 피어요'라는 정도의 하찮은 대수로움이었다. 학생들이 우리를 이끌고 간 곳은 학교의 작은 연못이었다.

뭐라고? 저런 곳에서 순채가 자생한다고! 그럴 리가 없었다. 연못은 매우 작았다. 더군다나 사방이 시멘트였고, 겨울이라 바닥이 훤히 드러나 있었으며 그 바닥은 이미 다른 수생식물들이 장악하여 겨울을 나고 있었다. 봄이 되어 물이 찬다고 해도 물의 유입은 어디인지, 또 나가는 곳도 애매하여 전혀 들고 남이 없이 고여있는 물 같았다. 최고의 친환경을 요구하는 순채가 자생하기에는 적절한 장소가 아니었다.

무엇인가 이유가 있겠지 하고 교무실을 찾았다. 그러나 교무실에 계신 선생님들도 알고 있는 게 없었다. 우리가 이렇게 신기해하는 것이 이상하게 보였는지 모른다. 다만 그들이 한 분을 소개해주셨는데,

254

지금은 단양에 있는 교육지원청에 계신 강창원 선생님이었다. 그분이면 알고 있지 않을까 했다.

전화로 잠시 인사하고 다시 단양을 향했다. 쉽게 찾을 수 있었다. 건성으로 인사했지만, 우리가 순채를 찾는 것만으로도 금세 친해질 수 있었다. 순채를 보호종을 지정한 환경부에서도 이렇게 순채에 관심을 보이지 않는데, 민간인이 이랬으니 오죽했으랴만 그는 순채에 관한 폭넓은 지식을 가지고 있었고 매우 친절했다. 그러나 그 친절에는 그의 눈물겨운 순채 지키기의 여정이 숨어있었다. 한 분 선생님의 열정으로 또 한 종의 보호 식물이 지켜지는구나!

나는 무엇보다 먼저 순채가 홍광초등학교 연못에서 자생하게 된 과정이 궁금했다. 전하는 기록에 의하면 순채는 1914년 의림지를 보수하면서 제원군 송학면 만지실 못으로 옮겨놓았으나, 그 후 만지실 못을 논으로 만들면서 순채는 제천에서 완전히 없어졌다고 한다. 그러나 1996년 발간된《충북의 토종 동·식물》에서는 1972년 수해로 의림지 일부가 유실되면서 순채가 멸종된 후 1996년 7월 인근 홍광초등학교 연못에서 군락지가 발견되었다고 소개하고 있다.

그런데 강 선생님에 의하면 이는 본디 1947년 정운영 교사가 제자 30명을 데리고 연못을 조성하여 의림지에서 순채를 이식한 것이라고 했다. 당시 연못을 두 가운데 조성하는 데, 다행인지 우연인지 한 곳의 연못에서 순채가 살아남았다는 것이다.

강 선생님은 자연과학에 많은 관심과 지식이 있었다. 그가 홍광초등학교에 발령받고 나서 놀란 것은 순채가 학교 연못에 방치돼있다는 것이었다. 그게 자연이라면 순리대로 다른 수생식물에 치이거나 또 사람들의 간섭에 소멸하는 시간만 남아있는 듯했다.

그때부터 그의 순채 지킴이는 시작됐다. 우선 환경청에 순채 자생지를 신고하고 보호종으로 지정받는 것이 시급했다. 2015년이었다. 우여곡절 끝에 2018년에야 '멸종위기 야생식물 순채서식지' 안내판을 설치했고, 순채 서식지로 인정받기에 이른다.

또한 제천시에 지금의 열악한 조건에서는 언제 없어져도 이상하지 않을 정도이니 시급히 조건 정비를 건의했으나 받아들여지지 않고 지금까지 그대로 방치되고 있었다.

강 선생님은 이대로 있을 수 없었다. 스스로 순채 자생 조건에 맞추는 작업을 하기 시작했다. 연못 내에 있는 순채 자생에 방해되는 다른 수생식물들을 걷어냈다. 연못의 내부 조건을 변화시켰다. 그러자 놀라운 변화가 일어났다. 다른 곤충들이 몰려들어 어느새 학생들 생물 관찰의 보고가 됐다. 이듬해 매미들의 우화한 모습은 장관을 이뤄냈다. 더불어 순채가 살아나기 시작했다. 뿐만 아니라 번식하기 시작했다.

여기에 그치지 않았다. 순채 자생 조건에 맞는 물의 순환과 자연 생태계의 복원을 위해 비오톱을 학교 뒷동산에 설치해 그 물의 일부를 연못에 끌어들이는 일을 했다.

순채의 보호는 혼자 힘으로는 어렵다. 학교이니만큼 학생들의 도움이 절실했다. 선생님은 동아리를 만들어 중요성을 홍보하고 콘테스트 등을 통해 학생들의 동참을 유도했다. 그 덕분에 순채는 계속 번식할 수 있었다.

그러나 강 선생님이 학교를 떠나자 제대로 관리가 이뤄지지 않았다. 내가 보기에는 지금 다시 위기에 처해 있었다. 지금의 순채가 그 열악한 조건에서 살아가고 있는 것도 그의 노고의 일부가 남아있기 때문이라는 생각이 들었다.

그나마 다행인 것은 연못의 조건이 순채 자생 조건에 맞는다는 것이었다. 연못 밑에는 커다란 바위가 움푹 패 화분 역할을 하고 있었고, 순채 자생 조건 중의 하나인 용천수가 솟고 있었기 때문이었다. 순채 꽃 피는 여름에 다시 만나기로 하고 직접 보지 못한 서운함을 달랬다.

고마워요, 선생님!

토종과 함께
걸어온 나의 인생길, 안완식

— 엄마! 흰 나팔꽃이 피었어요!

— 어디 보자. 백합꽃이구나. 향기가 좋지? 네가 잘 키웠구나.

오래된 얘기지만 내가 씨앗, 아니 식물과 처음 인연을 맺게 된 것은 아마도 10살 때로 기억된다. 내가 국민학교 3학년이던 1950년, 6·25 한국동란이 일어났다. 우리 가족은 할머니가 사시던 지금의 신갈 인터체인지에서 머지않은 '잔다리'라는 동리로 피란을 갔다. 전쟁이 잠시 중지되었을 때 신갈에 있는 학교에 다녔다. 지금은 고속도로가 났지만, 그때는 고개를 몇 개 넘고 냇가를 건너 10여 리를 걸어 다녔다. 큰 도시인 인천에서 피란 온 나는 시골 학교에 들어가서 공부잘한다고 칭찬받고 친구들과도 잘 지냈던 기억이 난다.

하루는 동네 아이들과 학교 가는 길옆에 서 있는 끝이 보이지 않게 큰 전나무 옆을 지나다가 아이들 키 높이쯤에 손가락보다 큰 왕 벌

집을 진흙으로 막고 놀다가 성난 벌에 쏘여서 혼이 난 적도 있다. 언덕을 지나가는 길옆에 폭격으로 불에 탄 집이 있었는데 그 집 장독대 옆에 뾰족이 나오는 파란 새싹을 보았다. 학교 갔다 돌아오는 길에 캐 갈 것으로 마음먹었다. 무슨 식물일까 궁금해서 공부도 제대로 못 하고 방과 후에 혼자 달려가 아침에 보았던 싹을 캐보니 밑에는 비늘처럼 생긴 둥근 뿌리가 달려있었다. 집에 가지고 돌아와서 할머니 텃밭에 심고 물을 주며 정성껏 가꾸었다. 몇 달이 지났을까 줄기가 자라고 키가 허리쯤 자라 꽃망울이 생기더니 드디어 흰 꽃이 피었는데 엄마 말씀이 백합꽃이라고 가르쳐주셨다.

아마도 나는 어려서부터 식물에 관심이 많았던 것 같다. 고등학교에서도 원예반과 미술반에 들었는데, 한번은 방학 때 미술 선생님과 친구들이 함께 변산반도로 스케치 여행을 떠났었다. 변산중학교 운동장 끝에 내가 태어나서 처음 보는 환하게 붉게 핀 백일홍 나무가 서 있었다. 뛰어가서 그루터기에서 조그만 가지를 떼어내서 서울 집에 와서 작은 깡통에 심었다. 잘 자라기에 좀 더 잘 자라라고 학교에서 비료를 조금 가져다가 물에 타서 주었더니 잘 자라기는커녕 시들시들하더니 말라 죽어 안타까워했던 기억이 지금도 생생하다.

돌아가신 할아버지께서 내게 지어주신 이름, 완식(完植)은 완전할 완자와 심을 식자에 성이 편안할 안자니 편안하고 완전히 심었다는 의미다. 이름대로 평생을 살아왔으니 할아버지께서 선견지명이 있으셨나 보다. 대학도 농과대학 농학과로 진학하였고 졸업 후 군대 생활도 사단사령부의 식물 관리책임을 맡게 되었다. 전역 후 곧바로 농촌진흥청에서 밀과 보리의 새로운 품종을 육종하는 팀에 소속하게 되었다. 좋은 품종을 육종하기 위하여 가장 중요한 것이 좋은 육종 모본을 찾는 길이었다. 좋은 유전인자를 갖는 교배 모본을 찾는 것이 내 생에 씨앗과 처음 인연을 맺게 된 동기가 되었다.

연구직 공무원으로 입사하고 4년 후인 1972년, 남미 멕시코에 있는 국제맥류옥수수연구소(CIMMYT)에서 10개월간 밀 육종에 관한 공부를 할 기회가 있었다. 당시 멕시코 반왜성 우량 밀 품종을 육종하여 인도, 파키스탄, 멕시코와 알젠틴, 아프가니스탄, 터키에 널리 보급하여 거의 두 배에 가까운 생산성을 보임으로써 수억 인구를 기아에서 벗어나게 한 공로로 1970년 농학계에서는 처음으로 노벨평화상을 받은 바 있는 노만 볼로그(Norman E. Borlaug) 박사 밑에서 밀 육종연구를 하였다.

볼로그 박사가 육종한 수량성이 높은 멕시코 반왜성 밀 품종을 육종하는 데 쓰인 교배모본은 한국이 원산지인 키가 작은 토종 앉은뱅이밀의 피가 들어간 일본품종 농림 10호였다. 키가 70~80cm 정도로 작아서 비료를 많이 주어도 쓰러지지 않아서 일반 재배종에 비하여 훨씬 수량성이 높았다. 그 후 옛날부터 시골 농가에서 재배하여온 별 볼 일 없어 보이던 토종 종자에 대한 유전자원으로서의 중요성을 인식하는 계기가 되었다. 더욱이 1983년 일본의 쯔꾸바농업생명자원연구소에서 4개월간 유전자원에 대한 연수과정을 지내면서 숨어있는 보물 토종에 대한 유전자원으로서의 중요성을 깨닫게 되었다.

1985년 맥류연구소에서 청장의 특별 지시를 받고 본청 시험국에 파견근무를 하면서 종자 관리를 책임지게 되었다. 당시엔 유전자원에 관련된 직제가 없었다. 종자 관리를 책임지면서 급선무가 무엇일까를 고민하게 되었다. 1970년대부터 세계적으로 식물유전자원에 대한 관심이 많았다. 관련 국제기구로 1974년부터 국제식물유전자원위원회(IBPGR)가 활동하고 있었는데 이 기구는 국제적으로 식물유전자원에 관련된 연구와 수집, 보존, 이용에 관련된 업무를 협의 수행하는 국제기구다. 각 국가가 자국 고유의 식물유전자원에 대한 업무를 수행하자는 의의를 가졌다.

우리나라는 농민들의 손에 의해서 수천 년을 내려온 우리 고유의 토종 종자가 가장 중요하다는 사실을 깨닫게 되었다. 볼로그 박사가 노벨평화상을 받는 데 가장 큰 기여를 한 바 있는 우리나라의 토종 '앉은뱅이밀'처럼 귀중한 특성을 보유하고 있을 수많은 토종 씨앗의 확보에 관한 관심을 기울여야 한다고 생각하게 되었다.

전국적인 토종 수집을 위해서는 무엇보다도 수집할 수 있는 인력과 예산이 필요했다. 우선 전국 행정기관에 파견되어 근무 중인 7천여 농촌지도 요원들을 동원하자는 했다. 농촌지도 요원들의 협력을 얻음으로써 전국 각 지역의 재래 토종을 쉽게 찾을 수 있으며 필요한 인력과 소요 예산이 최소한으로 해결할 수 있었다.

토종 수집에 대한 중요성과 수집 방법에 관한 내용을 작은 책자로 만들고 수집 봉투를 2만5천 장을 만들어서 공문과 함께 전국농촌지도원 앞으로 보냈다. 그 결과 1985년 한 해에 1만700여 점의 토종 씨앗을 전국에서 수집할 수 있었다. 한편으로는 나는 각 연구기관의 연구원들을 동원하여 토종 종자 수집단을 구성해서 '농촌진흥청농업유전자원수집단'이란 플래카드를 차량 앞에 붙이고 충주댐 수몰지역과 안동댐 수몰지역에 출장하여 사라져 가는 토종을 수집하였다.

그 후로도 시간을 내서 전국 주요 지역의 농가를 방문하여 토종을 수집하였다. 1985년부터 1991년까지 6년 동안 수집한 토종은 2만 8천148점이며 외국으로부터 분양받아 도입한 씨앗도 7만9천여 점으로 1991년 말에 총 보유자원은 10만6천926점이었다.

1991년부터 2000년까지 10년 동안 19,225점을 전국에서 수집하였다. 내가 유전자원과를 책임졌던 1985년부터 2001년 사이에 국내외로부터 작물 종자 14만7천192점을 수집하였으며, 그중 토종 종자 3만3천686점은 누구도 그 가치를 인정하지 않았던 시기에 멸종위기에 처해있던 자원이었다. 이 시기에 수집하여 보존한 토종이 현재 외국과의 생물자원 경쟁에 대비할 수 있는 중요한 기틀이 되었다.

2002년 정년퇴임 후로는 더욱 자유롭게 토종을 수집할 수 있었다. 1997년 몇 관심 있는 연구원들이 동참하여 창립한 '한국토종연구회'에서 토종의 중요성과 국가적 차원에서의 토종에 대한 관심을 강화하는 등 토종연구회지를 발간하고 심포지엄을 여러 차례 수행하였다. 2008년에는 토종 관련 민간단체인 '토종씨드림'을 설립하고 전국 각지에서 토종 종자를 수집하고 증식하여 토종에 관심 있는 사람들, 귀촌하는 농가와 전국의 여성농민회 등에 분양하는 등 4,453점을 수집하였다.

지구의 생물자원은 1992년까지만 해도 온 인류에 주어진 인류 공동의 유산으로 각국에서 무상으로 쉽게 교환 분양 이용되었다. 그러나 1993년 생물다양성 협약이 발효되어 각국에 유전자원의 소유권이 인정되면서 유전자원에 대한 국수주의가 팽배하여 유전자원은 인류의 공동 관심사일 뿐, 공짜는 없어졌다.

종자의 가치가 마침내 '종자전쟁' 또는 '종자가 세계를 지배한다'는 말이 실감 날 정도로 중요성이 강조되게 되었다. 미니파프리카의 시중 종자 3g 가격이 750,000원일 때 금값 3.75g 가격은 187,000원으로 파프리카 종잣값이 금값의 5배 정도로 비싸다. 1kg에 9,000만 원인 금값에 비해 네덜란드에서 개발한 토마토 종잣값은 1kg에 1억 1,400만 원으로 비싸다. 중앙종묘의 유일용 박사가 육종한 청양고추가 1998년 IMF 당시에 미국의 세미니스(현재의 몬산토)로 넘어가면서 소유권이 넘어갔고, 다시 독일의 바이엘이 몬산토를 합병하면서 한국에서 육종한 청양고추를 심으려면 바이엘로부터 종자를 비싼 값으로 사 와야 한다. 우리가 청양고추를 먹으면서 로열티를 내는 것이다. 전 세계 종자 연관 산업규모는 연간 약 86조 원으로 추정된다.

한반도가 원산지인 콩은 단백질 함량이 40% 정도나 되어 밭 고기라고 부를 정도다. 미국에서 보유 중인 한국 원산의 콩 품종은 2000년 초에 3,561점이며, 한국 재래종 콩의 피가 들어간 미국 콩 신품종은 2000년 초에 178품종이었으니 현재는 200여 품종이 훨씬 넘을 것으로 보인다. 신품종 육종에 특히 많은 기여를 한 품종은 6품종이다. 우리의 토종은 우리나라의 환경에서 수백 수천 년을 적응하여 온 종자로서 한 번 소멸되면 우리나라에서는 물론 지구상에서 없어지고 마는 우리만의 유일한 생물유전자원이다. 토종 종자는 우리만이 갖는 무한한 가치의 자원으로 우리가 지키고 보존하면서 자손만대에 물려주어야 할 귀중한 유전자원이다. 토종을 잘 지키고 보존 활용하는 것이 현대를 살아가는 우리들의 의무다.

토종을 잘 지키기 위해서는 우선 토종이 소멸하기 전에 지속해서 수집되어야 하며 안전하게 보존되어야 한다. 안전한 보전을 위하여는 현재와 같이 초저온 종자 저장고에 보존하면서 지속해서 활용하는 한편 가장 기본적인 중요한 방법은 농가에서 해마다 재배하면서 '현지 보존'하는 방법이다. 토종은 현지 환경에 적응되어 내려오면서 자연스럽게 농민의 손에 의하여 선발되고 그 토종이 갖는 특성이 유전되기 때문에 같은 품종일지라도 심는 지역에 따라서 또 농가에 따라서 그 특성이 다르게 고정되어갈 수 있다. 선비잡이콩의 예를 보아도 지역에 따라서 또 농가에 따라서 크기는 물론이거니와 납작한 정도나 콩의 양쪽에 있는 둥근 무늬의 모양이나 크기도 상당한 차이가 있음을 볼 수 있다.

100년 동안 냉동고에 저장된 종자는 본래 지니고 있던 특성을 그대로 유지하지만, 농민의 품에서 재배, 선발, 채종하면서 100년 동안 보존되어 내려오는 토종 종자는 그 지역의 환경에 더욱 적응되고 농민의 손에 의해서 자연적으로 선발되어 보존되어왔기 때문에 더욱 중요한 의미가 있다.

농민들로부터 그들이 지켜온 토종에 담겨있는 이야기들을 듣고 기록으로 남겨놓는 것은 농민들이 지켜온 토종의 역사를 토종 종자와 함께 보존하는 것으로서 이 또한 큰 의미가 있다. 큰 보상이 따르지 않음에도 토종 종자를 찾고 지키기 위하여 애쓰고 있는 토종을 사랑하는 이들의 노력이 큰 보람이 되었으면 하는 바람이다.

2022년 12월 모일
안완식